ALEXANDRA
CORDES

Das Haus im Marulabaum

AC

ALEXANDRA CORDES

Das Haus im Marulabaum

Roman

Alexandra Cordes Edition
Schneekluth

Sonderausgabe des
Schneekluth Verlages, München
Schneekluth, ein Verlagsimprint der Weltbild Verlag GmbH, Augsburg

Einbandgestaltung und Aquarell: Andrea Schmidt
Gesamtherstellung: Presse-Druck Augsburg
Printed in Germany 1997
ISBN 3-7951-1447-0

In Liebe für
M. H. und Afrika

I

Die Zelte lagen bleich im Mondlicht, das Feuer auf dem grauen Sand der Lichtung war heruntergebrannt. Sie rückten ihre Feldstühle näher an die Glut. Kaum sichtbar noch stieg der scharfduftende Rauch des Tombotiholzes auf, das den Abend lang das Feuer gespeist hatte.
»Es war ein schöner Tag«, sagte Sophie.
Warum klang ihre Stimme so dünn? Unter ihren Wangenknochen lagen Schatten, wie Schmutzflecken, die sich Kinder beim Spielen beibringen. Doch als sie den Kopf Jessica zuwandte, verschwanden die Schatten aus ihrem Gesicht.
»Zeit ins Bett zu gehen, Baby.«
»Laß sie doch noch ein bißchen da«, sagte Alexander.
Jessica sah ihn an. Sein Gesicht war mager und gebräunt. In seinen Augen spiegelte sich die Glut des Feuers, und sie wirkten auf Jessica wie die Augen eines schönen, unbekannten, geheimnisvollen Tieres.
»Soll ich nun, oder soll ich nicht?«
Ihre Eltern lachten. Es tat gut zu hören, daß sie zur selben Zeit lachten.
»Noch einen Schluck Kakao, Miss Jessica?« fragte Chris. Sie wünschte, er hätte sie ebensowenig so genannt, wie ihre Mutter sie Baby rief. Sie war schließlich zwölf Jahre und drei Monate alt.

»Nein, danke«, sagte Jessica.
Chris grinste. »Vielleicht möchte unsere junge Dame lieber einen Whisky?«
»Wenn Jess auf mich kommt, bestimmt.« Alexander leerte in einem Zug das Glas Grapefruitsaft.
»Wenn du so sehr danach verlangst?« sagte Sophie leise.
»Nein, kommt gar nicht in Frage. Auf dieser Safari trinke ich keinen Tropfen.«
Sophie zündete sich eine Zigarette an, Alexander gab ihr Feuer, obwohl er nicht mochte, daß sie rauchte.
Chris holte sich ein frisches Bier aus dem Messzelt, das ebenso wie die Schlafzelte unter Tombotibäumen lag. Dahinter glühte ein zweites Feuer. Dort hatten Amos und Noko, die beiden Batawana, unter blechernem Gelärm das Geschirr vom Abendessen gewaschen. Jetzt drang nur noch eine seltsame kleine Melodie herüber, als vermischten sich Flötenklänge mit dem Singen des Windes, wenn er durch das Elefantengras streift.
Jessica zog ihre Füße auf den Stuhlrand, streifte die grobwollene Schlafkutte über sie herab. Aber ihr war nicht kalt, sie saß zwischen ihrem Vater und ihrer Mutter, und wann kam das schon vor?
»Wie wird das Wetter morgen, Chris?« fragte Sophie.
»Trocken, klar, nicht zu heiß, denke ich. Gleich in der Frühe schauen wir, daß wir die trächtige Löwin wiederfinden, Mrs. Weg.«
»Vielleicht hat sie die Jungen schon?« Alexander illustrierte zur Zeit ein Kinderbuch, und darin kamen auch neugeborene Löwen vor.
Mit dem rechten Fuß glättete er den Sand, beugte sich vor, nahm einen Zweig, begann mit raschen, sparsamen Strichen zu skizzieren.
Jessica hielt den Atem an. Nie konnte sie Alexander

beim Malen zusehen, ohne daß eine warme Welle aus ihrem Bauch aufstieg, sich in ihrer Brust ausbreitete und von da aus bis in die Fingerspitzen und Schläfen.
Sie schaute auf die braune, sehnige linke Hand mit den langen Fingern. Zu zart war sie eigentlich für eine Männerhand, zu empfindsam. Und doch manchmal grausam, weil sie sich ihrer eigenen Kraft nicht bewußt war. Auch beim Anblick dieser Hand dachte Jessica zuweilen an ein schönes, unbekanntes, geheimnisvolles Tier.
Sie merkte erst jetzt, daß die leise Melodie der Batawana verstummt war, sie spürte die Bewegung ihrer Körper hinter ihr, roch ihre Ausdünstung, die anders war als ihre eigene. Sophie hatte ihr erklärt, das komme von der andersgearteten Ernährung.
»This painting is very mysterious«, sagte Noko. Er hatte sechs Jahre lang die Schule in Maun besucht und sprach fließend englisch, auch wenn er die Wörter manchmal ein wenig seltsam verwendete.
Alexander zeichnete die Trompeterhornschnäbel, die sie morgens immer mit ihrem Gekreisch weckten, und dann, ganz wundersam klar, den Kopf einer Säbelantilope mit ihrem stolzen gespindelten Gehörn. Der graue, fast staubfeine Sand vermischt mit der Asche unzähliger Feuer, bewahrte jede Linie wie beste Leinwand.
Amos schluckte nervös, Jessica hörte, daß er die Hände an seinen Khakihosen rieb.
»I too«, sagte er, »I too. Mina funa penta.«
Amos hockte sich zur Linken von Alexander nieder, seine hellen Handflächen glitzerten naß. Er streckte einen knochigen Zeigefinger aus, zog eine dünne Linie, und man konnte sofort erkennen, daß es ein Bogen war. Er fügte einen Köcher hinzu, Pfeile, die Silhouette eines Mannes, und dann, deutlich bis hin zu den sanften Au-

gen mit den langen Wimpern, Kopf und Hals einer Giraffe.
»Phantastisch!« sagte Alexander. »Schaut euch das an. Amos ist ein Künstler.«
»Was ist ein Künstler?« fragte Amos. Er hatte große scheue Augen, der Giraffe ähnlich. Chris übersetzte in Fanagalo, das beide Batawana beherrschten, aber man konnte sehen, daß Amos dennoch nicht verstand.
»Der Junge könnte einen Haufen Geld verdienen, mit Buschmannzeichnungen für Touristen«, sagte Alexander.
»Bring ihn nicht auf die Idee«, sagte Sophie schnell.
»Aber woher denn!« Alexander lachte hellauf.
Warum merkte sie es nie, wenn er scherzte?
Noko bat Alexander, einen Elefanten zu zeichnen. Er tat es, und es wurde eine Herde daraus, mit großen und kleinen Tieren, unter dem wachsam erhobenen Rüssel der Leitkuh. So hatten sie die Herden gesehen, auf der Herfahrt von Maun.
Und wieder wischte Alexander das Tableau weg und malte die Hyäne, die hüpfend und über ihr verkrümmtes Rückgrat hinweg kichernd vor ihnen Reißaus genommen hatte, als der Landrover am ersten Abend hier ins Third Bridge Camp eingebogen war.
Amos und Noko glucksten, sprangen auf und nieder vor Vergnügen, und Chris nutzte die Gelegenheit, sich noch ein Bier zu genehmigen. Seine Augen waren blau, auch in ihnen spiegelte sich das Feuer, doch sie blieben flach, wurden nie geheimnisvoll. Aber er ist ein netter Bursche, fand Sophie, a nice clean Australian boy. Weiß der Himmel, was ihn nach Botswana verschlagen hat. Liebeskummer, dachte Jessica. Er schreibt immer lange Briefe an ›Dear Mary‹ und zerreißt sie dann. Und er trinkt zuviel, wie die meisten Männer.

Chris hörte den Landrover als erster.
»Da kommt jemand. Kann aber höchstens eine Jagdparty sein«, fügte er schnell hinzu.
Alexander blickte schnell auf. Er war blaß geworden. »Hoffentlich. Ich habe Jonathan in Jo'burg ausdrücklich vergattert, daß wir niemanden hier in Moremi um uns haben wollen. Und du hast es ihm doch auch noch telefonisch klargemacht, Sophie?«
»Natürlich. Reg dich nicht auf.«
»Ich rege mich nicht auf. Ich will nur nicht, daß wir gestört werden.«
»Die fahren bestimmt vorbei.«
»Nein, Chris«, sagte Noko, »die Wagen kommen her.«
Das Dröhnen der Motoren eines Landrovers und eines Lasters wurde lauter, beinahe ohrenbetäubend, weil keine anderen Geräusche da waren, es zu mindern, und Scheinwerfer wischten durch den lichten Buschwald. Und dann hörten sie auch eine Stimme, einen Fluch, der gar nicht enden wollte.
Alexander stand auf, er steckte die Hände in die Taschen der Khakijoppe, und Jessica sah, daß er sie zu Fäusten ballte. Seine Stirn war blaß. Doch dann warf er plötzlich den Kopf in den Nacken und lachte hellauf.
Sophie sagte mit einem sonderbaren Zittern in der Stimme: »Das kann doch nicht Pierre sein?«
»Und ob das Pierre ist!« sagte Chris. »Der Greis unter den Safariguides.«
»Greis?« rief Alexander. »Junge, im Vergleich zu Pierre bist du einer, mit deinen fünfundzwanzig! Noko, Amos, macht Eis und holt den Bourbon aus der Kiste. Den Jack Daniels Black Label!«
»Du hast also doch welchen mitgenommen?« fragte Sophie.

»Nur für solche Gelegenheiten«, sagte Alexander, und sie sahen sich an. Jessica dachte, so ist es oft, das können sie immer wieder tun, ganz allein mit sich sein.
Alexander sagte leise: »Wirklich, Sophie, nur für eine solche Gelegenheit, das mußt du mir glauben. Denk doch nur, Pierre lebt. Sophie, er ist nicht tot, wie wir so lange geglaubt haben. Muß man nicht darauf ein Glas trinken? Es ist doch ein Wunder.«
»Du hast recht«, flüsterte sie, und er zog sie zu sich. Man konnte sehen, wie ihre Körper zueinanderstrebten.
Und dann legte er den Arm um ihre Schultern und sagte: »Du bist so schön.«
Jessica wandte sich ab. Sie spähte in die weißaufflakkernde Dunkelheit. Sie zitterte. Das kam von der Aufregung. Woher denn sonst? Sie war doch nicht eifersüchtig auf Sophie.
So oft hatten ihre Eltern von Pierre erzählt, von ihrer ersten Safari mit ihm, von Amboseli, und wie er die Löwen und die Elefanten in der Morgenröte aufspürte. So oft hatten sie auch von Tana erzählt, seiner acht Monate alten Löwin, die er im Haus hielt, auf seiner Farm. Tana glitt über kostbare alte Möbel wie eine Ballettänzerin, als sie unbedingt den Modigliani bewundern wollte. Der Modigliani gehörte nicht Pierre, sondern der französischen Baronin, und Sophies Schläfen röteten sich immer, wenn Alexander darauf zu sprechen kam.
Der Landrover rumpelte auf die Lichtung, die Scheinwerfer wischten über die Zelte. Jessica sah die Gesichter hinter den spiegelnden Scheiben.
Der Wagen hielt, und dann stieg Pierre aus.
Jessica wußte sofort, das konnte nur Pierre sein. Groß und blond war er, hatte das Lachen, das Sophie nicht

beschreiben konnte. Und wenn sein Haar auch jetzt grau war, so wirkte er doch ewig blond.
»Ich muß um Entschuldigung bitten«, rief er, »aber wir haben eine Panne, die Spurstange ist im Eimer.«
Und dann erstarrte er, wie ein Tier vor dem Sprung.
»I'll be damned«, sagte er leise, und dann brüllte er: »Alexander!«
Nach einer ganzen Weile, während die beiden Männer sich umarmten, rief er: »Sophie!« Er nahm ihre Hand und fragte: »Mein Gott, wie lange ist es her?«
Und sie sagte: »Fünfzehn Jahre, Pierre. Genau fünfzehn Jahre. Fast auf den Tag.«
»Noch schöner bist du geworden, und deine Augen sind noch tiefer. Paß bloß auf, Alexander, diesmal nehm ich sie dir weg.« Und mit einer Drehung seiner Schultern: »Das ist Jessica.«
Er hielt auch ihre Hand in seinen beiden Händen. »In Amboseli haben deine Eltern entschieden, wie du heißen sollst, wenn du eines Tages geboren wirst. Siehst du, ich habe nichts vergessen.«
Dann wandte er sich ganz um und sagte höflich: »Darf ich vorstellen – Mr. und Mrs. Holt und ihre Töchter Jane und Agnes. Wir haben Glück, denn wir haben hier alte Freunde von mir getroffen. Die Feuer sind noch nicht aus, und wie ich Alexander Weg kenne, hat er auch einen guten Bourbon dabei. Stimmt's, Alex?«
»Aber ja!«
Aus dem Messzelt trugen Noko und Amos weitere Feldstühle herbei. Eis aus dem paraffingekühlten Frigidaire stand bald bereit. Gin und Bitter Lemon für die Damen oder ein erfrischender Weißwein? Cola und Ginger-Ale für die jungen Damen?
Jane und Agnes mußten siebzehn, achtzehn sein, trugen

Buschstiefel, nackte Schenkel und knappe Khakishorts.
»Töchter sind's jetzt«, sagte Pierre leise und zwinkerte Alexander zu.
Damals waren es keine Töchter, dachte Sophie, damals waren es Starlets einer John-Wayne-Production, weiß der Himmel, wie der Film hieß, ich weiß bloß noch, wie Wayne den Bauch einzog, als er mich sah, verdreckt, wie ich war, Haare steif und grau vom Staub, als wir in Arusha ankamen. Ich ging früh ins Bett. Pierre und Alexander wollten noch reden, sagten sie. Und trinken. Die Mädchen waren dabei. Hat er mich mit Michèle betrogen oder mit Elsa oder überhaupt nicht?
Sophie saß neben Patricia Holt, und sie bewunderte das schwarze Haar, das glatt den Kopf umschmiegte, den rohseidenen, weißen Safarianzug. Bewunderte die schlanken Hände mit den lackierten Nägeln, schaute auf die eigenen, abgebrochenen, weil Alexander den Kameraverschluß nie aufbekam.
»Auf einen besonders schönen Abend«, sagte Pierre. Und er sah Sophie dabei an, nicht die schlanken Mädchenschenkel, nicht Patricia Holt.
»Vor fünfzehn Jahren haben Sie sich kennengelernt, tatsächlich? Und die erste Safari mit Pierre in Kenia gemacht?« fragte Jerry Holt.
»Das muß herrlich gewesen sein«, sagte Patricia, »damals war eine Safari ja noch etwas ganz Besonderes.«
»Ich glaube, es waren die schönsten acht Tage unseres Lebens«, sagte Alexander. »Was meinst du, Sophie?«
»Ja«, erwiderte sie.
»Vor fünfzehn Jahren haben wir angefangen, von Afrika zu träumen«, sagte Patricia. »Wir wußten, wenn wir uns eines Tages eine so große Reise leisten können, dann hat Jerry es geschafft.«

Jerry Holt war ein kleiner unauffälliger Mann, aber Patricia hielt sich nah neben ihm, und ganz deutlich spürte Sophie, wie gut die beiden sich verstanden.

»Alexander hat noch nichts getrunken.«

»Nein«, flüsterte Jessica.

Sophie wandte schnell den Kopf. Das Kind hockte neben ihr in seinem Stuhl, aber es ließ Alexander nicht aus den Augen.

»Er wird«, sagte Sophie. »Es sei denn, du bätest ihn, es nicht zu tun.« Und im gleichen Moment haßte sie sich selbst. Warum bürdete sie dem Kind Verantwortung auf?

»Nein, Sophie«, sagte Jessica, »das kann ich nicht. Er ist doch Alexander.«

Die Holts waren auf Jagdsafari in Botswana, die Jagd war Jerrys einzige Passion.

»Sie waren allein mit Ihrem Mann auf dieser ersten Safari?« fragte Patricia. »Manchmal wünschte ich, wir wären es auch. Aber ich hatte nicht den Mut, die Kinder zu Hause zu lassen.«

Die Kinder räkelten ihre hochmütig nackten Schenkel. Ach, lieber Gott, ich war doch nie eifersüchtig, dachte Sophie. Aber ich war immer die Jüngste. Lange die Jüngste unter den Frauen seiner Freunde. Und heute schwellen die Knie an, wenn ich Stiefel zu lange trage.

Sophie schaute in ihren Schoß. Der kamelhaarfarbene Nachtmantel, der wie eine Kutte geschnitten war, machte sie klein, unförmig. Aber Alexander hatte ihn ausgesucht; die Nächte können noch verdammt feucht und kalt sein Ende März in Moremi. Ich will nicht, daß du dir Rheuma holst.

In Amboseli hatte sie nur sein Khakihemd angezogen, als sie nachts aus dem Zelt in die Büsche mußte.

Aber das war fünfzehn Jahre her, und sie war gerade zwanzig gewesen.
»Sie haben einen herrlichen Mantel an«, sagte Patricia Holt. »Unser Reisebüro in New York hat uns gesagt, wir brauchten nichts Warmes mitzunehmen, und ich hab mir schon die Blase erkältet, daß ich nachts alle fünf Minuten raus muß.«
»Wirklich?«
»Trinken Sie doch einen Schluck Wein. Ich bin so froh, daß wir hier in Ihrer Nähe übernachten dürfen. Wir sind erst zwei Tage im Busch, und ich habe Angst. Ganz zu schweigen von Jane und Agnes. Die kriechen jede Nacht zu mir ins Bett. Mit dem Erfolg, daß es natürlich zusammenkracht, das Feldbett.«
Patricia war lieb und gar nicht kühl, aber erst als Alexander nach dem Glas griff, das Pierre ihm hinhielt – »nur eins, auf alte Zeiten« –, war es, als risse die Spannung, in der Sophie gefangen war.
Sie konnte die Augen von ihm wenden. Sie wollte ihn auch nicht mehr ansehen, um ihm nicht das Gefühl der Schuld zu geben.
Sie trank ihr Glas Wein mit einer jähen, die Mundhöhle ausdörrenden Gier.
Weißwein und Praîre, damals in Paris, morgens um fünf in den Hallen, und Alexander hatte eine Kette aus den Muscheln für sie aufgezogen, sattviolett waren sie und so fahlbeige wie Sand, ehe die Sonne aufgeht. Sie trug die Kette, die nach Meer und Algen roch, zu einem schwarzen Kleid. Und selbst Gustave hatte bemerkt, sie sähe ungewöhnlich aus. Was mußte ihn das gekostet haben?
»Sie lachen, endlich«, sagte Patricia Holt. »Jetzt sehen Sie aus wie Jessica.«

»Aber Jessica gleicht nur Alexander«, erwiderte Sophie verwundert.
»Nein, das Kind hat Ihre Augen.«
»Wirklich?« Es machte Sophie so froh, daß sie nicht abwehrte, als Chris ihr Wein nachschenkte.
»Wir haben vor Jahren eine Ausstellung Ihres Mannes in New York besucht. Wir waren sehr beeindruckt. Aber damals konnte Jerry sich noch keine Wegs leisten. Stellt Ihr Mann nicht mehr in Amerika aus?«
»Selten«, sagte Sophie. Warum wären wir sonst hier, im März? Früher war er im März in New York und im September in London oder Paris. Immer wieder Paris.
»Aber Gustave ist tot.«
»Bitte?«
»Verzeihung, ich rede manchmal laut vor mich hin, Gedanken.«
»Ich auch«, sagte Patricia. »Irgendwann fängt das an, man redet plötzlich mit sich selbst. – Jerry, bitte, eine Zigarette.«
Sie hielt seine Hand, als er ihr Feuer gab. Die Mädchen rauchten jetzt auch, stießen ungeübt Qualmwolken aus. Chris hatte sich zu ihnen gehockt, seine Knie waren gerötet, breit; ein Bauernbube, der zum erstenmal mit jungen Dingern zum Tanzen will.
»Daddy liebt den Busch«, sagte Jane.
»Mummy auch«, sagte Agnes.
»Und Sie?« fragte Chris.
»Wir finden ihn langweilig.« Jane gähnte und ließ ihre Hände flattern. »Miles and miles of bloody bush.«
»Die Mädchen langweilen sich«, sagte Patricia traurig.
»Leider. Sie können es gar nicht erwarten, nach Kapstadt zu kommen. Diskotheken, Sandstrand, Surfing.« Sie schauderte.

»Sie sind eben anders als wir«, sagte Sophie.
»Ja, das ist diese Generation. Aber Jessica wird wieder anders sein. Malt sie auch?«
»Nein«, sagte Sophie. »Sie wagt es nicht.«
Jessica saß plötzlich zwischen Alexander und Pierre. Nur ihre Augen bewegten sich, von einem der Männer zum anderen.
Einmal hob Alexander die Hand und legte sie auf Jessicas dunkles Haar. Sophie schaute schnell fort.
»Wenn ich euren Landrover haben kann«, sagte Pierre, »und Chris inzwischen die Spurstange in Ordnung bringt? Na, Alex, fahren wir morgen alle gemeinsam aus? Mister Holt?«
»Nur zu gern, dann verlieren wir keinen Tag.«
»Gute Idee, ich hab noch nie eine Löwenjagd miterlebt«, sagte Alexander.
Warum tust du das? fragte Sophie stumm. Warum?
Er sah sie an, über das Feuer hinweg sie ganz allein. Seine Stirn war weiß, seine Lippen fest zusammengepreßt.
Damit du siehst, daß ich es durchstehe, erwiderte er ebenso stumm, damit du siehst, daß ich nicht davor schlappmache.
Und dann war es, als schlüge eine Fülle von Geräuschen über ihr zusammen, die sie nicht nur stumm, sondern auch taub machte. Die Mädchen kicherten, Chris hatte ihnen Whisky in die Colas gegeben, Jerry erzählte eine lustige Geschichte von einem Freund, der Speisekarten von Leichenschmäusen sammelte und jedes Jahr einen neuen und noch exotischeren Leichenschmaus in sein Testament aufnahm. Patricia lachte, als höre sie die Geschichte zum erstenmal. Sie konnte das noch. Chris rief: »Hamba tata lo-nkuni«, und Noko und Amos schlepp-

ten Holz herbei, das Feuer loderte erneut hell auf, und in der rasch erweiterten Lichtung standen bleich im Hintergrund nun auch die Zelte der Holts. Pierres Safarimannschaft, vier Batawana, zog sich auf den Laster zurück. Nur Nelson, der Wakamba, der schon vor fünfzehn Jahren bei Pierre in Kenia gewesen war, blieb in seiner Nähe, hielt sich in seinem Schatten. Sein Lachen war das Echo von Pierres Lachen.
Sophie sehnte sich nach ihrem Zelt. Sie sehnte sich nach dem flachen, harten Bett, auf dem sie allein liegen würde. Nicht mehr zum Reden animiert und nicht mehr zum Denken gezwungen. Sie würde eine von den kleinen gelben Kapseln nehmen, und der Weg in den Schlaf würde kurz sein, ganz kurz.

Und doch hatte es eine Zeit gegeben, in der die Nächte nicht lang genug sein konnten, in denen sie dem Schlaf entflohen war, weil das Wachen all ihre Träume erfüllt hatte.
Es war die Nacht in Rambouillet, wo sie den Tag verbracht hatten, Pilze suchend, Herbstzeitlose, wo sie ein Feuer entfachten, Nachttau fiel, sie in seinen Trenchcoat gehüllt lagen. Nichts als der Trenchcoat und das bißchen Wärme des sterbenden Feuers. Denn sie waren zu faul, aufzustehen, nein, sie konnten es nicht ertragen, auch nur für Minuten die Arme des anderen zu verlassen.
Erste Nacht auf der Erde, Teil der Erde, so mußte es sein.
Ihr Herz setzte aus, vergaß einen Schlag, zwei, drei. Es hatte auch ausgesetzt, als sie Alexander zum erstenmal gesehen hatte.

»Wie du die Tür aufgestoßen hast! Arme Madame Gisèle, sie war so stolz auf ihre Jugendstilscheibe im Portal des Hotels des Ursulines. Du standest in lauter Scherben!«
»Geheult hat Gisèle, und mich hat's drei Flaschen Champagner gekostet.«
»Und zwei Dutzend Austern!«
»Du standst plötzlich oben auf der Treppe. In einem schrecklich strengen schwarzen Kostüm.«
»Ich wollte doch ins Konzert.«
»Mit dieser schrecklichen Helma und ihrer Trompetenstimme. Sag, ist die eigentlich schwerhörig?«
»Weiß nicht.« Sophie kicherte. »Helma findet dich schauderhaft. Jeden Abend fleht sie den Zorn Gottes und alle Verdammnis auf dich herab.«
»Wann reist sie ab?«
»Wenn ich das wüßte.«
»Schick sie fort. Ach, bitte, Sophie, schick sie doch fort.«
»Kann ich nicht. Hab sie doch mit nach Paris gebracht. Und wenn mein Vater es erführe?«
»Was dann?«
»Na ja?«
»Du zitterst ja.«
»Nein.«
»Doch.«
»Du hast Angst vor ihm?«
»Wie jede normal erzogene wohlbehütete Tochter.«
»Bist du nicht mehr. Du gehörst mir. Du bist, warst, wirst immer sein meine Jungfrau vom Kap der Guten Hoffnung. – Hört ihr«, rief er die Bäume an, »wißt ihr, wer Sophie ist?«
Sie hielt ihm den Mund zu, sie rollten über das weiche

Moos. Sein Trenchcoat fing an einer Ecke Feuer, und er sagte: »Verdammt, was mach ich jetzt? Ich kann mir keinen neuen leisten.«
»Kannst du, doch«, sagte sie. »Du hast dein erstes Bild verkauft.«
»Ach so.« Er sah sie an wie ein kleiner Junge, der gerade aus dem Schlaf erwacht ist. »Tatsächlich. Alexander Weg hat sein erstes Bild verkauft! Mit siebenundzwanzig Jahren, in diesem Jahr unseres Herrn neunzehnhundertundsechzig zu Paris!«
»Und tausend Dollar dafür gekriegt!«
»Abzüglich zwanzig Prozent für Gustave.«
»Bleiben immer noch achthundert!«
»Blieben! Mademoiselle, Sie sind ein teures Spielzeug. Sie haben mich einen Bund Moosrosen gekostet.«
»Ich verspreche Besserung.«
Und sie lachten, bis sie keinen Atem mehr hatten.
»Sag mal, stimmt das wirklich, was du mir erzählt hast, ich meine, von eurer Weinfarm bei Stellenbosch und eurem Stadthaus in Kapstadt?«
»Ja.«
»Und dein Vater hat einen jungen aufstrebenden Anwalt oder Arzt aus bester Familie mit blendenden Manieren für die Hand seiner Tochter ausersehen?«
»Ach, ich glaube, Vater weiß gar nicht, daß ich erwachsen bin.«
»Na, hör mal, das sieht selbst ein Blinder. Und wie du gewachsen bist!«
Es wurde dunkel, und sie spürte nur Alexanders Hände und seinen Mund und seinen Atem.
Und dann redeten sie wieder. Es regnete. Das machte nichts. Sie lauschten dem Wind in den Bäumen, dem Ruf eines Eichelhähers.

»Gustave will mich nach Amerika schicken.«
»Ja?« fragte sie.
»Aber ich fahre nicht«, sagte Alexander schläfrig. »Jetzt nicht mehr.«
»Warum nicht?«
»Weil ich nicht mehr ohne dich leben kann.«
Sie lag ganz still und atemlos. Sie meinte, ihr Herz überhaupt nicht mehr zu spüren.
Damals war sie neunzehn gewesen, und sie hatte ihm geglaubt. Denn nie zuvor hatte ein Mensch das zu ihr gesagt. Nun war sie fünfunddreißig, und alle Menschen, die sie kannte, auch ihr Vater John M. Duplessis, konnten sehr gut ohne sie leben. Selbst Jessica.

Sophie lag in ihrem Zelt, und sie hatte zwei der kleinen gelben Kapseln genommen, aber der Schlaf wollte nicht kommen. Wenn sie die Augen schloß, war es nur, als stürze sie.
»Sophie?«
»Ja, Baby?«
»Euer Pierre ist nett.«
»Ja, Baby.«
»Alexander und er sind wie Brüder, nicht?«
»Ja, Baby.«
»Ist es nicht komisch für euch, ihn nach so vielen Jahren wiederzusehen?«
»Ja, Baby, das ist seltsam.«
»Denn ihr habt doch immer geglaubt, er sei schon lange tot. Wie Jamie.«
»Was sagst du da?«
»Na, du weißt doch, Jamie, von dem du manchmal sprichst. Der kleine Junge.«

War sie so unvorsichtig geworden, sprach sie so oft mit sich selbst?
»Wer war er überhaupt, Jamie, meine ich?«
»Ein kleiner Junge«, sagte Sophie.
»Sicher, aber wer?«
»Schlaf jetzt, Baby.«
»Sophie, könntest du nicht aufhören, mich Baby zu nennen? Ich bin schließlich zwölf.«
»Ja, Jessica, aber schlaf jetzt.«
»Gute Nacht, Sophie.«
Es gab gar keinen kleinen Jungen namens Jamie. Es hätte einen Sohn geben können, James, gezeugt in jener Nacht im Wald von Rambouillet.
Aber sie hatte ihn abgetrieben. Sie wollte das Kind nicht, weil sie glaubte, daß Alexander sich verpflichtet fühlen würde, sie zu heiraten. Weil er am Anfang seiner Karriere stand und eine Familie sein Talent zerstören konnte. Alexander mußte frei bleiben. Und so tat sie, ein neunzehnjähriges Mädchen, das niemand um Rat fragen konnte, was es für das einzig richtige hielt.
Es war so lange her, aber die Schatten der Schuld waren nicht kürzer geworden, sondern länger. Je mehr Zeit verstrich, um so schwerer wog das Schweigen, und um so weniger Mut brachte sie auf, ihm zu sagen: Ich hab es deinetwegen getan.
Sie brachte den Mut nicht mehr auf, weil sie wußte, was er antworten würde. So wenig hast du mir vertraut? So wenig hast du an mich geglaubt?
Und je mehr sie den Mut verlor, um so enger versuchte sie sich an Alexander zu klammern, um ihn nicht zu verlieren.
Sie starrte zum Zeltdach hoch, in den fahlen Widerschein des erlöschenden Lagerfeuers.

Es gab keinen Ausweg. Nur das Schweigen.

Sophie tastete nach dem Röhrchen mit den kleinen gelben Kapseln, schluckte noch eine.

Wie oft hatte sie bereut?

Ich bereue, und er merkt es und weiß nicht, warum, und darum entfernen wir uns immer weiter voneinander. Die Wege gehen auseinander, ich sehe ihn nur noch ganz weit weg wie auf einem Pfad in der Wüste.

Die Lider fielen ihr zu. Es wurde dunkel, Alexander war nicht mehr zu sehen, und endlich stürzte sie in die Dunkelheit der kleinen gelben Kapseln.

2

Alexander und Pierre trafen sich am Feuer später in der Nacht.
»Kannst auch nicht schlafen, was?«
»Ist noch was in der Flasche drin?« fragte Pierre.
»Ja, es ist noch Bourbon da.«
Alexander sah Pierre zu, wie er zum Messzelt ging, in der Eiskiste nachschaute. Sein Schritt war schwerer geworden, sein Nacken dicker. Man sieht ihm die Fünfzig nachts um zwei Uhr an und mir die Dreiundvierzig, dachte Alexander.
Pierre kam mit zwei halbgefüllten Gläsern zurück. »Brauchst du Eis?«
Alexander schüttelte den Kopf. Er nahm einen Schluck Bourbon, ließ ihn mit der Zunge in der Mundhöhle kreisen, bis die Schleimhäute brannten. Schluckte, schloß die Augen.
»Fünfzehn Jahre ist unsere Safari her. Unglaublich. Ein paarmal hat Sophie versucht, dich ausfindig zu machen.«
»Sophie?«
»Für uns. Wir wollten wieder mit dir raus. Wir träumten davon, mit dir eine vierwöchige Safari zu machen. Wir haben dich nie gefunden. Wincza schrieb, neunzehnhundertvierundsechzig seist du weg aus Nairobi,

aus Kenia, zurück nach Mauritius. Und Rex, ein Ranger in Mala Mala, sagte neunzehnhundertdreiundsiebzig, du seist ertrunken. Im Indischen Ozean. Mit einer Ladung Rum und Mädchen an Bord.«

Pierre grinste, fuhr sich durchs kurze graue Haar. »Schöne Geschichten haben die Leute über mich erzählt, aber es war alles ganz anders.«

»Wie anders?«

»Es ist so lange her.«

»Erzähl doch.«

»Mit Tana fing eigentlich alles an. Kurz nachdem ihr bei mir wart. Sie wurde ein Jahr alt, Duke, du erinnerst dich doch an Duke und Duchess, meine Schäferhunde, sie konnten die Löwin nicht mehr bändigen. Ich kriegte ein paar Anzeigen, angeblich riß Tana das Vieh der Eingeborenen. Aber es konnte nie bewiesen werden, und ich glaube es auch heute nicht. Ich mußte Tana töten. Und dann wollte Anna-Marie zurück nach Frankreich. Mit fünfundvierzig kriegte sie die Idee, doch noch heiraten zu wollen, einen netten anständigen Baron, einen entfernten Cousin irgendwo in der Auvergne. Anna-Marie schenkte mir die Farm, aber sie vergaß, das schriftlich zu machen, und Jomo Kenyattas Landwirtschaftsminister konfiszierte sie neunzehnhundertvierundsechzig. Er teilte die Farm in hübsche kleine Shambas, auf denen heute wahrscheinlich Hunderte von Menschen leben.«

»Aber das Haus?« fragte Alexander. Das Haus, das fast von wilder violetter Boungainvillea erdrückt wurde, war immer sein Traum von einem Haus geblieben. An einem sanften Hang der Ngonghügel gelegen, stieg es morgens aus dem Nebel wie aus einem erfrischenden Bad. Er roch noch das Zedernholz, mit dem die Wände getäfelt waren, sah, wie sich das Licht der Kerzen in den hohen silbernen Empireleuchtern in Sophies Augen spiegelte. Ein solches Haus werden wir eines Tages haben, versprach er ihr damals, aber sie hatten es nie geschafft.

»Der Verkauf des Hauses deckte gerade meine Schulden«, sagte Pierre. »Aber Josef blieb bei mir.«

»Josef, der Schimpanse?«

»Ich habe ihn ein dutzendmal ausgesetzt, weit von Nairobi entfernt. Aber immer wieder fand ich ihn nachts unter dem Moskitonetz in meinem Bett im ›Norfolk‹, vergnügt schnatternd oder auch keifend, je nachdem, ob ich allein war oder ein Girlie mitbrachte. Eines Tages zertrümmerte er die ganze Einrichtung, da mußten wir raus. Von da an war das ›Norfolk‹ off limits. Ich ging nach Tansania. Eine Zeitlang half ich bei der Planung und beim Ausbau der Unterkünfte für Touristen in Manyara und Ngorongoro mit, bis ich es satt hatte, vor lauter Reisegruppen nicht mal mehr den Schwanz eines Zebras zu sehen.«

»Heute sind es Reisegruppen, früher waren es Hemingway und Ruark und John Wayne mit seinen Starlets.« Sie sahen sich an, grinsten.

»Hat Sophie wirklich je geglaubt, du hättest was mit Michèle gehabt?« fragte Pierre.

»Ich weiß es nicht.« Alexander blickte ins Feuer. »Ich weiß nicht mehr, was sie denkt, und sie weiß nicht mehr, was ich denke. Kannst du dir vorstellen –«

»Ja?« fragte Pierre, und seine Stimme war mit einemmal heiser. Er mußte sich räuspern, es klang seltsam. Alexander sah ihn an.

»Erkältung«, sagte Pierre, »und der Suff.« Er räusperte sich wieder und fragte: »Was soll ich mir vorstellen?«

»Daß – ich habe dich damals nur acht Tage gesehen.

Aber es war, als hätte ich dich immer gekannt. Also, kannst du dir vorstellen, daß Sophie mich mal betrogen hat?«

»You are crazy«, sagte Pierre, und seine Augen wurden schmal wie die einer Raubkatze.

»Ehrlich.«

»Ich war damals drauf und dran, es mit ihr zu versuchen. Aber ich wußte, sie war für keinen Mann zu haben. Für keinen, außer Alexander Weg.«

»Du wolltest –?« Alexander lachte. »Ein Freund? Red doch nicht so.«

»Was heißt hier Freund? Nach den acht Tagen waren wir Freunde, nicht nach der ersten Nacht.«

»Ich glaube ihr nicht mehr.«

»Seit wann nicht?«

»Seit – ich aus Amerika zurückkam.«

»Also, als du sie geheiratet hast – da hast du ihr schon nicht mehr geglaubt? Und was hast du ihr nicht mehr geglaubt, bitte sehr, Mister Weg?«

»Wenn ich das wüßte, dann gäbe es keine Probleme.«

»I said, you are crazy.«

»Vergiß es. Vielleicht habe ich ein bißchen zuviel getrunken. Laß uns ins Bett gehen.«

»Neunzehnhundertsiebzig ging ich nach Rhodesien«, erzählte Pierre, als hätte Alexander gar nichts gesagt. »Ich hab mir eine Farm gekauft. Ich hab geheiratet.«

»Du?«

»Oh, ich war plötzlich ganz solide und ganz vernünftig, und trank keinen Tropfen mehr.« Pierre drehte sein leeres Glas um, stellte es in den grauen Sand. »Es wäre alles gut gewesen, wenn Sue nicht unbedingt ein Kind hätte haben wollen. Vorher war sie ziemlich wild, und jetzt wollte Sue eine richtige Ehe, eine richtige Familie. Dann hatten wir einen kleinen Überfall durch Terroristen. Ich kriegte Sue noch in den Wagen, aber nicht mehr schnell genug ins Krankenhaus.«

Alexander gab Pierre sein Glas.

»Na ja, und seit drei, vier Jahren mach ich jetzt wieder Safaris. Nicht immer kriege ich so nette Leute wie die Holts. Jerry ist kein Killer. Wenn er wirklich einen Löwen schießt, wird es auch der eine Löwe bleiben. – Viel war nicht mit mir los, was?«

»Du hast doch eine Menge Dinge versucht.«

»Ja, aber nichts zu Ende gebracht. Und du, wie war's bei dir?«

»Auf und ab. Gut und schlecht. Ich mach jetzt Buchumschläge und illustriere Kinderbücher.«

»Keine Schinken in Essig und Öl mehr?«

»Selten.«

»Warum?«

»Ich bleibe lieber zu Hause.«

»Zu Hause? Du?«

»Jessica braucht mich.«

»Und Sophie?«

»Ich muß ins Bett«, sagte Alexander, »seh dich morgen, was?«

»Heute.« Pierre grinste, aber es sah aus, als habe er die Maske eines Clowns übergestülpt. »In zwei Stunden.« Und leise, als sollte Alexander es gar nicht hören, fügte er hinzu: »Schade, bei euch hätte ich gedacht, es könnte gar nichts schiefgehen.«

Alexander zögerte vor Sophies Zelt. Der Reißverschluß der Ausgangsflappen war geschlossen. Undeutlich konnte er hinter dem feinen Gespinst die beiden Betten erkennen. Auf dem einen lag Sophie, auf dem anderen Jessica. »Man kann ein zwölfjähriges Kind nicht allein in einem Zelt schlafen lassen«, hatte Sophie zu Beginn der Safari gesagt.

»Ein Mädchen wie Jessica schon.«

»Wenn ihr etwas passiert, wirst du mich verantwortlich machen.«

»Werd ich nicht, weil nichts passiert.«

»Bitte, Alexander, aber ich will es so. Jessica schläft bei mir!«

Aus seinem Zelt hatte er dann das zweite Bett rausgeworfen.

Er ging in sein Zelt, legte sich auf die linke Seite, schob vorsichtig seinen Arm vor, damit das Gewicht seines Körpers nicht auf Unterarm und Gelenk drückte.

Und doch fingen die Schmerzen wieder an, als hätten sie den Tag und den langen Abend über nur darauf gelauert.

Sie begannen ziehend und zupfend, bis sie jeden Nerv, jede Sehne, jede Muskelfaser erreichten, und ihm war, als lausche er einem kakophonischen Konzert, das nichts weiter war als der Schmerz.

Alexander brach sich das linke Handgelenk am Abend des 12. September 1971 in Bonn. Er hatte zwölf Stunden ohne Unterbrechung gemalt, und dann war er hinauf zum Venusberg gegangen, vier Stunden lang gewandert, bis er auf nassem Laub ausrutschte.

»Ein schöner Trümmerbruch«, sagte der Notarzt.

Alexander brüllte ihn an: »Seien Sie vorsichtig!« Er hatte Angst, panische Angst. Er mußte doch malen, malen, malen.

»Na, haben Sie sich doch nicht so, so was kriegen wir doch alle Tage.«
»Das ist mein Handgelenk.«
»Na klar.«
»Ich brauch meine Hände, ich leb von meinen Händen.«
»Na sicher, wer denn nicht? Aber es ist ja bloß die linke.«
»Ich bin Linkshänder. Ich bin Alexander Weg.«
»Ihren Namen haben Sie der Aufnahmeschwester schon gegeben.«
»Ich bin Maler.«
»Essig und Öl?« fragte der junge Spund mit dem roten Bart und klatschte Gips auf die Mullbinde.
»Sophie, sag's ihm doch, erklär's ihm, wer ich bin.«
Man hatte sie telefonisch herbeigerufen.
»Sag doch was, Sophie, sag ihm, wer ich bin. O Gott, ich werd nie mehr malen können. Nie mehr!«
»Mein Mann ist Alexander Weg.«
»Das sagte er schon.«
»Er ist ein bedeutender Maler.«
»Wir behandeln alle Patienten gleich, Frau Weg.«
»Ja, schon, ich meine nur, Sie müssen seine Hand wieder in Ordnung bringen.«
»Das tun wir ja.«
»Mein Mann arbeitet zur Zeit für eine Ausstellung in München.«
»Acht Wochen muß er sich schon gedulden.«
Alexander stöhnte. »Da ist was verdreht im Gelenk, das tut so saumäßig weh.«
»Bitte, seien Sie vorsichtig«, sagte Sophie.
»Gehen Sie doch wenigstens raus«, sagte der Arzt. »Sie machen mich beide ganz nervös mit Ihrer Schwafelei.«

Sophie ging hinaus und wartete auf dem Flur, und Alexander dachte, ihr ist es egal, was aus der Ausstellung in München wird. Es ist ihr auch egal, wenn ich nie mehr malen kann.
Und deswegen ließ er sie im Flur stehen, und sie lief hinter ihm her. »Ich bin doch mit dem Wagen da, Alexander.«
»Ich nehme ein Taxi. Meinst du, ich lass mich von dir durchrütteln?«
Sie weinte. Er hatte ihr den Sportwagen geschenkt, sie war doch eine vorsichtige Fahrerin. Warum mußte er sie verletzen?
Sophie stand still neben ihm, während er vom Empfang aus Michels anrief.
Michels kam stets sofort, wenn Alexander ihn rief. Er war sechzig, hatte einen Adoptivsohn, der Gedichte schrieb. Michels erinnerte Alexander an Hinkens, dessen Adoptivsohn er gewesen war.
»Es tut mir leid, Sophie«, sagte Alexander, während sie auf Michels warteten, »aber bitte, versuch es zu verstehen. Alle wichtigen Dinge in meinem Leben passieren immer im Herbst. Und jetzt dieser Handbruch. Es ist ein Trümmerbruch, und ich habe Angst, Sophie. Was ist, wenn ich nie mehr malen kann? Ich habe doch nichts anderes gelernt, nie etwas anderes getan.«
Sie berührte sacht seine linke Schulter, der Schmerz verstärkte sich.
»Bitte«, sagte er, »rühr mich nicht an. Ich – ich kann es dir nicht erklären, aber wenn du mich so anrührst, wird es nur noch schlimmer.«
Michels traf ein, und Alexander ließ sich von ihm in den Wagen helfen. Sophie fuhr in ihrem Kabriolet hinterher.

Michels brachte Alexander ins Haus. Half ihm, sich auszuziehen. Er gab ihm zwei Schlaftabletten und wünschte ihm eine gute Nacht.
Es war die erste Nacht in Bonn, in der Sophie nicht bei ihm schlief.
Und in dieser Nacht starb auch die Freude, zurückgekehrt zu sein, nach Deutschland, endlich wieder in der Stadt zu leben, wo er geboren war, wo alles angefangen hatte.
Er hatte das Haus gemietet, obwohl es mit drei Etagen viel zu groß für drei Personen war, weil es nur einen Steinwurf weit von dem Haus lag, in dem er aufgewachsen und seine Eltern gestorben waren.

Alle wichtigen Dinge meines Lebens geschehen im Herbst, dachte Alexander jetzt, während er im Zeltlager von Moremi lag.
Erneut schweiften seine Gedanken zurück, und es wurde wieder Herbst, diesmal St. Martin 1944, als könnte er nicht aufhören, sich selbst zu quälen.

Sein Vater war auf Genesungsurlaub gewesen. Alexander schwänzte die Schule. Nur zur St. Martinsfeier ging er. Da kam Großalarm.
Nach der Entwarnung hielt Hinkens ihn im Bunker zurück. Er war Angestellter bei der Stadt und wohnte in der Nachbarschaft.
»Ich will nach Hause. Mein Vater muß wieder an die Front«, sagte Alexander.
»Du kannst nicht nach Hause.«
»Warum nicht?«

»Deine Eltern sind tot.« Dem alten Mann liefen plötzlich Tränen über die Wangen. Er legte seinen Arm um Alexanders Schulter, aber Alexander war es, als müsse er den alten Hinkens trösten.
»Du kannst bei mir bleiben, Weg, falls deine Verwandten sich nicht melden.«
»Wir haben keine Verwandten.«
»Dann kannst du trotzdem bei mir bleiben. Oder willst du in ein Heim? Es gibt schöne Kinderheime, auf dem Land. Da fallen keine Bomben.«
»Ich bleibe lieber bei Ihnen.«
»Auch gut«, sagte Hinkens und verbarg seine Freude nur schlecht.
Von da ab hauste Alexander in seiner Mansardenwohnung; Hinkens gab ihm das große Zimmer mit dem Ausblick auf die Bäume und die verschnörkelten Giebel auf der anderen Straßenseite.
Hinkens besaß Farbstifte und Malkästen, sie hatten seiner verstorbenen Schwester gehört, die eine Sonntagsmalerin gewesen war.
»Malte die nur sonntags?« fragte Alexander verblüfft.
»Nein.« Hinkens verzog die Lippen, seine Art zu lächeln. »Das heißt nur, sie war keine wirkliche Malerin, sie tat es nur aus Vergnügen.«
»Haben Sie Bilder von ihr?«
»Nein, die sind alle verbrannt.«
Alexander hatte nicht viel zu tun. Der alte Mann besorgte den Haushalt, den Einkauf, die Wäsche. Alexander blieb seit dem Tod seiner Eltern nach der Schule fast immer zu Hause. Er wünschte, er hätte wenigstens ein Foto von seinen Eltern gehabt.
»Nichts haben wir in den Trümmern gefunden, gar nichts. Es war eine Luftmine«, sagte Hinkens.

»Hat es deswegen kein Begräbnis gegeben?« fragte Alexander.
»Gott nimmt die Menschen zu sich, auch wenn sie nicht in Gräbern bestattet werden, denn wir alle stammen aus seiner Hand.«
Alexander malte die Hand, eine große Hand, mit Fäden von den Fingern, an denen kleine Menschen baumelten. Er malte die Bäume und die verschnörkelten Giebel. Er malte die Tür zum Klo auf dem Treppenabsatz, das Hinkens immer mit einem befriedigten Gesichtsausdruck verließ, Papiere unterm Arm, die er dann im Küchenherd verbrannte. Das war noch vor der Kapitulation.
Und er malte das Gesicht seiner Mutter. Er malte ihren Hals, in dem man so oft die Ader pochen sah, ganz gleich, ob sie sich freute oder ob sie traurig war. Er malte das weiße Kleid mit den roten Tupfen, das sie zum letzten Pfingstfest getragen hatte, und ihre kleinen Füße, an denen die weißen Pumps aussahen, als habe man Kinderfüße in sie gesteckt.
Alexander malte seinen Vater in Uniform; er war spät eingezogen worden, die Uniform war ihm zu klein gewesen. Es gab so viele Soldaten, daß er sich seine Uniform nicht mehr aussuchen konnte. Alexander malte die zu kurzen Ärmel, die Hände, die zu groß daraus hervorschauten, malte die Wickelgamaschen. Nur die Augen konnte er nicht malen, die Augen sah er nicht vor sich. Lachten sie, waren sie traurig? Böse? Zornig?
Das Gesicht blieb leer, ohne Augen.
»Das kommt noch«, sagte Hinkens, »das kommt noch, laß dir Zeit.« Aber das augenlose Gesicht seines Vaters verfolgte Alexander in den Schlaf, in den Traum.
»Manche Menschen werden blind, wenn sie nicht mehr

ertragen können, was sie sehen sollen«, sagte Hinkens. War sein Vater blind geworden? Hatte er seine Augen verloren, als die Luftmine fiel?
Er malte Augen, Augen, Augen, aber nicht ein einziges Paar wollte in das Gesicht seines Vaters passen.
Hinkens versteckte die Blätter, abends, bevor sie zu Bett gingen.
»Warum tun Sie das?«
»Weiß man denn, was in der Nacht passiert?«
»Mein Vater hatte vor nichts und niemandem Angst.«
»Vorsicht ist besser.«
Hinkens kochte Schokoladenpudding aus angebranntem Mehl. Hinkens brutzelte Reibekuchen aus geraspelten Rüben. Hinkens wurde pensioniert und nahm eine Stelle als Wächter in Schrebergärten an. Das war, als der Krieg schon aus war und die hungrigen Menschen zu wütenden Straßenkötern wurden – sagte er. Alexander malte den schlurfenden Hinkens, wie er abends mit dem Knüppel auszog. Eines Morgens waren an dem Knüppel häßliche braune Flecken. »Weck mich nicht«, sagte Hinkens und schloß sich in seine Kammer ein. Still blieb es den ganzen Tag, kein Laut war von ihm zu hören. Alexander malte den kleinen Hinkens, wie er einen riesigen Mann erschlug. David und Goliath, die Geschichte gefiel ihm; er las sie immer wieder in der Bibel nach.
In die Schrebergärten ging Hinkens nun nicht mehr, er wusch Autos für englische Besatzungstruppen. Am nahen Weiher hatten sie ein Casino, und manchen Abend brachte Hinkens eine kleine Flasche von dort mit. Essigessenz stand darauf, aber sie war mit Schnaps gefüllt. »Das ist kein Schnaps«, sagte Hinkens, »das ist Whisky«, und Alexander malte Hinkens Hände, wenn sie ein

bißchen von diesem Whisky in ein Glas gossen und Wasser nachschenkten; es sah feierlich aus. Einmal ließ Hinkens ihn vom Whisky probieren, aber Alexander hatte ihn sofort ausgespuckt.

Alexander drehte sich auf den Rücken, er zog die Decke bis zum Kinn hoch. Im Dreieck des Zeltausgangs konnte er das schwarze Geäst der Bäume sehen und dahinter die erste Helligkeit des Tages. Nkulunkulu zog seine große schwarze schützende Hand von der Erde zurück, er löschte die Sterne, Lichter, die dem einsamen Wanderer den Weg zeigen. Glaubte Sophie noch an die große schwarze schützende Hand, sie, die ihm davon erzählt hatte? Nein, nur Jessica glaubte noch daran.
Sie stand plötzlich vor dem Zelt, als habe er sie herbeigewünscht.
»Darf ich reinkommen?«
»Ja, Jess, komm herein.«
Sie warf ihren Nachtmantel ab, kroch zu ihm unter die Decke.
Er kitzelte ihr Ohr mit seinem Mund, sie lachte leise.
»Hast du gut geschlafen?«
»Mhmhm«, machte sie.
»Und geträumt?«
»Natürlich von Löwen. Gehen wir wirklich mit auf die Jagd?«
»Wenn du willst, ja. Aber es wird sicher nicht sehr lustig sein. Ich meine –«
»Ich weiß schon, was du meinst. Aber ich will alles sehen. Alles.«
»Warum?«
Sie antwortete nicht.

»Warum?«
»Weil ich so werden will wie du.«
»Aber du bist wie ich. Du bist ein Teil von mir.«
»Und von Sophie.«
»Ja, auch von Sophie. Warum nennst du sie nie Mummy? Es würde ihr so viel Freude machen.«
»Ich nenn dich doch auch nicht Daddy.«
»Nein, dem Himmel sei Dank, das tust du nicht.« Er lachte.
»Findest du die Mädchen schön?«
»Welche Mädchen?«
»Na, Jane und Agnes.«
»Ich hab sie mir gar nicht richtig angeguckt.«
»Wirst du alt?«
»Willst du dich über mich lustig machen?«
»Nein, für mich wirst du nie alt. Kannst du gar nicht. Aber Sophie sagt, wenn ein Mann aufhört, Frauen anzugucken, wird er alt.«
Er guckte sich die Mädchen später genau an. Sie standen vor ihrem Zelt, in Stiefeln und Shorts, mit nacktem Rücken, glänzend vom kalten Wasser, das ihnen Katzenmiauen entlockte.
»Ich hab Hunger«, sagte Alexander. »Komm, wir frühstücken.« Er nahm Jessicas Hand, und sie gingen zum Messzelt.

3

Im Messzelt stand der frühmorgendliche Tee in dicken gelben Tassen bereit, Ameisen krochen über den braunen Zucker.

Jerry Holt putzte seine Brillengläser, zupfte an seiner Nase, trieb die Töchter zur Eile an. Sie maulten über den Zucker, der klumpte, über den Tee, der zu heiß war, die Fliegen, die auf den Gläserringen der vergangenen Nacht Achten liefen.

»Ihr könnt ja hierbleiben«, sagte Patricia Holt. »Niemand zwingt euch, mit rauszufahren.«

»Allein?«

Sie betrachteten Chris, der sich die noch unrasierten Wangen rieb, als könnte er so die Bartstoppeln fortzaubern.

»Ihr habt ein Radio, ein Tonband, und ihr wolltet ja auch Tagebuch über eure Eindrücke führen.«

»Aber doch später, nicht schon jetzt.«

»Chris, meinen Sie wirklich, Sie kriegen die Spurstange hin?« fragte Jerry.

»Will's hoffen«, sagte Chris.

Sophie rauchte.

»Auf nüchternen Magen?« fragte Alexander.

»Sie hat schon zwei Kekse gegessen«, sagte Jessica.

Er sah sie an.

»Darf ich neben dir sitzen. Zwischen dir und Sophie?«
»Natürlich«, sagte er.
Amos und Noko kehrten mit Reisigbesen die Lichtung, ihr Transistorradio brachte Rock aus Harlem von Radio Botswana.
Pierre hob eine Eiskiste aus Styropor in den Landrover, die Sandwiches, Cola, Soda enthielt. Chris legte vier Büchsen Bier obenauf.
Neben Pierre setzten sich Patricia und Jerry. Auf die Bank dahinter Sophie, Jessica und Alexander.
Die Metallsitze rechts und links im Laderaum des Wagens teilten sich Jane und Agnes, Nelson kam dazu, Pierres Gewehrträger. Vor sich auf den Boden legte er den dunkelbraunen, ledernen Gewehrkasten, von dem ein schwacher Geruch nach Waffenöl aufstieg.
Sie fuhren an dem Laster vorbei, in dem Pierre die Zeltausrüstung und Vorräte für seine Jagdparty mit sich führte. Obenauf, in Planen gewickelt, lagen vier undeutliche Gestalten, von denen nur das schwarze Drahthaar wirklich war.
Nebel hing im Unterholz, hob sich zögernd vom Boden. Sie fuhren durch ein tauglitzerndes Spinnennetz, das wie ein Vorhang den Weg überspannte.
»Schade um die Nachtarbeit«, sagte Pierre.
Die Mädchen lachten.
Die Sonne ging auf, überflutete den Wald, den Busch, ließ eine freie Grasfläche zu ihrer Rechten lodern, als stehe sie in Flammen.
Und in den Flammen, im Gelb und Rot und Violett, sahen sie die schwarzen Leiber, jäh da, wie so oft in Afrika; schwarz und riesig, bucklig, und das Gehörn hier stumpf wie uraltes Moos und dort wieder scharfglänzend, als seien es Sensen.

»Schau, Alexander!« Jessicas Stimme war hoch und voll Erwartung.
»Mindestens zweihundert«, sagte Pierre, »schau nur, die Jungen, da drüben vor dem Dornbusch ist eines, das gerade gesäugt wird. Kann sich noch kaum auf den Beinen halten.«
Jessicas Hand schlüpfte in Alexanders Hand.
Die Büffel waren etwa hundert Meter entfernt; Pierre fuhr vorsichtig näher, einen Halbkreis schlagend.
Aus der Sonne trieb der Geruch der Herde zu ihnen herüber, von Schweiß und Dung und taufeuchtem Fell. Die Büffel bewegten sich langsam parallel zu ihnen in entgegengesetzter Richtung auf den Waldrand zu. Hinter sich ließen sie einen Erdwall, bedeckt mit dichtem Dorngestrüpp. Dahinter war der Fluß.
Sie fuhren auf die niedrige Schirmakazie zu, unter der am Vorabend die trächtige Löwin mit ihrer ›Auntie‹ gelegen hatte, wie man die zweite Löwin nennt, die ihr als Bewacherin in den Stunden dient, wenn die Wehen einsetzen, die Jungen geworfen und reingeleckt werden, wenn ihre Nabelschnur durchgebissen wird und sie zum erstenmal gesäugt werden.
»Die Löwinnen sind wahrscheinlich nicht mehr da«, sagte Pierre. »Die Büffel müssen sie vertrieben haben.«
Er hielt den Landrover an, verständigte sich mit Alexander durch eine Kopfbewegung, dann stiegen sie beide vorsichtig aus.
Das Gras unter der Akazie war noch flachgedrückt, da waren auch deutliche Pfotenspuren im vom Tau verklebten Sand.
»Bitte, steig wieder ein«, wisperte Jessica.
Im gleichen Moment schnellte ein gelbbrauner Leib aus dem Dickicht des Erdwalls. Sie sahen die Pranken, den

vorgereckten Kopf mit der gelb-schwärzlichen Mähne. Den ersten Löwen sahen sie noch ganz deutlich, und er erschien ihnen riesengroß.
Die Landrovertüren schlugen zu, in das Knallen mischte sich das Gebrüll der Herde, die Büffel brüllten und dann die Löwen, eins, zwei, drei, vier – sieben.
»Sieben Löwen«, flüsterte Jessica, aber es war wie ein Schrei.
Drei Löwen in der Mitte, flankiert von vier Löwinnen, so griffen sie die Büffelherde an.
Die Hufe der Büffel wirbelten Staub auf, lange goldene Fahnen in der Sonne. Schwarzbraun quirlte es in der Herde, deutlich zu sehen in ihrer Mitte die Kälber, dann die jungen Kühe, schließlich als fester Ring die alten, großen, mächtigen Kühe, die selbst keine Geburt mehr gaben.
Und von den Bullen griffen ein Dutzend die Löwen an. Die Löwen brüllten, die Büffel preschten vor, der Schwarzmähnige wurde auf die Hörner eines Bullen genommen, aufjaulend wie ein Welpe, dann flog er durch die Luft, überschlug sich zweimal und zog sich schließlich mit eingeknickten Läufen zurück, zwischen die Linie der Löwinnen.
Und wieder kam Bewegung in die Büffelherde, wie ein schwarzer Keil stürmte sie in den Mopaniwald.
Und dann war alles still.
Im Gras der Lichtung lagen die Löwinnen ganz flach, während die Löwen schon der Herde folgten.
»Fahren wir hinterher?« fragte Pierre.
Alle nickten.
»Warum hast du nicht fotografiert?« fragte Alexander. »Sie waren an deiner Seite.«
»Ich hab's vergessen«, sagte Sophie.

»Natürlich!«
»Es macht doch nichts«, sagte Jessica. »Bitte, es macht doch wirklich nichts aus. Ich werde mich immer daran erinnern.«
»Recht hast du, Jess«, sagte Pierre.

Gegen Mittag wußten sie, daß die Büffelherde wie auch die Löwen aus dem Wildreservat am Okavangofluß in das Jagdgebiet von Ker und Downey gewechselt waren. Sie hielten im Mopanibusch. Die Hitze floß wie Blei in den Wagen.
»Jerry, Sie haben auch einen Büffel auf Ihrer Liste«, sagte Pierre.
Holt polierte seine Brille. Sie warteten.
»Wir wissen, daß die Herde im Wald hinter der Feuerschneise steckt. Ich schätze, es sind anderthalb Kilometer von hier, höchstens. Und wir wissen, daß zwei der jungen Löwen die Jagd noch nicht aufgegeben haben.«
»Der Verletzte ist natürlich bei den Löwinnen zurückgeblieben«, sagte Sophie.
Sie hatten ihn an der Tränke beobachtet, einem Wasserpfuhl. Er hatte eine birnenförmige Wunde am rechten Hinterlauf, sie war schon dunkel, glasig überkrustet.
»Die Abschüsse wären verhältnismäßig leicht«, sagte Pierre.
»Wir lassen den Landrover hier. Alexander, übernimmst du dafür das Kommando? Nelson, sind die Gewehre bereit?«
»Ja, Bwana.«
»Also gut.«
»Ich kann's nicht«, sagte Jerry, »ich bring's nicht fertig.«

Irgend jemand atmete tief auf, aber sie wußten nicht, wer, sie vermieden alle, einander anzusehen.
»Mir ist's egal, wenn ihr mich für einen Idioten haltet, aber ich kann's einfach nicht. Nicht nach dem Schauspiel von heute morgen.«
»Sie brauchen es nicht zu erklären, Sir«, sagte Pierre.
»Nein, das brauchst du nicht, Jerry«, sagte Patricia.
Nur die Mädchen maulten.
»Seid doch still«, sagte Jessica.
»Nelson, reich mal was zu trinken rum, bitte«, sagte Alexander.
»Auf Ihr Wohl, Sir«, sagte Pierre und gab Jerry ein Bier.

Für die Rückfahrt ins Lager brauchten sie knapp vier Stunden. Sie hätten es nie geschafft, hätte nicht Alexander sie geleitet.
Die Mädchen tuschelten Spöttisches, als er auf den Sitz stieg, die Dachluke zurückschlug, seinen Kompaß benützte. Aber nach einer Weile wurden selbst Jane und Agnes still.
Sie alle brachen in erleichtertes Gelächter und Gerede aus, als sie endlich die Piste wiederfanden, die von Süden nach Norden das gesamte Tierreservat von Moremi durchzieht und schließlich auch in die Jagdblöcke von Ker und Downey führt. Im Camp warteten Amos und Noko mit heißem, frischgebackenem Brot. In der Asche des Kochfeuers garten Kartoffeln, dazu gab es Steaks mit Marulagelee und einem Salat aus Zwiebeln und Tomaten. Aber vorher füllte Amos immer wieder den Wassersack der Zeltdusche auf, bis sie alle sich vom Staub und vom Schweiß dieser Ausfahrt befreit hatten. Chris führte Pierre stolz die reparierte Spurstange des

Landrovers vor. Aus Teilen des Wagenhebers hatte er Klemmen gefertigt, eine zweite Spurstange, die die Bruchstelle überbrückte und zusammenhielt.
»Nice piece of work«, sagte Pierre. »Junge, ich würde dich zu meinem Partner machen, wenn ich dich bloß bezahlen könnte.«

An diesem Abend, im Schein des Lagerfeuers, erlebten sie noch einmal den Tag, die Schlacht der Büffel und der Löwen. Kein einziges Bild war davon entstanden, nicht eine einzige Kamera hatte auch nur einen Schnappschuß eingefangen. Aber das Bild der Erinnerung würde nie verblassen.
Früh gingen Patricia und Jerry Hand in Hand zu ihrem Zelt. Bald löschten sie die Safarilampe, die davorstand.
»Jessica hat große Ähnlichkeit mit dir, Sophie«, sagte Pierre. »Sie besitzt für ein Kind dieses Alters eine unglaubliche Stärke.«
Sophie blickte sich suchend um.
»Alexander und Jessica sind zum Fluß runter. Wollen das Flußpferd beobachten. Keine Angst, er paßt schon auf seine Tochter auf.«
Chris und die Mädchen hockten im Messzelt, bei Rockmusik.
»Ich bin nicht mehr stark, Pierre.«
Ihre Hände lagen nah beieinander auf den Lehnen der Feldstühle.
»Du bist gesund, Sophie. Du bist schön. Als wir uns zum erstenmal sahen, hattest du noch Babyspeck. Aber heute bist du schön. Man muß dich immer anschauen. Und merkst du denn nicht, wie Alexander dich anschaut? Er liebt dich, Sophie.« Pierre hob die Hand.

»Ich weiß, ich weiß, jeder kann es doch gleich sehen, daß zur Zeit zwischen euch etwas nicht stimmt – aber ist das denn so tragisch, so – unversöhnlich?«
»Wir können nicht mehr miteinander reden. Überhaupt nicht mehr. Ich hab nichts mehr, was ich ihm geben kann.«

Zum erstenmal war Sophie das klargeworden, als Alexanders Handbruch verheilte, die Ausstellung in München näherrückte.
Die Tür seines Ateliers war zu, an der Klinke hing das Schild ›Bitte nicht stören‹, auf dem Alexander diese Bitte in Spanisch wiederholt hatte, seit Leonor ihr im Haushalt zur Hand ging.
Sophie stand vor der Tür und hörte ihn schluchzen. Es war ein trockenes, häßliches, ein schreckliches Schluchzen.
Sie trat leise ein und sah ihn auf dem Bett sitzen. Ein Feldbett war's, wie das, auf dem er geschlafen hatte, als er bei Hinkens lebte. Nur lagen jetzt statt der Wolldecke Silberschakalfelle darauf.
Auf dem Bett saß er und sah sie an wie ein Blinder. Trockene Augen, nur diese rasselnden Laute kamen aus seiner Kehle, aus seiner Brust.
Seine Lider waren rotentzündet. Das war nichts Ungewöhnliches, denn drei Wochen lang hatte er gemalt, gemalt wie ein Besessener, obwohl seine Hand immer noch nicht ganz in Ordnung war.
»Alexander«, sagte Sophie, »Alexander.«
Sie rieb seine Hände, die Fingerkuppen waren weiß, ihre Haut runzlig.
»Lieber, Lieber, was ist denn?«

Sie legte ihre Hände um sein Gesicht, sie berührte seinen Mund. »Sag's doch, sag's doch, bitte, bitte, rede doch.«

»Sophie, Sophie.« Er umklammerte ihre Schultern. Er tat ihr weh. »Sophie.«

»Ja doch, ja doch, rede!«

»Die Ausstellung – wird ein Mißerfolg. Die Kritiker – werden mich auseinandernehmen. Es ist vorbei.«

»Aber deine Bilder sind herrlich. Sie sind phantastisch. Noch gestern abend hast du gesagt, sie sind das Beste, was du je gemacht hast.«

»Sicher. So hab ich's gesagt. Weil's alles ist, was in mir war, weil's raus mußte. Raus ist.«

Achtzehn Bilder, wohlverpackt in Spezialholzrahmen, in Styropor, per Luftfracht auf dem Weg nach München.

»Die Vorpresse war sehr gut. Gustave ist doch auch begeistert. Du mußt nach München fahren. Natürlich fährst du nach München. Du willst doch die Vernissage erleben.«

»Ich kann nicht. Ich kann doch nicht, Sophie.«

»Alexander, ich weiß, daß die Ausstellung ein großer Erfolg wird. Und ich weiß, daß wir endlich heimgekehrt sind.«

Aber fünf Tage später konnte er ihr sagen: »Du mit deiner ewigen Gesundbeterei. Ein Scheißerfolg war's. Ein Garnichts war's. Keine der großen Zeitungen hat auch nur eine Zeile gebracht. Und die Preise, frag Gustave nach den Preisen. Wie für einen Anfänger. Wie für einen Scheißanfänger.«

Alexander war betrunken. Er hatte schon auf dem Flug von München nach Wahn getrunken.

»Schaff Jessica aus dem Haus!«

Er ging in den Keller, Türen schlugen, Flaschen klirrten.
Sophie lief zu Jessica.
»Ich bleibe hier«, sagte das Kind. Es war sieben Jahre alt, klein, aber nicht einzuschüchtern.
»Er merkt's doch. Bitte, Baby, ich bring dich zu Leonor.«
»Ich will nicht zu Leonor. Ich bleibe hier.«
»Ist Jess aus dem Haus?« fragte Alexander. Radio und Fernsehen liefen im Kaminzimmer mit voller Lautstärke, als müsse er sich mit dem Lärm betäuben.
»Sie ist bei Leonor.«
»Trink ein Glas mit, los, trink schon, Sophie!«
Der Champagner schäumte auf den Tisch, auf den Boden.
»Mach bloß nicht sauber! Laß alles, wie es ist, hörst du?«
»Ja.«
»Ich saufe«, sagte er, »ja, jetzt saufe ich.«
Tränen liefen ihm in den Mund. »Rühr mich nicht an.«
»Nein, Alexander.«
»Gustave hat einen Herzanfall gekriegt, er liegt im Krankenhaus rechts der Isar. Ja, ich habe ihn im Stich gelassen. Und ich kann dir eins versprechen, ich werd auch dich im Stich lassen. Werd bloß noch fetter. Warum ziehst du dich nicht mehr um? Warum läufst du immer in Jeans rum?«
»Ich wußte doch nicht, daß du heute kommst.«
»Eben. Deswegen. Du bist wie er. Ihr seid an allem schuld. Ja, Gustave und du, ihr habt mich kaputtgemacht. Habt immer erzählt, der großartige Alexander. Der tolle Alexander. Ist das ein Mannsbild, ein Kerl! Ein großer Künstler, der größte Künstler aller Zeiten.

Was – was ist denn Picasso dagegen? Alexander, mir gefallen deine Stierkampfszenen besser. Mitten im Papstpalast von Avignon wagtest du das zu sagen!« Er packte ihren Pullover, riß sie zu sich heran. »Warum hast du das gesagt, und warum so, daß alle es hören konnten. Warum?«
»Weil ich es glaube.«
»Was du schon glaubst.«
Er warf sie in den Sessel zurück, versuchte aufzustehen.
»Ich will telefonieren.«
»Mit wem?«
»Pender zum Beispiel, und Vonneberg.«
»Alexander, du kannst sie nicht zwingen.«
»Weißt du, was den Herren Kritikern stinkt? Daß ich nicht rumkrieche in der Szenerie, daß ich nicht mit jedem Scheißbild zu ihnen gelaufen komme und um ihr Lob buhle.«
Er schaffte es bis zum Telefon. Aber er konnte die Nummer nicht wählen.
»Los, Sophie, mach du's.«
Sie wählte die Zeitansage.
»Es meldet sich niemand.«
»Versuch's bei dem andern.«
»Da ist besetzt.«
»Versuch's weiter.« Er legte den linken Arm über die Augen, die Hand abgewinkelt, als schmerze der Bruch wieder.
»Weißt du, was Pender gesagt hat?«
»Nein, Lieber.«
»›Mein bester Weg, wir haben einmal Großes von Ihnen erwartet.‹ Er hat vor Jessicas Porträt gestanden, schaute es nicht mal an, drehte sich um und ging zum kalten Buffet. Fraß Taubenbrust, nur Taubenbrust!«

»Denk nicht daran.«
»Wie macht man das?«
Sie strich über seinen Nacken, massierte seine Schultern, sie waren verkrampft, so hart die Muskeln.
»Versuch's weiter, ruf Pender an, ich will ihm wenigstens sagen, was ich von ihm halte.«
Sie wählte die Kinoansage und den Störungsdienst und was ihr noch gerade einfiel, irgendwelche Zahlen.
»Gustave hat einen Herzanfall gehabt, er sagt, das sei normal bei seiner Angina pectoris. Im Krankenhaus, in seiner Nachttischschublade habe ich die Angebote gefunden. Für Jessicas Porträt fünfhundert Mark. Und meine alten Sachen handeln sie bei Scrombie in London. Ich kauf sie zurück, ich kauf alle Bilder zurück. Und wenn ich dabei draufgehe.«
»Ruh dich aus, du brauchst Ruhe. Du mußt schlafen.«
»Ja, bring mich doch ins Bett. Pack mich schön weg, zieh mir die Decke über den Kopf, laß mich bloß nicht mehr aufwachen.«
Sophie half ihm aufzustehen, er mußte ins Bad. Dann warf er sich aufs Bett. Sie half ihm, sich auszuziehen.
»Du mit deiner verdammten Gesundbeterei«, sagte er, »du hast mich verraten. Schon immer hast du mich verraten. Ich will dich nicht mehr sehen.«
Jessica hatte Radio und Fernsehen ausgeschaltet. Hockte im Dunkeln in Alexanders Atelier.
Sophie rieb ihr die nackten Füße.
»An Alexanders Stelle würde ich überhaupt kein Bild mehr ausstellen«, sagte das Kind. »Wenn's ihm doch so weh tut. Laß mich hier sitzen, Sophie, ich kann jetzt nicht schlafen.«
»Du mußt morgen in die Schule.«
»Ich weiß.«

»Bitte, Jessica, wenn er aufwacht und dich hier oben findet?«
»Was dann?«
»Ich habe Angst.«
»Ich auch, Sophie.«

»Das war vor fünf Jahren, Pierre, und seitdem hat Alexander kein Bild mehr gemalt.« Sophie schob Holz nach, in die Glut des Lagerfeuers. »Kein einziges Bild mehr. Nur noch Graphiken, Illustrationen für Zeitschriften, für Bücher. Handlangerarbeit nennt er das. Er glaubt nicht mehr an sich.«
»Soll ich mit ihm darüber reden?« fragte Pierre.
»Ich weiß es nicht. Siehst du, ich weiß einfach nicht mehr, was ihm helfen könnte.«
»Ich fahre morgen früh mit ihm raus. Allein.«
»Ja – vielleicht. Er hat keine Freunde mehr. Er kann niemandem mehr zuhören, nicht mehr die Sorgen anderer ertragen. Er brüllt sie nieder.«
»Und niemand hilft ihm? Niemand versteht das?«
»Jessica, vielleicht. Sie versucht es, sie spricht mit ihm. Sogar im Schlaf. Alles, was sie tut, denkt, kreist um ihn.«
»Das kränkt dich?«
»Nein, es macht mir Angst. Es bleibt ihr keine Zeit, ein Kind zu sein.«
»Warum seid ihr hier?«
»Warum?« Sophie hob die Schultern. »Wir haben das Haus in Bonn vor drei Jahren vermietet. Wir hätten es sowieso nicht mehr unterhalten können. Wir sind nach Kapstadt gezogen. Alexander fing an, Schutzumschläge für Bücher zu entwerfen. Und dann hat er diesen Auf-

trag für die Illustration des Kinderbuchs gekriegt. Wir haben zum erstenmal wieder etwas Geld übrig, und das stecken wir in diese Reise. Er will auch noch nach Matopos wegen der Buschmannzeichnungen. Du kennst die Höhle sicher, wo es die herrliche Giraffe gibt?«

»Und du?«

»Und ich?« fragte sie verwundert.

»Macht dir die Safari Freude?«

»Wir streiten uns weniger als zu Hause. Wir sind ja auch nie allein.«

»Wirst du ihn verlassen, Sophie? Könntest du es?«

»Frag mich nicht«, sagte sie und stand auf. »Bitte, frag mich nicht.«

»Sophie, bleib noch einen Moment. Ich möchte dich noch etwas anderes fragen, wenn ich darf.« Pierre lächelte, er sah seltsam traurig aus und plötzlich krank.

»Pierre, du bist – du fühlst dich nicht wohl?«

»Ich?« Er lachte laut und übertrieben. War dann still. »Sophie, ich möchte dich fragen, ob du Alexander je – ob du ihn betrügen könntest?«

»Warum willst du das wissen?«

»Beantworte meine Frage«, sagte Pierre. »Ich habe damals schon ein-, zweimal Krach zwischen euch schlichten müssen. Aber da wart ihr jung, halbe Kinder noch. Pack schlägt sich, Pack verträgt sich.« Er grinste. »Aber das hier, heute«, er wurde ernst, »ich sehe, daß das tiefer geht.«

»Es gibt keinen anderen Mann für mich«, sagte Sophie. »Vielleicht ist auch das ein Problem.«

»Und wenn er nun glaubt –«

»Nein, Pierre, das kann er nicht glauben.«

»Aber irgend etwas ist geschehen, was ihm einmal den Verdacht gab?«

»Nie.«
»Herrgott noch mal, es muß doch etwas geben – bist du dir keiner Schuld bewußt?«
»Schuld?«
Da war nur die Schuld, daß es einen Sohn nicht gab, den es hätte geben können, und ihr Schweigen, das nun endgültig war. Mit Pierre jetzt, hier über Jamie sprechen? Nein, das konnte sie nicht.
»Es gibt keine Schuld«, sagte Sophie, und die Lüge brannte ihr im Mund.
Pierre hob die Schultern. »Ich werd mit Alexander reden. Werd's versuchen.«
Sophie nickte, sagte schnell: »Good night.« Sie wollte jetzt jeder weiteren Frage entkommen, lief zu ihrem Zelt.
»Ja, ich werd's versuchen«, sagte Pierre, zu sich selbst, in dieses Lächeln hinein, das um die Zukunft wußte, »und ich werde ihn wohl nie mehr wiedersehen, danach.«
Danach, das war morgen, oder übermorgen, danach, das war, wenn es richtig losging.
Wenn das Tier in seiner Kehle richtig zubiß.
»Verdammter, lausiger Scheißkerl«, sagte er. Und er trank den Whisky, als wollte er das Tier in seinem Kehlkopf ersäufen.

»Siehst du es?« fragte Alexander mit der Tonlosigkeit, der Flachheit, die seine Stimme annahm, wenn er sich im Busch befand, in der Natur, die er nicht stören wollte.
Jessica nickte. Seine Hand, die ihren Nacken umspannte, drückte leicht zu.

Sie saß an ihn gelehnt im Bambusdickicht. Sie hatten vergeblich auf das Flußpferd gewartet, das sonst mit langer feuchter Schleifspur ihr Lager nächtens auf der Suche nach Nahrung durchzog. Die Jagdpartie hatte es vertrieben.

Vor ihnen lag der Okavango, es sah aus, als stünde der Fluß still. Der Mond spiegelte sich in ihm, und die Sterne. Ganz deutlich konnte Jessica das Kreuz des Südens ausmachen.

Aber das war es nicht, worauf Alexander sie aufmerksam gemacht hatte. Es war ein flaches Boot, ein Mokoro, wie sie zu Dutzenden auf der Höhe des Crocodile Camps nahe Maun zu finden sind und Touristen durch die Lagunen rudern, zwischen die Inseln der Seerosen.

Das Mokoro lag nahe dem jenseitigen Ufer, es schien sich ebensowenig zu bewegen wie der Fluß. Ein Mann saß darin, ein anderer stand, hielt die Ruderstange.

Die beiden Männer waren nur deshalb zu erkennen, weil ihre Haut wie geschwärztes Stanniol schimmerte.

»Was tun sie dort?« flüsterte Jessica.

»Sie fischen.«

»Warum in der Nacht?«

»Weil sie tagsüber ihre Herden hüten.«

»Wann schlafen sie?«

»Oh, sie fischen nicht die ganze Nacht. Und auch tagsüber, während sie ihre Rinder hüten, finden sie Zeit zum Schlafen.«

»Sind sie morgen früh noch da? Können wir von ihnen Fische kaufen?«

»Ich werde Amos fragen.«

»Kennt er die beiden Männer denn?«

»Warum nicht, da sie hier im Reservat sind?«

»Kennen alle Schwarzen sich untereinander?«

»Nein.«
»Aber es sieht so aus. In Maun ist es mir aufgefallen, als du die Vorräte gekauft hast. Da kam ein Bettler herein, und da stand eine Frau in dem wunderschönen Kleid – es war eine Herero, nicht wahr? Und sie sprach mit dem Bettler, als kenne sie ihn seit vielen Jahren. Sie lachte mit ihm, aber sie gab ihm kein Geld. Was hältst du für besser, wenn man einen armen Menschen zum Lachen bringt oder wenn man ihm Geld gibt?«
»Wenn man beides besitzt, sollte man ihm beides geben.«
»Aber was hältst du für besser?«
»Das Lachen. Die Fröhlichkeit.«
»Du bist nicht mehr oft fröhlich.«
Alexander antwortete nicht.
»Ich wollte dir nicht weh tun, aber es fällt mir auf.«
»Stört es dich?«
»Nun ja«, sagte Jessica. »Manchmal versuche ich dich zum Lachen zu bringen, und du merkst es gar nicht mal.«
»Ich werde mich bessern.«
»Früher, als du noch so viel verreist bist, da warst du immer lustig. Da warst du – temperamentvoll.«
»Wie bitte?«
»Nun ja, vielleicht ist das nicht ganz das richtige Wort, aber ich meine damit, du warst so lebendig. Warum reist du nicht mehr?«
»Weil es nicht nötig ist.«
»Weil du keine Bilder mehr malst?«
»Ja, vor allem deswegen.«
»Aber früher bist du auch fortgefahren, ohne eine Ausstellung zu haben. Du hast mit Sophie zum Beispiel eine Seereise übers Mittelmeer gemacht.«

»Daran erinnerst du dich? Du warst erst zwei Jahre alt.«
»Sophie zeigt mir oft die Fotos. Sie sind schön. Und ihr seht so glücklich darauf aus.«
»Die alten Fotos hat sie noch?«
»Kennst du denn ihre Erinnerungskiste nicht?«
»Was für eine Kiste?«
»Vielleicht wäre es Sophie gar nicht recht, wenn ich es erzähle, aber sie bewahrt darin alles auf.«
»Was denn zum Beispiel?« Alexanders Stimme klang noch flacher.
»Na, eben diese Fotos. Und das Menü von eurer Hochzeit. Es ist in richtige weiße Spitze gebunden. Und deine Briefe. Und einen Zahn.«
»Was denn für einen Zahn?«
»Einen Backenzahn mit einer riesig langen Wurzel.«
»Und von wem ist der?«
»Von dir doch. Du hast ihn gezogen bekommen, am Tag vor deiner Ausstellung in Lissabon. Deine Backe war ganz fürchterlich geschwollen, ihr habt in einem winzigen Hotel gewohnt, weil es so war wie das, in dem ihr euch kennengelernt habt in Paris, das mit der dicken Gisèle und dem spindeldürren Marcel. Sophie ist von einem Zahnarzt zum anderen gelaufen, bis sie einen fand, der dich noch in der Nacht behandelte. Du mußt dich doch daran erinnern, denn er war doch auch ein Geburtshelfer, und in seinem Behandlungszimmer stand eine Nähmaschine. Er hat dir keine Narkose gegeben, sondern einen Schnaps, und als der Zahn raus war, hat er die Wunde mit einer glühenden Lanzette geschlossen. Auf dem Foto von der Eröffnung der Ausstellung ist dein Gesicht ganz normal. Da steht drunter: ›Das markante Profil des Malers Alexander Weg‹.«
Jessica schaute ihn aus den Augenwinkeln an, er lächel-

te, und sie sah, daß er seine Zunge im Mund bewegte, als taste er der Zahnlücke nach. Die war natürlich nicht mehr da, er hatte ja jetzt eine Brücke.
»Und was ist noch in der Kiste?«
»Ein Haufen trockener Blumen.«
»Moosrosen? Herbstzeitlose?«
»Das weiß ich nicht. Sie sehen alle gleich aus.«
»Wo ist die Kiste jetzt?«
»In Kapstadt natürlich. Du mußt sie doch kennen, sie steht immer in Sophies Kleiderschrank.«
Wann hatte er zum letztenmal Sophies Kleiderschrank geöffnet? Wann ihr zum letztenmal selbst ein Kleid gekauft? Früher hatte er alles für sie ausgesucht, ihre Schuhe, ihre Mäntel und was sie unter den Kleidern trug. Wann hatte er damit aufgehört? Warum?
»Jetzt ist das Mokoro weg«, sagte Jessica. »Und wir haben gar nicht gesehen, wohin es verschwunden ist.«
»Zeit fürs Bett«, sagte Alexander.
»Hab ich einen Wunsch frei?«
»Ja.«
»Ich möchte einmal allein im Zelt schlafen.«
»Das wird Sophie nicht recht sein.«
»Aber ich könnte es doch einfach tun. Sicher liegt sie schon im Bett. Ich schlüpfe einfach in dein Zelt, und du gehst zu ihr.«
»Na gut«, sagte er nach einer Weile, »wir können es ja versuchen.«
Er stand auf, Jessica zog sich an seiner Hand hoch. »Wir müssen nur ganz leise sein, damit sie uns nicht vorher hört.«
Nur vor seinem und Sophies Zelt brannten noch die weißzischenden Safarilaternen.
Jessica lief auf Zehenspitzen hin, drehte sie aus. Sie kam

zu Alexander zurück, schlang ihre Arme um seine Mitte, preßte ihre Wange an ihn.
»Schlaf gut und träum schön«, murmelte sie, machte sich los und glitt in sein Zelt.
Wußte sie, was sie tat? Wußte ein zwölfjähriges Mädchen, was es tat?
Alexander ging zum Messzelt, nahm eine Flasche Soda aus der Eiskiste, fand den Öffner auf dem Messtisch. Er spülte seinen Mund; am liebsten hätte er sich die Zähne geputzt.
Seine Hände waren klamm, die Flasche rutschte durch, kollerte über die Erde. Das auslaufende Soda gluckerte.
Es stehen doch zwei Betten in ihrem Zelt, Sophie braucht gar nicht aufzuwachen.
Er zog sich vor dem Zelt aus, stand frierend, ließ nur seine Strümpfe an.
Der Reißverschluß knirschte, er stieß mit der Schulter gegen den Metallpfahl, der das Zelt aufrecht hielt.
Er sah nur Dunkles, dann ein bißchen Weißes, das Bettuch über der Wolldecke, und wieder Dunkles, Sophies Haar.
Er setzte sich vorsichtig auf das freie Bett, streifte die Strümpfe ab, sie waren schwer und feucht vom nachtnassen Sand.
Er kroch unter die Decke, mußte endlich Atem holen.
Hielt ihn wieder an, lauschte, vernahm nichts.
Sie war wach.
Er war sicher, Sophie war wach. Er streckte die Hand aus, tastete über den Boden, konnte behaupten, er suche die Taschenlampe.
Er fand ihre Hand. Sie war heiß und trocken.
»Sophie, du hast den komischen Backenzahn noch und die Blumen.«

Wann hab ich ihr zum letztenmal Blumen geschenkt?
»Ich hol dir alle Seerosen, hörst du, gleich morgen früh. Seerosen sind fast so schön wie Herbstzeitlose. Sie haben oft sogar dieselbe Farbe.«
Ihr Herz pochte in ihrem Arm und in dem Bogen ihrer Schulter und an ihrem Hals und in ihrem Mund.
»Sophie, Sophie.«
»Ja, das haben wir immer noch«, flüsterte sie, als es vorbei war. »Sogar heute noch.«
Klang es bitter, klang es dankbar, war es einfach etwas, was sie sagen mußte, nicht mehr zurückhalten konnte, sagen wollte? Er wußte es nicht, wollte nicht darüber nachdenken, schlief ein.

4

Pierre hockte am Feuer, dessen Rauch sich flach ausbreitete, als wolle er sich mit den Morgennebeln vermischen. In der Nacht hatte es geregnet. Alles war klamm. Nelson brachte ihm den Early Morning Tea.

Pierre nahm den heißen Blechbecher in beide Hände. »Die erste Tasse Tee am Morgen, heiß, stark, süß, und doch immer noch bitter. Du hast den Schlaf noch in den Knochen, in die Wärme des Zeltes möchtest du wieder zurück und gleichzeitig raus, in den scharfen Wind, der mit der Dämmerung erwacht. Der Tee, das ist schon der neue Tag, damit beginnt die Erwartung. Denn alles kann passieren. Hinter einem Grastuff, so niedrig, daß du glaubst, eine Maus könnte sich kaum dahinter verstecken, scheuchst du mit deinem Landrover einen Löwen auf. Und hinter den Bäumen stehen die Elefanten, die du zuerst selbst für Bäume hältst. Im Gras jagen die Impalas davon, und wenn du Glück hast, knallst du mitten in eine Herde Büffel, wie gestern. Der Tee, das ist Afrika am Morgen. Das werde ich vermissen.«

»Du hättest Dichter werden sollen«, sagte Nelson.

»Wer würde so was lesen?«

»Ich.«

»Du Affe, du kannst nicht mal einen Buchstaben vom anderen unterscheiden.«

»O Massah, o doch, Massah!« Nelson ahmte das alberne Kauderwelsch der in Mode gekommenen Sklavenfilme nach. »Mir Nelson, mir kann lesen Bibel. Weiße Schwester Nelson Bibel geschenkt, von weißem Herzjesulein.«
»Hör auf, oder ich krieg Gehörgangentzündung«, sagte Pierre. »Hoffentlich hast du Smiths ›Gazelle‹ bald aus, ich hab nichts mehr zu lesen.«
»Ist gutes Buch, Massah, ganz gutes Buch, von zwei Bübelein, einem weißen und einem braunen in böser Wüste.«
»Gib mir eine Zigarette.«
Nelson zögerte.
»Deine Stimme ist nicht gut heute morgen.«
»Was geht dich meine Stimme an?« fragte Pierre.
»Hast du Schmerzen?«
»Nicht mehr als sonst.«
»Du solltest dich operieren lassen.«
»Und wenn ich dann überhaupt keine Stimme mehr habe? Soll ich meinen Safarikunden auf Täfelchen mitteilen, was sie als nächstes zu tun haben? Augen rechts – Gnus, Augen links – Impala. Augen geradeaus – Rhino. Gib mir die verdammte Zigarette!«
»Und noch eine Tasse Tee?«
»Ja doch.«
Nelson war sechzig. In den zwanzig Jahren, die sie miteinander verbracht hatten, war kaum eine Veränderung mit ihm vor sich gegangen. Er las mehr, manchmal schlief er ein wenig länger. Er war magerer geworden, sehniger, seine Knie glichen grotesken Auswüchsen an Ebenholzstöcken. Ja, und es war seltener geworden, daß er verschwand; manchmal für ein paar Tage, manchmal für ein paar Wochen. Wenn er zurückkam,

hatte er hier und da eine Narbe mehr und sprach nie darüber, wo er gewesen war. Das Blutunterlaufene seiner Augen verlor sich bald im Busch, seine Hände waren immer sicher. Wie hatte er es über all die Jahre geschafft, sein Gebiß vollständig zu behalten?

»Ich will nicht weg von hier«, sagte Pierre.

»Ich habe es gemerkt. Du willst in Miss Sophies Nähe bleiben.«

»Was schlägst du vor?«

»Nichts. Die Holts sind nette Leute, sie zahlen gut.«

»Womit du natürlich meinst, daß wir ihr Geld brauchen und es uns auch nicht mit Ker und Downey verderben dürfen, indem wir eine Jagdparty während der Partie abgeben.«

»So ist es.« Nelson hockte sich neben Pierre. Wenn er es vermeiden konnte, setzte er sich nie auf einen Stuhl.

»Es ist wegen der Memsahib Sophie?«

»Nein – und ja.«

»Ihr Mann ist dein Freund.«

»Komisch, was? Acht Tage haben wir vor fünfzehn Jahren miteinander in den Tierreservaten Ostafrikas verbracht, das ist so lange her wie die Steinzeit. Es war eine Crash-Safari. Sie flogen rein und wieder raus. Acht Tage, und dann fünfzehn Jahre Funkstille. Aber du hast recht, Alex ist mein Freund.« Pierre stand auf, ging zu Alexanders Zelt.

»Alex?« sagte er. »Steh auf. Der Busch wartet.« Der Reißverschluß der Zeltflappen flirrte, Jessica steckte ihren Kopf heraus.

»Psst«, machte sie, »die beiden schlafen doch noch. Nebenan.«

Pierre grinste, fuhr sich übers Haar. Kinderaugen konnten einen verdammt verlegen machen.

Er ging so leise, daß nicht einmal der Sand knirschte, zu Nelson zurück.
»Als gewissenhafter Großwildjäger mußt du jetzt den reparierten Landrover testen«, sagte Nelson. »Dein Freundschaftsdienst wird im Moment nicht gebraucht.«
»So ist es, Alter.«
Sie waren beide gleich groß, doch während sie zum Wagen gingen, sah es aus, als neige Nelson sich ein wenig schützend über Pierre. Es war ihnen beiden nicht bewußt, nur Jessica sah es, und es ließ seltsamerweise die Fröhlichkeit, mit der sie erwacht war, wie ein Streichholz verlöschen.

»Wenn mir was passiert«, sagte Pierre, »verscharrst du mich irgendwo hier.«
Sie fuhren kreuz und quer durch den Busch, aber immer der Sonne entgegen.
»So weit käme das noch«, sagte Nelson. »Du kriegst ein Begräbnis erster Klasse, mit zweitausend Klageweibern.«
»Aber bitte nur Jungfrauen.«
»Handpicked«, sagte Nelson.
Und dann lachten sie, lachten endlich schallend und jagten nur so aus Spaß eine Familie von Warzenschweinen vor sich her durchs falbenfarbene Gras, Hügel rauf und Hügel runter, immer die hochgestellten Antennen der Warzenschweinschwänze vor sich.
Und Chris' Spurstange hielt.
»Netter Junge«, sagte Pierre. »Wenn man so einen Jungen sieht, fragt man sich, warum man keinen Sohn hat. Wenn mir was passiert, tu dich mit ihm zusammen.«

»Zwanzig Jahre mit einem zweiten Wirrkopf halt ich nicht aus. Ich geh in Pension.«
»Du?«
»Zu meinen fetten Weibern und meinen fetten Rindern.«
»Und wo sind die, bitte, my dear Nelson?«
»Auf der Barclay's Bank.«
»Schlau bist du«, sagte Pierre. »Hätte ich dir gar nicht zugetraut. Geld auf der Bank.«
»Ich bin reicher als du«, sagte Nelson.
»Na, großartig, und wie hast du das geschafft?«
»Weniger gesoffen«, sagte Nelson, »und umsonst gehurt.«
»Recht hast du«, sagte Pierre. »vielleicht vertauschen wir die Rollen, und du stellst mich als Herdsman an?«
»Aber Massah.« Nelson rollte spöttisch erschreckt die Augen. »Sie sind doch ein weißer Bwana!«
»Ja, und manchmal glaube ich, the white man's burden wird zu schwer für mich.«
»Aber Sie haben immer willige, sanfte Hände gefunden, sie zu tragen, Bwana!«
»Und du, wie trägst du the black man's burden?«
»Gar nicht«, sagte Nelson, »dafür kaufe ich mir die Frauen. Die tun das dann für mich.«
»Du bist ein Schmarotzer der Naturgesellschaft edler Wilder«, sagte Pierre. »Ein ganz durchtriebener Abstauber.«
»Ich weiß«, sagte Nelson und wurde ernst, »aber man muß immer für das bezahlen, was man haben will.«
Bezahlte Pierre nun dafür, daß er einem Freund einmal die Frau hatte wegnehmen wollen, kleine, kindlich junge Sophie mit Augen wie die Quelle von Mzima-Springs im Tsavo?

»Halt jetzt den Mund, bitte«, sagte Nelson, als könnte er seine Gedanken lesen. »Du bist schon viel heiserer als sonst morgens um diese Zeit.«
»Du hast wie immer recht«, sagte Pierre.

Die Zelte der Holts waren schon abgebrochen und auf dem Laster verstaut.
Im Lager roch es nach Spiegeleiern und knusprigbraun ausgebratenem Speck, Kaffee und frischem Brot.
Die Holts und die Wegs saßen am langen Messtisch, die Mädchen maulten über die Ameisen, die sonst niemanden störten. Wenn Chris Agnes anblickte, die stillere der beiden Schwestern, kam ein träumerischer Ausdruck in seine Augen, und er strich sich die blonden Bartstoppeln. Agnes fand, ein Bart würde ihm gut stehen.
Jerry Holts Augen hatten einen seltsamen Ausdruck, noch ein bißchen scheuer, noch ein bißchen unsicherer als sonst, daß man sich fragte, wie dieser Mann überhaupt ein erfolgreicher Börsenmakler in New York City sein konnte.
Holt zog Pierre nach dem Frühstück zur Seite. »Ich hoffe, Sie werden es verstehen, Patricia und ich möchten auf den Abschuß des Löwen und des Büffels verzichten. Wir wollen keine Schwierigkeiten machen und schon gar nicht, daß Sie bei Ker und Downey welche bekommen. Ich werde alles Finanzielle regeln. Ich möchte Sie auch bitten, daß Sie noch zwei Wochen länger mit uns zusammenbleiben. Denn Patricia meint zu Recht, wenn wir schon hier sind, sollten wir alles sehen. Nicht nur die Victoriafälle in Rhodesien, sondern auch die Reservate. Und die Nationalparks in Südafrika.«

»Ich weiß nicht, ob wir nach Wankie reinkönnen«, sagte Pierre, »ich weiß auch nicht, was mit dem oberen Teil des Krügerparks ist. Sie sind ja nicht gerade in einer friedlichen Zeit hier.«
»Leider«, sagte Jerry. »Aber ich denke, Sie werden uns nicht in Gefahr bringen. Ich meine, wir werden das gemeinsam verhindern. – Sehen Sie, meine Frau hat das gestern in *Newsweek* gelesen.« Er gab Pierre den Artikel.
Im Wildreservat Mara in Ostafrika hatten Wilderer die Elefanten zu Tausenden abgeschlachtet. Das Elfenbein wurde nach Japan geschmuggelt.
»Das und die Büffel und die Löwen, dieses Erlebnis gestern, Sie verstehen mich doch?« fragte Holt.
Mara, dachte Pierre, ausgerechnet in Mara wildern sie. – Da war der Gewitterhimmel, und auf dem Kamm des Hügels, in dem schmalen Streifen blitzender Helle, die Silhouette der Giraffen wie Filigran.
»Verstehen Sie jetzt?« fragte Holt. »Drüben, in Amerika, da habe ich mir keine Vorstellung davon gemacht wie das ist, mit der Jagd. Ich ahnte nichts von der Wilderei hier, von dem, was wir alle hier kaputtmachen. Ich habe es schon in den ersten Tagen der Safari gespürt, aber jetzt weiß ich es ganz sicher. Ich will nicht mit dabeisein – beim Töten.«
Pierre erwiderte nichts.
»Verstehen Sie es?« drängte Holt, als sei Pierres Meinung, seine Achtung, ihm sehr wichtig.
Pierre nickte.
Holt drehte sich um und ging zu seiner Frau.
Pierre kehrte zu den anderen zurück.
Und dann ging alles sehr schnell: Alexander gab ihm seine Adresse in Kapstadt, Pierre gab ihm seine Adresse

in Maun. Sie schüttelten sich die Hände, klopften sich auf die Schulter, kriegten kein vernünftiges Wort heraus, nur die üblichen albernen Floskeln. Pierre versprach Sophie, es würden nicht wieder fünfzehn Jahre vergehen, bis sie sich wiedersähen.
Und zu Jessica sagte er, was er gar nicht sagen wollte, denn aus den hellen Augen des Kindes verschwand das Zutrauen, und sie füllten sich mit Angst.
»Paß auf deine Eltern auf, hörst du.«
Und was, verdammt noch mal, bürdete er damit einem zwölfjährigen Mädchen auf?
»Ich blöder Hund«, sagte er.
Und Nelson sagte: »Jess ist stark. Sie hat verstanden.«

Und das war's. Winken, »See you again, have a nice trip, keep well«, wieder Winken, ratterndes Anspringen des Landrovers, Gesichter hinter der Windschutzscheibe, schon weit weg, eifrig auf den kommenden Tag im Busch gerichtet.
Aufhüpfender Sand unter den Rädern, Fontänen wie sprudelndes Wasser, dann blähte Staub sich auf, rote Rücklichter noch, winkende schwarze und weiße Hände.
Und seltsam, die abfahrenden Wagen verschluckte der Busch sofort.
Stille fiel auf die Lichtung, das Geschirrklappern in den Spülschüsseln hinter dem Messzelt klang schrill.
Stille im Kopf, eine nicht erklärbare Leere.
Sie standen herum wie Schauspieler, die man in den Kulissen vergessen hat. Kein Klingeln zum Auftritt, kein Kommando, keine Bitte.
Alexander sagte lustlos: »Ich werd heute morgen ein bißchen arbeiten.«

Sophie rief eifrig, zu eifrig: »Chris, nehmen Sie Jessica und mich mit raus. Ich würde gern ein paar Aufnahmen von Vögeln machen, und Sie wollten uns ja die Kingfisher zeigen. Jessica hat auch noch nie einen Fischadler gesehen.«

»Wir können sofort los«, sagte Chris. »Amos, Noko, die Eiskiste, tshetsha, tshetsha, soft drinks. – Ja, und ein Bier!«

Jessica lief zum Zelt, holte Sophies breitrandigen Khakihut, rannte nochmals, holte Sonnenbrillen, rannte ein drittes Mal, holte die Kameratasche, rannte ein viertes Mal, holte Alexanders Metallkoffer, in dem er seine Skizzen und seine Farben verwahrte.

»Und jetzt bleibst du stehen und holst erst mal Luft«, sagte Alexander.

Er fuhr ihr mit der Hand durchs Haar, küßte sie schnell auf die Stirn. »Paß auf Sophie auf.«

»Bis später«, sagte Sophie.

»Bis später. Laßt euch Zeit.«

Weder die Frau noch das Kind wandten sich um, als täte es ihnen weh, als könnten sie es nicht ertragen, den Mann allein dort zurückzulassen, im Halbschatten des Zeltes, in diesem Halblicht, das sein Gesicht spaltete.

5

Alexander zog das Wachstuch vom Messtisch, legte den Metallkoffer darauf.
Das Surren der Eiskiste störte ihn, er schob den Tisch aus dem Zelt hinaus.
Die Sonne störte ihn, die kaum gebrochen vom Baumgeäst in die runde Lichtung fiel, er schob den Tisch ins Zelt zurück.
Das Klappern des Geschirrs störte ihn, das sanfte Lachen von Amos, der Noko die Büffel- und Löwenschlacht erzählte, als sei er dabeigewesen.
»Ich muß arbeiten«, sagte Alexander. »Tut mir einen Gefallen und legt euch aufs Ohr.«
Sie nickten, sie lachten, sie fuhren fort zu spülen.
»Verdammt noch mal, hört auf! Haut ab! Begreift ihr nicht – ich muß arbeiten!« Er biß sich auf die Lippen. »Tut mir leid«, sagte er, »ich muß malen, versteht ihr? Geld verdienen. Geld, damit ich Chris und euch bezahlen kann.« Er sprach Fanagalo, das sie verstanden.
Sie nickten, sie lächelten, er hatte sie nicht im geringsten aus ihrer Ruhe gebracht. »Yah, mali, Geld.« Sie legten die Handtücher zur Seite, hielten die Hände wie eine Schale auf.
Er gab jedem fünf Rand, ertappte sich verärgert dabei, daß er umrechnete, wieviel das in Mark war.

»Geht in euer Zelt, sucht Holz oder tut sonst etwas, aber kommt dem Messzelt nicht zu nahe.«
Sie kippten die Spülschüsseln um, das fettige, seifige Wasser spritzte gegen seine Khakihose.
Sie schlenderten zu ihrem Zelt, das sie abseits errichtet hatten, wie sie auch ihr eigenes Kochfeuer unterhielten. Sie gingen so unbekümmert, und ihre Unbekümmertheit erfüllte Alexander mit jähem Neid.
Wann war er so dahergeschlendert, einfach lebend, animalisch dahinlebend ohne Gedanken an die Zukunft, ohne Planung des Schicksals, ohne Vorausberechnung dessen, was er wollte, was er nicht wollte, was geschehen konnte und sollte, was er wünschte?
Was wünschte er?
Er blickte um sich, registrierte es mit dem Scharfblick, den so viele seiner Kritiker bewundert, später mehr und mehr verketzert hatten, weil sie das Scharfe der Realität nicht mehr wollten, weil ihnen das Verschwommene, das Vorgegebene in der Kunst, vor allem in der Malerei, die Attitüde, lieber war als die Darstellung.
Die ausgemagerten Gesichter auf den Bildern eines Alexander Weg, die dürren Körper, die Hungeraugen der Kinder, das Kreatürliche der Tiere, Geschöpfe Gottes und Freiwild des Menschen, wer wollte es schon noch sehen?
Er sah es.
Er sah das Lager, die Zweimannzelte mit den Moskitoflappen , das Duschzelt, das Zeltklo mit Ausblick auf den Bambushain, mit seidenweichem Klopapier und azurblauer Spülung, die nicht nach Abtritt stank, sondern nach Lavendel. Er sah das Messzelt, Filetsteaks in der Eistruhe, Bourbon Jack Daniels Black Label, er sah seine Arbeitsgeräte, seine Hände.

Sah den Picknickkoffer, den Sophie vor so langen Jahren zur Hochzeit geschenkt bekommen hatte, aus Schweinsleder, Schlaufen und Fächer mit Perlmuttknöpfen, Silberbesteck und Limogesgeschirr, Kristallbecher für sechs Personen. Eine englische Tante aus der Grafschaft Harrogate hatte ihn ihr geschickt. Eine offenbar nette alte Dame, die ein Foto von sich beilegte, damit man sich ihrer überhaupt erinnerte, und der Sophie eines Tages ähnlich sein würde.
Dann gab es kein Haar mehr von der Farbe des Herbstlaubes, keine Augen mehr, so dunkel wie die Bläue hoch oben, wo du nie hingelangst, manchmal auch vom Rauchblau der späten Nachmittage in Paris.
Es würde hell dann sein, das Blau der Augen, und weiß das Haar, aber so würde er Sophie wohl nie sehen.
Er ging zum Messzelt zurück, schaute unwillkürlich auf seine Hosenbeine, das Spülwasser hatte natürlich Flekken gemacht. Es irritierte ihn, weil das überflüssig war. Und weil tief eingewurzelt in ihm steckte: Du darfst dich nicht schmutzig machen. Das hatte der alte Hinkens immer gesagt. Es gab keine Seife in jener Zeit. Heute brauchte man die Hose nur Amos oder Noko zu geben, und drei Stunden später würde sie frisch gewaschen und geplättet vor seinem Zelt liegen.
Und am Ufer klebte dann der synthetische Seifenschaum, weil der nicht zu vernichten war.
Im Krügerpark hatte er einmal Impalas gemalt, oben in der Nähe des Palaborwa-Tores, wo bis zum elefantensicheren Zaun die Wildnis reichte und dahinter der Golfplatz für die Ingenieure der Kupferminen begann. Die Impalas standen an einem halb versiegten Rinnsal, er malte ihre witternden Nasen, schwarz und trocken, deren Beben erlahmte. Denn immer, wenn sie sich dem

Wasser näherten, auf dem der Schaum der Kupfergruben, der Haushalte schwamm, Schaum der schnellwachsenden Minenstadt, zuckten die Köpfe der Antilopen hoch. Und die blauschillernden Augen sahen ihn an, wie Sophies Augen ihn anschauen konnten, wenn er sie verletzt hatte.

Setz dich hin, arbeite. Du wirst nicht fürs Denken bezahlt, sondern für deine Illustrationen, Alexander Weg. Jetzt ist es still, niemand stört dich. Chris wird mit den beiden mindestens bis Mittag ausbleiben.

Blick auf die Uhr. Halb zehn. Schon halb zehn. Bis zwölf noch zweieinhalb Stunden. Bis eins dreieinhalb. Nicht genug Zeit. Er hatte in den letzten Jahren nie genug Zeit, obwohl er weniger tat als früher.

Ich hätte allein herkommen sollen. Ich muß doch das Buch machen. Wir brauchen das Geld. Ich muß Löwen malen, balgende Löwenjungen, hüpfende winzige Gazellen.

Titel des Buches: ›Die Welt dreht sich nicht nur für große Menschen.‹ Untertitel: ›Für alle, die sich ein Herz für Kinder bewahrt haben.‹

Fiel denen nichts Besseres ein? Der Text war doch gut. Ganz schmucklos, jedes Wort am richtigen Platz. Die Skizzen sollten gut werden. Kein Strich zu viel, kein Punkt am falschen Platz.

Idiotischer Titel.

»Die Leute sind Idioten«, hatte der Cheflektor in Kapstadt gesagt. »Wer kauft Kindern denn noch Bücher? Onkel, Tanten, Großmütter, denen nichts Besseres einfällt. Und dann soll es was Niedliches sein, was Herziges. Ein Geschenkbuch soll das werden, verdammt

noch mal, wir müssen die Übersetzungskosten wieder reinkriegen.«
»Und was wollen Sie auf den Umschlag nehmen?«
»Nichts von Ihnen, Weg. Einen schönen kleinen blonden Löwen, der sich artig die Patschpfoten leckt, auf einer schönen sauberen gelben Sanddüne, damit die lieben Kleinen das gleich mit ihrem Sandkasten identifizieren können. Dazu einen schönen sauberen blauen Himmel, damit wir dem Ruf unseres Landes mit seinem ewigen Sonnenschein gerecht werden. Und das alles in Hochglanz, versteht sich. Wann können wir Ihre Zeichnungen haben?«
»Wenn ich aus Botswana zurückkomme.«
»Und wann soll das sein?«
»In vier Wochen.«
»Sie machen mir Freude, vier Wochen. Und wo komm ich mit meinen Druckterminen hin? Vierzehn Tage – zehn wären mir lieber!«
»Drei Wochen.«
»Der Verleger zahlt Ihnen nur Spesen für eine Woche.«
»Dann bezahl ich die Reise aus eigener Tasche.«
»Wenn Sie sich das leisten können?«
»Wir können es uns nicht leisten«, sagte Sophie am selben Abend. »Es tut mir leid, Alexander, aber die Heizung im Bonner Haus war kaputt.«
»Das bezahlen doch die Mieter?«
»Die Schamottierung mußte erneuert werden, und die Leute bestanden auf Zimmerthermostaten, weil das Haus sonst nicht zu heizen ist.«
»Sophie, wir müssen raus. Endlich mal wieder raus!«
»Wenn du alleine fahren würdest –«
»Ich will mit dir fahren. Und ich will Jessica mitnehmen. Ich will, daß wir drei diese Safari machen.«

Alexander flog nach Johannesburg, um mit Jonathan Mayne den Preis für ihre dreiwöchige Safari auszuhandeln.
Jonathan machte ihm einen guten Preis, Alexander versprach, ihn in dem Kinderbuch zu erwähnen.
›Und danken wir für die uns gewährte Unterstützung der J. Mayne-Safaricompany, Johannesburg, ohne deren Mitwirkung diese Zeichnungen nie entstanden wären.‹ Versprach es und wußte, er würde es nicht halten können, denn der Cheflektor würde ihm erklären, das bringt doch denen nichts. Nur uns zusätzliche Druckkosten, ein zusätzliches Blatt Papier.
In Johannesburg übernachtete Alexander im Sunnyside-Parkhotel, und man wollte ihm die Suite geben. Michael, der indische Chefportier, erkannte ihn sofort.
»Wie geht es Mrs. Weg, und wie geht es Jessica?«
»Michael, diesmal nicht die Suite. Ein einfaches ruhiges Zimmer. Wenn ich allein bin, hab ich's gern ruhig und einfach.«
»Verstehe, Mr. Weg, Sir, selbstverständlich. Ich bin froh, daß wir Sie überhaupt einmal wieder zu Gast haben dürfen. Dachte schon, bei all den neuen Häusern, die in Jo'burg entstanden sind, halten Sie uns nicht mehr für gut genug.«
»War ich so lange nicht mehr hier?«
»Das letzte Mal vor drei Jahren. Als Sie aus Europa kamen.«
»Ach ja. Natürlich.«
»Und die große Party für Ihre Freunde gaben.«
»Im Tulip-Room.«
»Ganz recht. Wir haben einen neuen Maitre D', aber ich werde mir erlauben, ihm zu sagen, wer Sie sind. Und Sie können sicher sein –«

»Ja, danke, Michael.«
»Wenn ich mir erlauben darf, Sie sehen müde aus.«
»Bin ich auch. Ich brauche ein Bad.«
»Das ruhige Zimmer, das Sie wünschen, hat nur eine Dusche.«
»Dann eine Dusche eben.«
Der Page, ein gelbgekleideter kleiner Inder, der wie ein Mädchen in Uniform aussah, trug Alexanders Koffer nach oben.
Das Zimmer war einfach. Auf der Preistafel an der Tür sah er, daß es eines der billigsten sein mußte.
In der Dusche wies der grüne Vorhang Stockflecken auf. Die Lust zu duschen verging.
Es klopfte an die Tür. Alexander rief: »Herein.«
Ein junger Kellner trug ein silbernes Tablett vor sich her.
Kristallglas, bernsteinfarben halbvoll, silberner Eiskübel, nicht sprudelndes Mineralwasser.
»Das habe ich nicht bestellt«, sagte Alexander.
»This is on the house, Mister Weg, Sir.«
»Na gut, dann stell's schon hin.« Er gab zwei Rand Trinkgeld.
Er kriegte den Bourbon nicht runter. Keinen Schluck. Schüttete ihn ins Waschbecken. Der süße Karamelgeruch breitete sich aus, schien wie eine Wolke das Zimmer erfüllen zu wollen, selbst als Alexander heißes Wasser nachlaufen ließ.
Er rieb sich Gesicht und Hände mit Eau de Cologne ab, zog ein frisches Hemd an, Halstuch statt Krawatte, Blazer drüber. Ging runter.
»Mister Weg?« Michaels weiche Stimme, bevor er auf die Terrasse trat.
»Ja, Michael?«

»Ihre Schuhe, Sir.«
Sie waren staubig, einfach dreckig.
»Boy!« Derselbe gelbe Page kam wieder, ein Wink Michaels, und der Junge ging in die Hocke und wienerte Alexanders Schuhe.
»Ich wünsche auch einen schönen Abend, Sir. Ein Tisch für Sie im Tulip-Room ist reserviert, und er bleibt reserviert.«
»Danke, Michael. Und danke für den Drink, fühle mich schon viel besser.«
Alexander trat auf die Terrasse, sah schon viele Tische besetzt, Bier vom Faß gab's hier. Ein kühles, langes, großes Bier. Aber nicht für ihn.
Er ging zum Swimming-pool hinunter, über sattgrünen, federnden Rasen. Die Sonnenschirme waren zusammengefaltet, die Liegestühle zusammengeklappt. Das Wasser stand dunkelblau und glatt im Becken. Es war ja auch schon Abend.
Aber Alexander war es, als sei es wieder jener Morgen vor drei Jahren, als sie in Johannesburg angekommen waren, nicht nur zu einem Besuch, sondern mit der Absicht, nach Kapstadt weiterzureisen und dort zu leben, in Sophies Haus.
Es war ihr erster Morgen nach dem Nachtflug gewesen, Jessica schlief noch, aber Sophie lag schon am Swimming-pool.
Ihr Körper war gebräunt, obwohl sie nie Sonnenlotion benutzte, ihre Haut war seidigglatt. Sie trug einen einfachen schwarzen Badeanzug und sah aufregender aus als alle Frauen um sie her.
Alexander sagte es ihr. Ihre Augen wurden feucht, sie griff nach seiner Hand, drückte sie. »Siehst du, unsere Entscheidung war richtig, hierherzukommen. Wir fan-

gen noch mal ganz von vorn an. In Bonn hast du mich doch überhaupt nicht mehr gesehen.«

Konnte er ihr nicht mal ein Kompliment machen, ohne daß sie es in Schwerwiegendes, Lebensbewegendes ummünzte?

Er war froh, als Freund Hänschen kam, Kopf schief geneigt, die Augen so groß und hell hinter den Brillengläsern, obwohl sie tiefbraun waren.

Hänschen in grauer Sommerhose, weißem Seidenhemd, die Fliege blau-weiß getupft, makellos gebunden, leichten Sommerhut in der Hand, Schuhe, die noch den Vorkrieg verrieten – Handarbeit.

»Wenn ich euch anschaue, Kinder, komme ich mir vor wie ein Fossil.«

»Du, Hänschen?«

»Mein Gott, wie herrlich jung ihr seid.« Er streichelte Sophies Arm.

Er ist der einzige Mann, mit dem ich dich betrügen könnte, hatte sie einmal lachend gesagt. Von Hänschen ließ sie sich auf den Mund küssen, obwohl sie dies sonst bei anderen Menschen vermied.

»Wie lange bleibt ihr in Jo'burg?«

»Wir wissen es noch nicht«, sagte Sophie fröhlich. »So lange es uns gefällt.«

»Wie schön«, sagte Hänschen, »wie schön. Verna wird gleich hier sein. Sie holt mich zum Lunch ab.«

»Aber ihr eßt doch mit uns? Es gibt großartigen Hummer.«

»Das könnt ihr noch nicht wissen, nein, ihr wart ja sehr lange nicht hier. Ich halte Diät. Eine sehr strikte Diät.«

»Aber dann trinkt ein Glas Champagner mit uns.«

»Weil's der erste Tag ist, euer erster Tag.«

Sie tranken Champagner am Swimming-pool, und am

Abend lag der Smoking auf Alexanders Bett und das erste lange Kleid für Jessica.
Alexander sagte: »Was soll das, Sophie?«
»Überraschung!«
»Zum Abendessen Smoking, das war doch mal?«
»Heute abend ist es wieder.«
Und als sie den Tulip-Room betraten, sah er, warum. Da wartete ein riesiges kaltes und warmes Buffet, und der Maitre D', mit einem blonden Holländergesicht, watschelte auf grotesk platten Füßen auf sie zu.
»Joe, das ist Alexander Weg – mein Mann.«
»Mister Weg, Sir, welch eine Freude. Ich kenne fast alle Ihre Bilder. Ich besitze das Buch, das Winkler über Ihr Oeuvre herausgebracht hat.«
»Von der Auflage wurden eintausenddreihundert Stück verkauft, der Rest verramscht.«
»Einen Champagnercocktail zum Aufmuntern?«
»Alexander, bitte –«
Er wandte sich Sophie abrupt zu. »Wer kommt heute abend hierher?«
»Freunde.«
»Deine Freunde.«
»Sophies Freunde sind auch deine Freunde«, sagte Jessica. Nur deswegen blieb er.
Und später war er geblieben, weil Hänschen kam. Ein Freund wie Pierre.
Aber nun war Sophie nicht da und Hänschen nicht, Alexander war allein nach Johannesburg gekommen und hatte um die bevorstehende Safari gefeilscht wie in einem Bazar um einen garantiert nachgemachten Damaszenerdolch.
»Hänschen Weiß«, sagte Alexander. »Erinnern Sie sich noch an ihn, Michael?«

»Aber natürlich! Welch ein Herr! Wie ich höre, ist er jetzt auf Reisen. Viele Herrschaften verlassen Johannesburg.«
»Ja, Michael, aber Hänschen Weiß aus einem anderen Grund.«
»Es liegt mir fern, etwas Falsches zu denken, Sir.«
»That's fine«, sagte Alexander und war mit einemmal hundemüde, vor allem zu müde, um zu erklären, woher Hänschen kam und warum er anders war als alle anderen. Und er wollte auch nicht jetzt und hier über Politik reden, über die sie alle redeten. »Gute Nacht, Michael.«
»Gute Nacht, Mister Weg, Sir. Aber Sie haben ja gar nicht zu Abend gespeist.«
Alexander stieg die Treppe hinauf, ging über lange Korridore in sein billiges Zimmer.
Er hatte Jonathan um ein Drittel des Preises für die Safari in Botswana gedrückt, Sophie konnte zufrieden sein.
Und auf dieser Safari war er jetzt, und noch fünfzehn Tage lagen vor ihnen.

Alexander saß im Messzelt vor seinem metallenen Arbeitskoffer und wünschte, er hätte den Sicherheitsschlüssel verloren, um ihn nicht öffnen zu müssen.
Er nahm sich ein Soda, danach einen Grapefruitsaft, ein Cola schließlich und sprang erleichtert auf, als das Transistorradio der Batawana zu plärren begann.
Er spielte Wut, die er nicht empfand, und Noko und Amos lachten, weil sie das Spiel durchschauten.
Sie brieten ihm ein Steak, und er zeigte ihnen, wie man rheinische Reibekuchen macht.
Amos hockte sich wieder neben seinen Stuhl, strich den

grauen Sand mit seiner rosigen Handfläche glatt, und zögernd erst, dann ganz und gar ungehemmt, zeichnete er Antilopen und Vögel, Fische und Schlangen, Wolken und Wasser. Nur die Menschen ließ er draußen.
»Das ist das Paradies«, sagte Alexander. »Und nur der Mensch ist der Teufel in diesem Paradies.«

Er war schließlich froh, als er den Landrover zurückkehren hörte. Er war froh, obwohl er wußte, wie sehr Sophie enttäuscht sein würde.
Fröhlich sprangen sie aus dem Wagen. Der Staub wallte, wie immer, über das Verdeck. Das scharfe Bremsen konnte man Chris nicht abgewöhnen.
Sophies Augen waren dunkle, glänzende Steine in hellen Ovalen, ihren Lidern, die die Sonnenbrille gegen den Staub geschützt hatte.
»Hast du gut arbeiten können?« fragte sie.
»Sehr gut«, sagte er. Denn den Schlüssel zu seinem Arbeitskoffer besaß nur er. Sophie schlug die Augen nieder. Sie wußte bereits, daß er log.
Jessica war ins Messzelt gelaufen, um etwas zu trinken, er ging ihr nach, um für Sophie ein Cola zu holen.
»Na, war's schön draußen, Jess? Was habt ihr gesehen?«
»Den Fischadler.«
»Das klingt nicht begeistert. He, warum guckst du mich nicht an?«
Jessicas Kopf blieb gesenkt, und ganz langsam wandte sie ihm auch den Rücken zu.
»Du hast den Arbeitskoffer nicht mal angerührt. Aller Staub ist noch drauf.«
»Soll ich dich jetzt belügen?«

»Das kannst du gar nicht.«
»Jessica.«
»Ja.«
»Bitte, schau mich an.«
»Ich kann nicht.«
»Bitte, Jessica, ich verspreche dir –.« Er brach ab.
Was wollte er ihr denn versprechen? Ein Wunder?
Er nahm das Cola aus der Eisbox und brachte es Sophie.
Warum kann ich nicht mehr malen, dachte er. Bin ich von der Kritik kastriert worden?
Nein, da ist etwas anderes.
Da ist Sophie.
Wenn ich ganz allein bin, kann ich malen. Wie kurz nach Jessicas Geburt, in Spanien. Ein Vierteljahr ohne Sophie.
Ich war abgehauen, und wußte nicht einmal warum. Aber da malte ich, in Granada, die Falken auf den Zinnen der Alhambra, die Zigeunerin über die Hand der Blonden mit den langen Wimpern gebeugt, den Matador im späten Licht des Nachmittags, mit den hängenden Schultern, als die Menge ihn ausbuhte, weil er den Stier nicht getroffen hatte, dreimal den Degen angesetzt und nicht getroffen.
Und da erkannte er, es war wie ein Blitz, der jäh eine Schlucht erleuchtet: Wenn ich allein bin, kann ich malen. Wenn Sophie dabei ist, kann ich es nicht.
Warum nicht? Was hemmt mich?
Er blickte sie an, während sie das Cola trank.
Sie ist die schönste Frau, die ich kenne. Sie und ich sind eins. Und doch ist eine gläserne Mauer zwischen uns, mit dem Stacheldraht des Mißtrauens gekrönt, von dem ich nicht einmal weiß, wo es herkommt. Deshalb kann ich nicht malen.

Ich habe den Glauben an sie verloren, vor so langer Zeit, und ich will ihn zurückzwingen. Aber es gelingt nicht. Sophie spürte seinen Blick und wußte, jetzt versucht er wieder herauszufinden, was ihn von mir trennt.
Kalt wurde es in ihren Händen, lief es in ihr Herz. Ich muß es ihm sagen, dachte sie, auch wenn ich ihn verliere.
»Was ist mit dir, Sophie?« fragte er besorgt.
»Mit mir?«
»Du weinst.«
»Aber nein.« Sie lachte, und es gelang ihr sogar, fröhlich zu lachen. »Es ist nur vom Staub. Meine alte Bindehautentzündung.«
»Ich hol dir die Salbe«, sagte er schnell.
»Nein, danke. Ich möchte sie nicht zu oft benutzen. Ich gewöhne mich sonst dran.«
Ja, man konnte sich schnell an etwas gewöhnen, dachte sie bitter.
Sophie, Sophie, schrie es in ihm, wo sind wir? Wo bist du, wo bin ich? Ich liebe dich und kann es nicht einmal mehr zeigen.
Er ruft nach mir, dachte Sophie dumpf, und ich kann ihm nicht antworten.
Und doch ist diese Safari, dieser Aufenthalt fern von allem anderen, unsere, meine letzte Chance. Er hat es geahnt, und deshalb hat er auch darauf bestanden, daß ich mitkomme.
Hab jetzt den Mut, es ihm endlich zu sagen, hab den Mut, auf ihn zu verzichten, wenn er dich deshalb verläßt, hab den Mut, ihn verlieren zu können und Jessica. Gib ihm endlich den Frieden.
Aber gab sie ihm dann Frieden – oder zerstörte sie ihn endgültig: Mit dem Bekenntnis, daß sie, als ihre Liebe

so jung und so glanzvoll war, an seiner Männlichkeit gezweifelt hatte, an seiner Stärke?
Sie schloß die Augen, um die Tränen zurückzuzwingen. Und sie hörte die Stimme, die aus der Vergangenheit kam – die Stimme Jamies. Doch sie verstand nicht, was er sagte.

6

Es war erst zwei Uhr mittags. Chris aß ein Sandwich zum Lunch. »Ich hab Amos und Noko gezeigt, wie man Reibekuchen macht«, sagte Alexander. »Wollt ihr welche? Es geht ganz schnell.«

»Nein, danke, ich hab keinen Appetit«, sagte Jessica.

»Ich möchte mich lieber einfach eine Stunde hinlegen«, sagte Sophie, »wenn es dir recht ist?«

»Alles ist mir recht.« Alexander blickte sie nicht an. Sie saßen um den Aschenkreis des Feuers, das die Batawana erst wieder bei Anbruch der Dunkelheit entfachen würden. Die Asche roch bitter.

»Fahren wir abends noch mal raus?« fragte Jessica.

»Du brauchst nicht mitzukommen«, sagte Alexander. Sophie zuckte zusammen. Da war die Feindseligkeit, die sonst nur ihr galt. Jetzt galt sie Jessica, weil sie entdeckt hatte, daß Alexander nicht gemalt hatte. Weil sie sie ihm gezeigt hatte, die Mißbilligung, wie es nur ein Kind kann. Aber Alexander behandelte sie jetzt nicht wie ein Kind, sondern wie eine Erwachsene, die ihn beleidigt hatte. Er konnte nicht leicht verzeihen. Er beherrschte, wenn er wollte, die Kunst des Backbitings, des Zurückbeißens, virtuos. Und doch tat er es nie aus Bosheit. Er tat es aus Schuldbewußtsein, nach tatsächlichem oder angeblichem Versagen.

»Vielleicht finden wir die Büffelherde wieder, das wäre doch schön«, sagte Sophie einlenkend.

»Wir könnten morgen bis zur Chobe-Game-Lodge rauffahren, den Fluß entlang. Da gibt es Hunderte von Elefanten. Mittags in Chobe lunchen und nachmittags zurückkommen«, schlug Chris vor.

»Er will bloß Agnes wiedersehen«, sagte Jessica.

Chris grinste. »Eifersüchtig?«

»Idiot«, sagte Jessica und stelzte davon.

»Was hat sie?« fragte Sophie.

»Weiß ich doch nicht«, sagte Alexander, »ihr wart doch den ganzen Morgen zusammen.«

Chris trank ein Bier.

Der Anblick dörrte Alexander den Gaumen, aber er sah Sophies ängstliche Augen.

»Ein Bier kann, verdammt noch mal, nicht schaden«, sagte er.

»Natürlich nicht. Soll ich dir eins holen?«

»Laß nur, Sophie, das tu ich selbst.«

Aber da schmeckte es schon nicht mehr.

Alkohol war für Alexander nie ein Problem gewesen seit jenen acht Tagen zwischen Paris und New York im Januar 1961, als er Sophie verloren geglaubt hatte, acht Tage wie ein Schacht, in den er hineingerutscht war und den er nur unter Aufbietung aller Willenskraft wieder verlassen hatte. Und bis auf den Tag vor fünf Jahren, als er aus München zurückgekommen war, als er auf dem Flug schon getrunken hatte. Die Stewardeß setzte sich zu ihm, als die Maschine im Frankfurter Luftraum bockte, und warf höflich versteckte Blicke auf die Papiertüte. Aber er tat ihr den Gefallen nicht.

Stocksteif verließ er die Maschine, und Michels, der ihn abholte, bemerkte nicht das geringste.
Nur zu Hause war er dann zusammengeklappt. Vor allem am nächsten Morgen, als er erwachte und nicht mehr wußte, was in der Nacht geschehen war.

Sophie hatte nicht mehr neben ihm gelegen, war längst aufgestanden. Jessica war aus dem Haus, ja, daran erinnerte er sich, er hatte sie selbst aus dem Haus geschickt.
Und sonst noch, was hatte er sonst noch getan?
Er zog seinen Bademantel über, fror erbärmlich.
Er lauschte, als könnte er im eigenen Haus Fremden begegnen. Nichts war zu hören.
Auf dem Küchentisch fand er einen Zettel.
›Bin zum Einkaufen. Dein Frühstück steht im Atelier. Love, Sophie.‹
Sein Frühstück im Atelier, als wär's ein Tag wie jeder andere auch.
Er ging ins Wohnzimmer. Blieb vor dem Telefon stehen, erinnerte sich dunkel, Leute angerufen zu haben oder zumindest es gewollt zu haben. Kritiker.
Gustave lag im Krankenhaus in München.
Ruf deinen väterlichen Freund an, ruf deinen Mentor an.
Ich unterstütze dich, solange ich an dir verdiene, Alexander. Wenn das aufhört, mußt du allein zurechtkommen, hatte Gustave gesagt; Warnung des älteren Mannes an den jüngeren, enthusiastischen, seine Unterstützung nicht als selbstverständlich hinzunehmen.
Ja, Gustave richtete gern deutliche Schranken gegen Gefühle auf.
Die Ausstellung in München brachte Gustave kein Geld

und ihm erst recht nicht. Sie war ein Flop! Punkt. Aus. Ende.
Warum trug er auch keinen Afrolook oder die Haare à la Jesus? Warum hatte er kein Vlies auf der Brust, in dem Goldmünzen mit der Heiligen Jungfrau oder Voodoo-Göttern nisten konnten?
Warum hing er sich nicht ein paar blonde Katzen an den Arm, die den Kritikern Kinnwasser machten?
›He is just a normal guy‹, hatte die Chicago Sun einmal über ihn geschrieben, im Jahre des Herrn 1963. ›Aber was sein Geist ersinnt, auf die Leinwand bringt, läßt uns an die Größten der zeitgenössischen Malerei denken.‹
Janos, sein New Yorker Agent, hatte ihm eine Einladung ins Weiße Haus versprochen.
Im *Plaza* hatte er eine Woche lang seinen ständig reservierten Tisch. Und er kaufte Sophie einen Saphir, bei Cartier, vom gleichen Tiefblau wie ihre Augen.
Dann geschah der Mord in Dallas, und sie erlebten den Schock wie die erste Welle eines Erdbebens; die Menschen erstarrten, das ganze Land erstarrte, und er sagte zu Sophie, nichts wird nun jemals mehr wie vorher sein.
Emilio, sein alter Patron aus dem Jahre 1961, trug Trauer und zündete Kerzen vor der Heiligen Madonna an, als sei sein Vater oder sein Erstgeborener gestorben.
Alexander sah den Mund der Witwe, der einer blutigen Wunde glich, sah die erloschenen Augen, Aschenhöhlen. »It is so nice to meet you, Mr. Weg.«
But too late, viel zu spät.
»Laß uns nach Hause fahren«, hatte Sophie gesagt.
Und er wußte, sie meinte das Haus in Kapstadt, das sie geerbt hatte. Sie meinte den Garten mit den Tulpen- und den Flammenbäumen und der tiefen Bläue der Jacarandas. Sie meinte die Hunde und das Lachen von Kir-

mes und Luela, dem Zuluehepaar, das Sophie Vater und Mutter ersetzt hatte, über eine lange Zeit.
Aber Alexander hatte gewußt, er würde eben dieses Lachen jetzt nicht ertragen, das tiefste Traurigkeit in überschäumende Fröhlichkeit zu verwandeln vermochte.
»Nach Hause, Sophie? Laß uns ein Haus in Deutschland suchen. Ja, Sophie, laß uns in meine Heimat zurückkehren.«

Er lag auf seinem Feldbett auf dieser ersten Safari seit mehr als einem Dutzend Jahren und schmeckte dem bitteren Hopfen des Biers nach.
Nur eine Büchse Bier. Aber die Gier nach mehr.
Diese Gier kannte er erst seit fünf Jahren.
Die Gier, nicht aufzuhören, weiterzutrinken bis in die Bewußtlosigkeit.

Sophie war einkaufen gewesen, an jenem längst vergangenen Tag der ersten Gier in Bonn. Er wanderte durch das Haus, das er sich gekauft hatte, von eigenem Geld, das Haus, auf das er stolz war, keine Hypothek drauf, jede müde Mark selbst verdient, wie's im üblichen Jargon hieß. Aber der Unterhalt des Hauses verschlang Geld, und seine Ausstellung in München war ein Flop. Wahrscheinlich würde die Hamburger Galerie jetzt nach Ausflüchten suchen, und sein neuer Marktwert würde sich auch bis nach Brüssel herumsprechen, wo die übernächste Ausstellung geplant war.
Seine Kehle zog sich zusammen. Es war vorbei. Ich bin ein Versager, dachte er mit selbstzerstörerischer Konzentration.

Eine Null.
Ich kann nichts.
Und wenn ich nichts kann, dann spielt auch nichts mehr eine Rolle.
Er stieg in den Keller hinab.
Weinkeller, dunkles Gewölbe, kühl, ein wenig feucht, der Boden von einem tiefen Rot, als hätten Generationen von Füßen Burgundertrauben hineingestampft.
Und so fing ein fünftägiger Ausrutscher an, wie er es später nannte.
Er nannte es verharmlosend so, weil er in verzweifelter Angst davor lebte, es könnte sich wiederholen.
Und es wiederholte sich.
Bei ihrem Auszug in Bonn.
Bei Gustaves Tod.
Bei ihrem Einzug in Kapstadt.
Bei seelischen Hochs und Tiefs.
Und er konnte den Ausrutschern nur noch entgehen, wenn er radikal seine Umgebung wechselte – wenn er allein war. Ohne Rücksicht auf Sophie. Ohne Rücksicht auf Jessica.
»Ich bin ein Scheißkerl«, sagte er, im Zelt liegend, das kühle Bier trinkend.

»Es ist ja alles gut«, sagte Sophie.
»Wieso bist du hier?« Gegen die helle Zeltleinwand über ihrem Kopf konnte er ihr Gesicht kaum erkennen.
»Du hast im Traum geschrien.« Sie legte ihre Hand auf seine Stirm. Die Hand war kühl.
»Wieviel Uhr ist es?«
»Gleich neun.«
»Aber es ist doch hell?«

»Es ist Morgen.« Ihre Unterlippe zitterte.
»Ich habe mich mittags hingelegt. Ihr seid von eurer Ausfahrt mit Chris zurückgekommen. Ich habe nur eine Büchse Bier getrunken und habe mich hingelegt.«
»Das war gestern. Chris ist jetzt mit Jessica zur Chobe-Game-Lodge unterwegs, wie es geplant war.«
»Sind wir allein?«
»Amos und Noko sind natürlich da.«
»Haben die – haben sie was gemerkt?«
»Du warst sehr lustig. Du hast ihnen einen Cancan vorgetanzt.«
»Sophie, laß mich allein, willst du?«
»Ja, sicher.«
»Verdammt noch mal, nimm's mir doch nicht übel, ich muß einfach allein sein.«
Er schämte sich. Verstand sie das denn nicht?
Sie ging ohne ein weiteres Wort hinaus.
Und da sah er es, sah es in ihren Schultern und der Haltung ihres Kopfes, sah es in dem Bogen ihres Rückens, als sie sich vorbeugte und aus dem Zelt trat – eines Tages würde sie genauso fortgehen und nicht mehr zurückkommen.
»Komm zurück, Sophie«, sagte er, »bitte, komm zurück«, aber sie hörte ihn schon nicht mehr.

Jessica entdeckte die Rappenantilope hinter den Kopjes von Lobodu, den Hügeln des Chamäleons, wo Chris ihr die Buschmannzeichnungen gezeigt hatte.
Der Antilopenbock stand gegen das Licht der Sonne scharfgeschnitten wie aus einem stumpfen tiefschwarzen Stein, den schmalen Kopf mit den weißlichen Nüstern unter dem Gewicht der Säbelhörner gesenkt.

Und dann hob er den Kopf, die Hörner blitzten wirklich wie Säbel, und Jessica konnte seine Augen sehen, die in das Blau des Himmels starrten.
Und in dem Blau des Himmels waren schwarze Punkte, die Kreise zogen, herabfielen und an ihrem Schwingenschlag als Geier zu erkennen waren.
Die Rappenantilope stand in der prallen Sonne, obwohl nicht weit von ihr entfernt, kaum dreißig, vierzig Meter, Schirmakazien und Mopanibusch Schatten boten. Der Antilopenbock stand und schaute den Geiern entgegen, die ihre Kreise enger zogen.
»Warum tut er das?« flüsterte Jessica. »Warum wartet er auf sie?«
»Er ist verletzt«, sagte Chris.
»Wo?«
»Warte, bis er die Hufe hebt.«
Der Antilopenbock hob den rechten Vorderlauf, setzte ihn langsam vor und tastend wieder auf. Die Balance des kräftigen Leibes verlagerte sich, er stolperte, fiel, fing sich, zog den rechten Vorderlauf zurück.
»Er kann nicht mehr davonlaufen, oh, warum kann er nicht mehr davonlaufen?«
Chris ließ den Landrover an.
»Wo fährst du hin? Holst du Hilfe?«
»Wollen sehen, was sich tun läßt.«
»Die Geier dürfen ihn nicht kriegen, hörst du? Die Geier dürfen ihn nicht kriegen?«
»Nein«, sagte Chris, »nein, Jessica.«
»Sie werden ihn nicht kriegen?«
»Nein, Kind.«
»Fahr zur Veterinärstation, schnell. Fahr schnell!«
»Jessica, so was gibt es hier nicht.« Chris berührte ihr zitterndes Knie.

Sie stieß seine Hand weg. »Warum nicht? Im Krügerpark gibt's Dutzende.«
»Hier ist nicht der Krügerpark.«
Chris fuhr schnell, es warf sie beide im Landrover hin und her.
Sie gelangten an ein Flugfeld, das nichts anderes war als ein gerodeter Streifen Busch. Rote und grüne Metallfässer lagen da.
»Was willst du denn hier?«
»Ich muß tanken.«
Chris sprang aus dem Landrover, rollte eine Tonne heran, benutzte einen verrosteten Trichter, der da lag, schrieb anschließend einen Zettel, legte ihn neben die Tonnen unter einen Stein.
»Und jetzt?« fragte Jessica.
»Im Savuti Camp ist eine Gruppe von der Wildlife Society. Die müßte wissen, was zu tun ist.«
»Du mußt den Rappen retten, hörst du? Du mußt!«
Er sah sie seltsam an, sagte aber nichts.
Jessica rückte von ihm weg. Sie starrte zum Fenster hinaus, sah nicht den Elefanten, der seine Stirn gegen einen Marulabaum legte und den Stamm wiegte, als sei er eine Weidenrute im Wind, bis die Früchte herunterfielen. Sah nicht die Giraffen, die über die Schirmakazien hinweg Ausschau hielten, als seien sie körperlos oder als schwebten ihre Köpfe über grünen Wolken.
Sah nicht die grazilen Klippspringer, die sonst ihr Entzücken erregten, nicht mal die beiden gelbschwarzgeflammten wilden Hunde, die zur Nachmittagsjagd aufbrachen.
Das Savuti Camp war leer. Selbst die Boys, die es in Ordnung hielten, waren nicht zu sehen. Die Asche des Feuers war kalt, als Chris es mit der Hand prüfte.

»Ich laß einen Zettel da«, sagte er.
Er skizzierte die Kopjes, den Weg, die Stelle, wo sie den Antilopenbock gefunden hatten.
»Und wenn niemand kommt?« Jessica konnte kaum noch sprechen. Ihr Hals tat weh, ihre Kehle war so eng wie sonst nur bei einer schweren Angina.
»Jessica, wir können nicht mehr tun.«
Chris nahm sie um die Schulter. Diesmal ließ sie es geschehen.
»Warum kann man nie genug tun?«
»Ich weiß es auch nicht, Jessica.«
»Zuerst kommen die Löwen oder die wilden Hunde und dann die Hyänen und dann die Geier.«
»Denk nicht darüber nach, du kannst es nicht ändern.«
»Ich habe es einmal gesehen. Ich war mit Sophie in Mala Mala.«
»Mann, das muß ja toll gewesen sein. Mala Mala. Ich war noch nie da. Aber man weiß auch so, ist ja das teuerste und schönste private Tierreservat in ganz Südafrika.«
»Damals waren wir noch reich«, sagte Jessica. »Aber ich mochte es nicht, wie sie das Luder auslegten, abends am Treehouse. Ich meine, es war aufregend, wenn die Löwen kamen, wenn sie so nahe am Baumhaus waren, daß du sie fast berühren konntest, aber die Menschen waren so scheußlich. Du konntest ihre Angst riechen und ihre Gier nach dem Zerfleischen. Nach den Innereien des toten Impalabocks. Alexander hat Adriaan mal vorgeschlagen, er sollte doch die Hoden anbieten, gegrillt und mit Chili- oder Currysauce. Gräßliche Amerikaner waren da, die sagten, es wäre ein Scheiß, daß Kennedy so spät erst ermordet wurde, the bastards, und Alexander schlug einem von ihnen die Zähne aus.

Es war bloß ein Gebiß, aber Sophie bezahlte die Rechnung. Achthundert Dollar.«
Jessica redete und redete, aber es führte kein Weg an der Säbelantilope vorbei.
Die Sonne sank, der Himmel bleichte zu einem weißlichen Perlmutt aus, ehe er sich den Schatten des Abends hingab.
Und davor stand der schwarze Antilopenbock mit dem königlichen Gehörn und machte nicht einmal mehr den Versuch, sich zu bewegen. Nur den Kopf wandte er dem Landrover zu.
Und Jessica preßte ihre Hände vor die Augen, aber das nützte alles nichts.
Sie sah, wie es sein würde, wenn die Geier kamen.
Graues, wildgesträubtes Gefieder und Gekreisch, nackte Hälse wie Schlangen dazwischen und die wütend zuhackenden Schnäbel, als könnten sie nie genug kriegen.
»Es ist doch der Busch«, sagte Chris, »du kennst dich doch aus. Du bist doch nicht zum erstenmal in der Wildnis. Und die Geier gehören dazu. Man nennt sie die Gesundheitspolizei des Velds, und es stimmt in gewissem Sinne. Sie beseitigen Aas, das in der Hitze so schnell in Verwesung übergeht und an dessen Gift sich andere, weniger widerstandsfähigere Tiere zu leicht infizieren könnten.«
»Hör auf«, sagte Jessica, »ich weiß, du meinst es gut, aber ich bitte dich, hör auf, Chris.«

Im Lager empfingen Alexander und Sophie sie mit vielen Fragen.
»Hattet ihr einen guten Tag?«

»Habt ihr viel gesehen?«
»Jessica, deine Nase schält sich. Warte, ich hol dir Sonnencreme.«
»War's schön draußen?«
»Nicht zu heiß?«
»Habt ihr andere Leute getroffen?«
»Ja, es war schön draußen und nicht zu heiß, und wir haben keine anderen Leute getroffen. Chris hat mir die Buschmannzeichnungen von Lobodu gezeigt, und wir haben viele Tiere gesehen.«
»Du hast doch etwas Besonderes erlebt?« fragte Alexander leise, während Sophie sich ums Abendessen kümmerte. Es gab ein Cassoulet aus roten und weißen Bohnen mit dünnen Streifen Speck und dünnen Streifen gesottenen Hammelfleischs.
»Nein, ich habe nichts Besonderes erlebt«, sagte Jessica. »Nur den Busch.«
Sie wusch sich die Hände, sie ließ sich die Nase eincremen, und Alexander bürstete ihr Haar.
Sie stand zwischen seinen Knien und sah, das Weiße seiner Augen war gelblich, und die Linie seiner Wangen hatte an Schärfe verloren; sie schien seltsam verschwommen, aber das mochte auch vom Licht- und Schattenspiel des Feuers kommen.
Seine Augen zwinkerten ihr zu, aber seltsamerweise ließ sie das nur an das Augenzwinkern alter Männer denken, die ihr manchmal im Park oder auf dem Schulweg begegneten.
Er lahmte nicht wie der Antilopenbock. Er konnte seine beiden Hände gebrauchen und seinen Kopf.
Warum tat er es nicht?
Warum wartete er auf sein Ende?
Denn das war es.

Ganz plötzlich war es so klar.
Es machte Jessica stumm, und es machte sie blind.
Und doch sehend für das andere Bild, die Vision: das Tier und der Mann waren eins, die Augen nicht voneinander zu unterscheiden.
Und die Angst um beide war so übermächtig, war so entsetzlich, daß ihr nichts anderes übrigblieb, als davor zu flüchten.

Jessica hörte die Stimmen von weit her zu ihr kommen, und sie klangen klagend und traurig. Jemand weinte. Das war Sophie, das kurze trockene Schluchzen von Sophie, die nie weinen wollte.
»Es muß die Hitze gewesen sein«, sagte Chris. »Es tut mir leid. Ich hätte ihr meinen Hut geben sollen auf den Kopjes. Oder –«
Verrat mich nicht, dachte sie, verrat es nicht.
Aber Chris hörte sie nicht, niemand konnte sie hören, denn sie konnte nicht sprechen.
Und er erzählte es, erzählte alles, und sie wußte, das war wieder ein Schock für Alexander, denn er war nicht bei ihr gewesen, er hatte sie nicht beschützt, und beschützen wollte er sie, das wußte sie ganz genau. Aber er war nicht dagewesen, und er würde sich Vorwürfe machen. Er würde wieder trinken, und Sophie würde wieder zitternd in ihrem Bett liegen, zitternd oder ganz steif, daß man Angst hatte, sie anzurühren.
Und Jessica wußte wieder, sie mußte fort, aber nicht einfach ins Dunkel flüchten, sondern richtig fortlaufen. Alexander trug sie auf den Armen. Sie spürte sein Herz klopfen. Er sagt leise Dinge zu ihr, die sie niemandem wiederholen wollte, jetzt nicht und niemals.

Er legte sie in ihr Bett. Er deckte sie zu.
Sophie kam herein, setzte sich auf das andere Feldbett.
»Leg dich auch hin«, sagte Alexander zu ihr.
»Und du?«
Er antwortete nicht.
Er strich Jessica noch einmal übers Haar, nickte Sophie zu, und dann ging er hinaus.
Jessica hielt die Augen geschlossen und konnte doch Sophie sehen, auf diesem schmalen Feldbett sitzend, die Knie eng zusammen, die Hände flach darauf, die Hilflosigkeit in den Händen und die Hilflosigkeit in den Augen und die Angst.
Sie konnte Alexander sehen, draußen am Feuer, und Amos, der neben ihm hockte und malte, was Alexander sich nicht mehr zutraute, und Chris mit der Büchse Bier in der Hand und den blonden Bartstoppeln im Gesicht, die schon weich waren.
Sie konnte die zischenden Safarilampen im Messzelt stehen sehen, die leeren Teller, die Bestecke, die Papierservietten, die Sophie zu Fächern zwischen die Gabeln gefaltet hatte. Arme Sophie, arme Sophie. Wie oft, wie oft schon hatte sie den Tisch gedeckt, und niemand hatte sich daran gesetzt?

7

»Wie weit ist es bis zu der Stelle, wo ihr die Antilope gesehen habt?« fragte Alexander.

»Reine Fahrzeit etwa zweieinhalb Stunden«, sagte Chris. Er strich sich mit der linken Hand über die Bartstoppeln, die Rechte hielt eine Büchse Bier, der Daumen und die Kuppen seiner Finger gruben sich in das dünne Metall, zerquetschten es.

Alexander lächelte. Mit siebzehn war er auch stolz darauf gewesen, eine Bierbüchse zusammenpressen zu können. Olly und Hipp und die Mädchen fanden das toll, bis Hinkens sagte, weißt du, was du mit deiner Hand tust? Du vergeudest deine Kraft.

»Wir fahren hin«, sagte Alexander.

»Das ist verboten«, sagte Chris. »Nachtfahrten durch das Reservat sind verboten.«

»Wer könnte uns aufhalten?«

Chris zuckte die Schultern. »Manchmal schickt die Verwaltung von Maun jemanden rein. Ich kriege Schwierigkeiten.«

»Die bügele ich aus.«

Alexander sah den Zweifel in den Augen des jungen Mannes. »Grins nicht so dämlich. Wir nehmen Decken und eine Thermosflasche Tee mit.«

»Und was soll das der Antilope nützen?«

»Wir bleiben über Nacht bei ihr. Und morgen sehen wir weiter.«
Alexander ging zu Jessicas Zelt. Er sagte leise, ohne die Flappen zu öffnen: »Sophie, wir fahren raus. Sag es Jessica, wenn sie erwacht. Sie braucht nicht länger um die Antilope zu bangen. Wir passen auf sie auf.«
»Ja, Alexander.« Ihre Stimme war nur ein Hauch.
Und das »Danke« verstand er schon nicht mehr.
Er ging zu Amos. »Schlaf in meinem Zelt«, sagte er.
»Yahsah.«
»Schlafe mit offenen Augen, hörst du, und mit offenen Ohren.«
»Yahsah.«
»Noko, laß das Feuer nicht ausgehen, hörst du?«
»Nosah, Kgosi.«
Alexander zog einen Pullover über, holte seine wattierte Feldjacke aus dem Zelt.
»Du brauchst auch was Warmes«, sagte er zu Chris.
Chris nahm seinen Anorak mit, den er während seiner Militärzeit in Australien getragen hatte.
Noko brachte ihnen die Thermosflasche Tee zum Landrover und Bier für Chris.
»Kriegst du nie genug davon?« fragte Alexander.
»Mein Vater braute selbst sein Bier«, sagte Chris, »er war Apotheker, aber aufs Bierbrauen verstand er sich besser als auf alles andere.«
Sie fuhren los.
»In Australien?«
»Am Rand von Sydney. Meine Mutter fand den Hopfengestank gräßlich, denn die Brauanlage, ganz aus Kupfer, befand sich im Schuppen auf unserem Hof. Na ja, und Dad hatte schon seltsame Trinkgenossen. Da besaß keiner eine anständige Jacke und keiner ein paar

Strümpfe. Und meine Mutter strickte denen Strümpfe, und später kaufte sie ihnen welche aus Nylon im Supermarkt. Aber sie brauchen nicht zu glauben, daß die jemals die Strümpfe getragen hätten.«
»Wann hast du dein erstes Bier getrunken?«
»Na, ich konnt grad laufen, nehm ich an.«
»Und seitdem dauernd?«
»Dauernd«, sagte Chris. »Es macht mir nichts. Haben Sie mich jemals blau gesehen?«
»Nein.« Alexander lachte. »Bloß deine Augen werden blauer.«
»Das haben die Mädchen so gerne.«
»Kann ich mir vorstellen. Und was für Mädchen gibt's hier?«
»Ich hab ein Mädchen in Victoria Falls.« Chris' Stimme veränderte sich.
»Na und?«
»Mary ist Amerikanerin. Sie ist mit einer Reisegruppe rübergekommen, um die berühmten Fälle zu sehen, ›auf den Spuren des Doktor Livingstone zu wandeln‹, wie sie mir wörtlich am ersten Abend sagte. Danach hatte sie mit Livingstone nicht mehr viel im Sinn. Sie arbeitet jetzt in einer Andenkenboutique und wartet darauf, daß ich sie heirate.«
»Und wirst du?«
»Meine Mutter kommt im nächsten Monat her.«
»Was hat das damit zu tun?«
»Na, sie muß doch einverstanden sein.«
»So streng sind bei euch die Bräuche?«
»Sonst enterbt sie mich.«
»Wäre das so schlimm?«
»Na, Mom führt jetzt die Bierbrauerei. Und seit der Gestank von Hefe und Hopfen Geld einbringt, findet

sie ihn herrlicher als jedes Parfüm. Ich hab noch einen Bruder, der hat eine Japanerin geheiratet, und deswegen hat Mom den schon abgeschrieben. Aber in Jo'burg werd ich Mom beweisen, daß selbst da die Japaner als Weiße anerkannt werden. Meine Mary ist pur weiß, auf dem College war sie, und das Attest, daß sie gebärfreudig ist, hat sie auch. Meine Mutter wünscht sich dringend Enkelkinder, und wir haben uns überlegt, daß wir sie mit dreien beglücken werden.«

»Wo wollt ihr leben?«

»Hier natürlich, in Afrika. Es geht ja nur darum, zu verhindern, daß Mom ihr Geld irgendeinem Verein christlicher junger Männer in den Rachen schmeißt, wenn sie mal die Augen schließt.«

»Schieb das Fenster zu«, sagte Alexander, »mir zieht's auf den Arm.«

»Sie halten ihn so komisch, den linken Arm, manchmal.«

»Hatte mal einen komplizierten Trümmerbruch im Handgelenk.«

»Junge, Junge, und das bei Ihrem Beruf.«

»Ja, eben.«

»Ich wünschte, ich könnte so was auch. Malen oder schreiben. Muß doch sagenhaft sein, was?«

»Sagenhaft, ja, weil man frei ist.«

»Sie sind nirgendwo angestellt? Bei keinem Kunstbuchverlag, bei keiner Galerie unter Vertrag?«

»Nein. Ich wurde sehr früh vor die Entscheidung gestellt, ob ich frei sein wollte oder nicht. Ich wollte frei sein.«

»Was haben Sie davon?«

»Krach in der Ehe.« Alexander lachte, aber es klang gezwungen.

»Ehrlich, was haben Sie davon?« fragte Chris.
»Ich kann sagen, was ich will, mit meinen Bildern. O ja, ich weiß, manche denken, das ist überhaupt keine richtige Arbeit. Wenn man arbeitet, dann muß man in der Fabrik am Fließband stehen, den Schweiß in den Achselhöhlen, oder sich die Füße ablatschen in irgendeinem Job in einem Kaufhaus, oder man muß einen Stuhl wärmen in einem Büro, das ist schweißtreibende Arbeit, das denken die. Frag mich nicht, wer ›die‹ sind, ich habe es selbst nie erfahren. Aber sie glauben, weil ich frei bin, bin ich ein reicher Macker, der nur so mit dem Geld um sich werfen kann. Nimm die Safari zum Beispiel. Welcher normale Mensch geht so auf Safari, in den Busch, Zeltsafari, ganz privat? Wer kann sich das leisten, die Zeit und das Geld? Aber die denken nicht daran, daß ich das brauche, so dringend brauche wie die ihr tägliches Brot – oder besser, ihr tägliches Bierchen und ihr Nickerchen vor dem Fernsehen und ihren Knatsch und Tratsch und ihre saudumme Politik. Ich brauche Anregung in der Natur. Darum bin ich hier. Und ich habe alles, alles, was ich bin, aus mir selbst gemacht. Ich habe mit nichts angefangen. Ich habe auf dem Bauch gelegen. Ich habe Hunger gelitten, wie ihn heute keiner mehr kennt. Ich arbeite ohne Netz und doppelten Boden, ohne Sozialunterstützung und Arbeitslosengeld, weil ich so arbeiten muß. Das ist meine Freiheit.«
»Das war eine lange Rede«, sagte Chris, »aber ich weiß, was Sie meinen. Deshalb bin ich auch hier, im Busch. Ich arbeite nicht wie Sie mit Pinsel und Papier, ich arbeite mit meinen Händen, das bißchen Mechanik, ich arbeite mit den Füßen, Gas geben, und mit meiner Schnauze, das zu erklären, den Busch meine ich, für

Touristen.« Mit einemmal wurde er melancholisch. »Es ist schon ein shit.«
»Wieso?«
»Wenn Sie sterben, dann bleiben Ihre Bilder da.«
»Wenn du stirbst, Chris, bleibt auch dein Bild da. In mir, in Sophie, in Jessica, und ich glaube, in vielen Menschen. Auch in deiner Mary. Schäm dich nie deiner Arbeit. Glaub immer an das, was du tust, was es auch ist, wenn es ehrliche Arbeit ist und nicht die Schwächen anderer ausnützt. Streiken ist keine Arbeit. Faulenzen ist kein Beruf. Schuften, es steht in der Bibel, im Schweiße eures Angesichtes, dazu sind wir da.«
»Macht es Sie glücklich?«
»You are crazy«, sagte Alexander.
Chris schwieg verblüfft. Sie sahen sich an. Und dann lachten sie beide, wie erlöst.
»Kann ich nicht mal ein Bild von Ihnen sehen. Ich meine, ein richtiges?«
»Wenn du uns in Kapstadt besuchst.«
»Wie sind Sie dazu gekommen, zum Malen, meine ich?«
»Das ist eine lange Geschichte, und viel zu lange her.«
»Aber irgendwann, irgendwie müssen Sie doch angefangen haben.«
»Ich hatte kein Foto von meinen Eltern. Ich hatte Angst, sie zu vergessen, und da hab ich sie gemalt.«
»Und wenn Sie's nicht gekonnt hätten?«
»Ich hab's aber gekonnt.«
»Einfach so?«
»Na ja, einfach so.«
»Wie alt waren Sie, als Sie angefangen haben?«
»Elf.«
»Picasso war erst neun. Ich hab seine Biographie gelesen. Haben Sie ihn mal kennengelernt?«

»Ja«, sagte Alexander.
»Wenn Sie ein Bild malen, fangen Sie da einfach mit an?«
»Solange man unschuldig ist, solange man nicht weiß, was man damit anrichten kann, fängt man einfach an, ja.«
»Das verstehe ich nicht.«
»Solange man nicht weiß, daß man es kann. Solange man nicht erkennt, daß es ein Geschenk ist, mit dem man behutsam umgehen muß.«
»Und wenn man das erkennt?«
»Dann macht's einem Angst.«
»Also haben Sie Angst und Freiheit«, sagte Chris, »aber Angst ist ein Scheißgefühl.« Und dann blieb er still.

Alexander war fünfzehn, als der Fremde zu ihnen nach Bonn kam, ein verwachsener Mann, der einen Mantel aus weichem schwarzem Leder trug. Ein dicker Pelzkragen umrahmte sein Gesicht wie ein zottiger Bart. Auf seinem Schädel lag dünnes glattes Haar. Seine geschlitzten Augen wirkten beinahe rund durch eine randlose Brille, die mit dünnen goldenen Bügeln auf seinen großen Ohren saß. Unter den Augen wölbte sich eine kurze Nase, die aussah, als habe jemand die Spitze abgeschnitten.
Der schwarze Ledermantel, der anders war als alles, was die Leute noch in jenem ersten Winter nach der Währungsreform trugen, flößte Alexander Respekt ein, und auch das seltsame Gesicht des Mannes, in dem nicht ein einziger Zug durchschnittlich war.
»Herr Gustave ist ein lieber alter Freund von mir«, sagte Hinkens.

Aber der Fremde sah so grimmig aus, als verabscheue er das Wort Freund.
»Du wolltest doch ins Kino gehen, Alexander?«
Er wollte nicht ins Kino gehen.
»Ach ja, ich vergaß, dir Geld zu geben.« Hinkens gab ihm zwei Mark. Zwei Mark der neuen Währung, an die man sich noch nicht gewöhnt hatte.
»Bisher haben Sie mir noch nie erlaubt, in die Abendvorstellung zu gehen.«
»Aber du bist jetzt fünfzehn und fängst an, erwachsen zu werden.« Hinkens lächelte und zwinkerte ihm zu, und Alexander steckte das Geld ein.
Er machte seinen Diener vor Herrn Gustave, ging hinaus, nahm seinen Mantel, der ihm jetzt unglaublich schäbig vorkam, denn Hinkens hatte ihn aus einer englischen Armeedecke schneidern lassen. Noch im letzten Winter war er unsagbar stolz darauf gewesen, denn der Mantel hatte einen Gürtel mit einer Lederschnalle und Lederknöpfe, und kein Junge in seiner Klasse besaß ein solches Stück.
Alexander polterte die Treppe hinunter. Unten zog er seine Schuhe aus und stieg lautlos die Stufen wieder hinauf.
Er schlüpfte in das Klo auf dem Treppenabsatz, denn darüber war der Mansardenboden so dünn, daß man jedes Geräusch hören konnte.
Er hörte das Knacken der Tür, die in seine Mansarde führte; dieses Knacken kannte er zu genau. Oft kam Hinkens nachts herein, wenn er ihn schlafend wähnte, und stand reglos lange an seinem Bett.
Er hörte das leichte Schlurfen von Hinkens. Der Tritt des Fremden ließ den Boden erzittern.
»Das ist es also«, sagte der Fremde.

Papier raschelte. Sie machten sich über seine Zeichnungen her. Alexander hörte, wie der Stuhl vor seinem Arbeitstisch zur Seite gerückt wurde, wie sie Schubladen öffneten und schlossen, und wieder das Rascheln des Papieres.

»Was halten Sie davon, Herr Gustave?« fragte Hinkens.

»Er braucht Schulung. Disziplin.«

»Ja, gewiß, gewiß.« Hinkens Stimme klang aufgeregt und unterwürfig. »Aber das Talent, das Talent ist doch da, Herr Gustave?«

»Ein großes Talent«, sagte der Fremde.

Alexanders ganzer Körper überzog sich mit Gänsehaut, er spürte die hartaufgerichteten Poren seiner Haut sogar an der Innenseite seiner Schenkel.

»Er hat Talent und Einfalt. Zuviel Einfalt«, sagte der Fremde.

»Ich weiß«, sagte Hinkens, »ich weiß.«

»Sie halten ihn wie einen Gefangenen.«

»O nein, das ist nicht wahr, Herr Gustave! Er kann kommen und gehen, wie er will.«

»Er ist fünfzehn. Er sieht aus wie ein Zwölfjähriger.«

Deswegen also wollten die Mädchen nichts von ihm wissen. Deswegen brauchte er sich noch nicht zu rasieren. Es war ihm nicht klar gewesen, aber jetzt wußte Alexander, daß es den Mädchen klar war.

»Er muß hier raus, Hinkens, er muß in eine natürliche Umgebung. Dann wird sich zeigen, ob sein Talent hält, was es verspricht. Das, was ich hier sehe, ist nur eine Flucht. Jedes einzelne Bild ist eine Flucht, und manches ist ein verzweifelter Aufschrei nach Freiheit.«

»Aber er ist doch frei.«

»Nein, Hinkens. Das ist er nicht. Und Sie wissen es ebenso wie ich. Nicht, solange er bei Ihnen lebt.«

»Aber wo soll der Junge denn hin? Er hat doch niemanden. Er muß doch wenigstens das Gymnasium beenden –«

»Das kann nichts schaden. Aber dann –«

»Er ist mir ans Herz gewachsen. Ich möchte, daß er ein guter Mensch und ein großer Künstler wird, Herr Gustave. Sagen Sie mir, was ich tun soll, tun kann für Alexander, und ich tue es.«

»Ich muß darüber nachdenken«, sagte der Fremde. »Ich lasse von mir hören.«

»Soll – soll mein Junge weiter malen?«

»Er ist nicht Ihr Sohn, Hinkens. Aber ja, malen soll er unbedingt.«

Alexander flüchtete aus dem Haus, bevor der Fremde es verließ.

Stundenlang lief er durch die Stadt, nichts hörend und nichts sehend.

Und doch sehend. Malen, das ganze große unglaubliche Wunder des Lebens malen, das wollte er.

Aber konnte er das überhaupt, würde er das jemals schaffen?

»Hast du einen schönen Film gesehen?« fragte Hinkens, als er nach Hause kam.

»Ja.«

»Was ist mit dir, Alexander?«

»Nichts. Wer ist Herr Gustave?«

»Ein alter Freund.«

»Was tut er?«

»Er ist Galerist. Ein Mann, der Bilder verkauft.«

»Wo?«

»In Paris.«

»Warum ist er hierhergekommen?«

»Herr Gustave hat – sich deine Bilder angeschaut. Du

mußt noch viel lernen. Du mußt die Schule beenden, und dann mußt du noch viel lernen. Aber mach dir keine großen Hoffnungen.«

Zum erstenmal haßte Alexander den alten Hinkens. Haßte ihn mit wild klopfendem Herzen und wild durcheinanderwirbelnden Gedanken.

»Du mußt Hunger haben. Ich will dir Abendbrot machen.« Hinkens begann umherzuschlurfen. Er sah aus wie ein altes Weib. Hängebacken, zu langes Haar, im Nacken kleine weiße Löckchen.

Alexander malte ihn als altes Weib, er malte ihn von Gewürm zerfressen. Er malte ihn, bis der Haß einer Kälte wich, die ihn auf sein Feldbett trieb, unter die Decken, in einen schwerlastenden, traumlosen und doch traumerfüllten Schlaf.

Er malte nun jeden Tag.

Er malte abends bis tief in die Nacht und morgens, bevor er zur Schule ging.

In der Schule strengte er sich an, entdeckte, er lernte mühelos, wenn er es nur wollte. Alexander bestand sein Abitur mit siebzehn.

Am Tag darauf verließ er Hinkens.

»Sie sollten jetzt mit aufpassen, Alexander«, sagte Chris, als sie sich den Kopjes von Lobodu näherten. »Wir müßten die Antilope jeden Moment sehen, wenn sie noch da ist.«

Chris hielt den Landrover an, kletterte über die Sitze in den kurzen Laderaum, holte den großen Handscheinwerfer.

»Es muß da drüben gewesen sein, vor den beiden hohen Akazien«, sagte er.

Sie fuhren etwa sechzig Meter weiter, dann stoppte Chris den Wagen wieder, stellte den Motor ab.
Es wurde lastend still.
Und dann trug der Wind den Geruch herüber.
Nach Dung und Gedärmen, nach Blut und rohem Fleisch.
»Wollen Sie's sehen?« fragte Chris.
»Ich muß wohl«, sagte Alexander.
Chris ließ den Handscheinwerfer kreisen. Sie sahen das blutige Gerippe, sie sahen den halb weggerissenen Kopf. Sie sahen das Säbelgehörn wie die Holme eines Holzpfluges aus der Erde ragen.
Alexander stieg aus. Chris folgte ihm. Er bückte sich, hob einen Haartuff auf.
»Wild dogs«, sagte er. »Und das erklärt, warum schon fast nichts mehr übrig ist.«
Hyänen heulten, wahrscheinlich schon die ganze Zeit, aber sie nahmen es erst jetzt wahr.
»Haben Sie den Spaten im Wagen?« fragte Alexander.
»Was wollen Sie tun? Die Reste begraben?«
»Ich will nicht, daß Jessica so was sieht.«
»Wir brauchen nicht mehr hierherzukommen.«
»Jess wird es verlangen.«
»Wie Sie wollen, Sir, aber es wird ein schönes Stück Arbeit sein.«
»Wir haben Zeit«, sagte Alexander.
Sie lösten sich ab beim Aufstechen des harten, sonnenverkrusteten Bodens, den das Gras filzig zusammenhielt. Es war so wenig, was von der Säbelantilope übriggeblieben war, und doch war die Grube groß, die sie brauchten. Sie legten die Rippen hinein und das gebrochene Rückgrat, sie taten die beiden angenagten Hinterläufe hinzu und den halben Kopf, dessen Augen zu blauem Emaille

geronnen waren. Sie nahmen das Gehörn und trugen es unter die Akazien ins Unterholz.
Sie schaufelten die Grube zu. Fuhren mit dem Landrover einen Halbkreis, sammelten abgestorbene Äste, hievten sie auf das Dach des Landrovers, warfen sie neben das Grab.
Chris fuhr einige Male mit dem Landrover über das Viereck, goß eine Kanne Maschinenöl darüber, damit sein Geruch den der toten Säbelantilope überdeckte.
Dann schleiften sie die Äste darauf. Es sah aus, als hätten sie immer da gelegen.
»Jetzt brauch ich ein Bier«, sagte Chris. »Sie auch?«
»Ich bleibe beim Tee.«
Sie saßen im Wagen, bei abgeblendetem Licht. Die Hyänen heulten weiter weg, sonst war der Busch still.
»Ich weiß nicht, ob das richtig war«, sagte Chris.
»Ich auch nicht«, sagte Alexander.
»Warum haben Sie's dann so gewollt?«
»Weil Jessica schon genug zu früh sieht. Und ich hab ihr schließlich das Märchen erzählt von der wunderschönen, unbesiegbaren Rappenantilope. Der Gott der Batawana galoppiert darauf über den Himmel, wenn er pula bringt, den alles Leben spendenden Regen.«
Sie fuhren ins Camp zurück.
Einmal sagte Chris: »Ich finde Mitleid Scheiße. Es führt zu nichts, und man macht sich selbst kaputt.«

Im Third Bridge Camp saß Jessica, in eine Decke gepackt, im Hitzekreis des hochlodernden Feuers.
Sophie kam ihnen bis zum Landrover entgegen.
»Ich konnte es nicht verhindern«, sagte sie, »ich konnte Jessica nicht im Bett halten.«

»Warum hast du ihr kein Valium gegeben?«
»Ich hatte nicht den Mut dazu.«
Alexander ließ Sophie stehen, ging zu Jessica.
Chris sagte: »Machen Sie sich nichts draus, Sophie.«
Alexander kniete neben seiner Tochter nieder.
»Hi, Jess.«
Sie sah ihn mit einer langsamen, mühsamen Bewegung ihres dünnen Halses an.
»Ist sie tot?«
»Nein«, sagte er.
»Du hast die Antilope gefunden?«
»Ja«, sagte er.
»Was hast du mit ihr gemacht?«
»Als wir dort ankamen, war schon Hilfe da. Leute von der Wildlife Society, denen Chris die Nachricht dagelassen hatte.«
»Was haben sie gemacht?«
»Du erinnerst dich doch daran, wie Adriaan in Mala Mala den verletzten Büffel mit dem Narkosegewehr betäubt hat?«
»Ja.«
»Dasselbe haben sie heute abend mit der Rappenantilope gemacht.«
»Und dann?«
»Sie haben die Antilope auf ihrem Lastwagen mitgenommen.«
»Lastwagen?«
»Auf dem sie ihre Zeltausrüstung mitführen. So wie Pierre.«
»Ach so. Wo bringen sie sie jetzt hin?«
»Zur Chobe-Game-Lodge. Dort wird der Vorderlauf behandelt, dort wird man die Antilope in einem Gatter halten, bis sie wieder gesund ist.«

»Ist das auch wirklich wahr?«
»Es ist wahr.«
»Fährst du morgen mit mir hin und zeigst mir, daß es wahr ist?«
»Ich fahre morgen mit dir hin. Aber du mußt jetzt schlafen gehen, damit du morgen früh aufstehen kannst. Wir wollen doch jeden Tag genießen, den wir noch hier haben.«
Sie legte ihm die Hand an die Wange. »Willst du die Rappenantilope für mich malen?«
»Ja«, sagte er.
»Danke«, sagte Jessica, ließ sich aus den Decken helfen und ging zu ihrem Zelt.

8

Am anderen Morgen, als Alexander erwachte, fehlte der Landrover, fehlte Jessica, und Noko war nicht da.

»Chris!«

Der Junge kroch aus seinem Zelt. »Hab geschlafen wie ein Toter.«

»Das sehe ich! Jessica ist weg mit Noko und dem Landrover. – Sophie!«

Sie kam blaß aus ihrem Zelt, er sah ihre Hände zittern, ehe sie sie in den Kuttenärmeln ihres Nachtmantels versteckte.

»Jessica ist weg«, sagte er, »und du hast es geschehen lassen.«

»Ich hatte zwei Valium genommen«, sagte sie.

»Kannst du nicht auf das Kind aufpassen? Bringst du nicht wenigstens das fertig?«

Alexander trat einen Feldstuhl um, er brüllte nach Amos, er ging in das Messzelt und fegte das Frühstücksgeschirr vom Tisch, mit einer einzigen Handbewegung.

»Halt die Schnauze!« brüllte er, aber Chris hatte gar nichts gesagt. Und das ernüchterte Alexander, das Schweigen von Chris, das Schweigen von Sophie und das Schweigen von Amos.

Er sah Mitleid in ihren Augen, das sie nicht für ihn empfinden sollten.

»Nicht mal auf ein Kind könnt ihr aufpassen, keiner von euch.«

»Du auch nicht«, sagte Sophie.

»Ja, ich auch nicht. Nein, ich auch nicht. Nein, ich kann sie auch nicht davor bewahren, das Elend zu sehen und die Gemeinheit, den Tod und den Dreck. Wißt ihr, wie sie das Tier finden wird? Wißt ihr es? Die Hyänen werden den Boden aufgescharrt haben. Und Jess wird den Gestank ertragen müssen, der aus der Grube steigt.«

»Sie sollten Ihren Mund halten, Alexander.«

»Noch ein Wort, Chris, und du bringst uns nach Maun zurück, und deine Firma kann sich die Moneten in den Rauchfang schreiben.«

»Ich will nicht, daß Sie so mit Ihrer Frau reden.«

»Wie rede ich denn mit dir, Sophie?«

»Wie immer«, sagte sie.

»Amos, bring bitte den Early Morning Tea«, sagte Chris.

»Ihr trinkt Tee, während Jessica den Schock ihres Lebens kriegt?«

»Sie haben der Natur ins Handwerk gepfuscht«, sagte Chris.

»Blablabla«, machte Alexander höhnisch. »Trinkt nur euren Tee, ihr verdammten Angelsachsen mit eurem verdammten Fischblut in den Adern. Trinkt euren Tee und redet übers Wetter und kommt euch großartig vor, weil ihr so großartig gelassen dem Schicksal ins Auge schaut. Gefühle, dear me, wen gehen Gefühle an? Schluckt sie, erstickt daran, bloß zeigt sie nie, was? Kannst du überhaupt heulen, Sophie, kannst du ein einziges Mal nur richtig heulen?«

»Hör doch bitte auf«, sagte Sophie.

Er sah sich um, ihm war zum Ersticken zumute.

Er stand im Messzelt, Porzellan zu seinen Füßen, das nicht mal kaputtging, wenn man es hinschmiß. Keine Tür, die man zuschlagen konnte, hinter sich zuschlagen. Und allein sein.
Alexander ging in sein Zelt. Er schloß die haarfeinen, insektensicheren Drahtflappen, schloß auch die Zeltplane.
Er legte sich aufs Bett, den linken Arm über den Augen. Nach einer Weile drangen ihre Stimmen zu ihm, leise, unverständlich, zögernd.
Was sagte Sophie jetzt, wie sprach sie von ihm? Er wußte es nicht mehr, er hatte es vergessen.
Er konnte ja auch nicht mehr mit anderen Menschen über sie reden. Früher war er sicher gewesen, daß sie ihn verstand, verteidigte. Zu ihm hielt. Heute wußte er gar nichts mehr von ihr.
Er drehte sich auf die Seite.
Sein linker Arm begann zu schmerzen, von den Fingerspitzen bis hinauf in die Schulter.
Der Schmerz war ihm seit langer Zeit zum erstenmal willkommen, denn er lenkte ihn ab, nahm sein Bewußtsein gefangen.
Deswegen konnte er nicht mehr malen, nur deswegen brachte er nichts Vernünftiges mehr zustande, deswegen litt er, deswegen ließ er andere leiden. Oder etwa nicht?
Wir machen natürlich weiter. Wir kehren natürlich nicht nach Maun zurück. Und erst recht nicht nach Kapstadt.
Was ist denn schon passiert?
Ich werde es Jessica erklären. Ich werde ihr sagen, warum ich es tat. Sie wird es verstehen.
Und ich werd Fotos machen, jede Menge Dias von allen

möglichen Tieren, und sie zu Hause auswerten. Zu Hause nach den Dias malen.
Was hängt denn schon davon ab? Sie wollen ein paar hübsche niedliche Löwenbabys und ein paar putzige Gazellen. Ein paar komische Warzenschweine und ein paar Affen.
Ist ja nur für ein paar verschrobene Tanten und Onkel und ein paar enkelverschlingende Großmütter, die den lieben goldigen Kleinen ein liebes goldiges Tierbuch schenken wollen.
Das wirst du doch noch hinkriegen, selbst mit deiner verrottenden Hand.

»Wenn wir einen zweiten Wagen hätten, könnten wir Jessica entgegenfahren«, sagte Chris. »Wir haben aber keinen zweiten Wagen«, sagte Sophie kalt.
»Ich hab so oft zu Jonathan gesagt, es ist Wahnsinn, daß wir keinen zweiten Wagen in den Camps stehen haben. Was ist, wenn der eine Landrover total streikt? Dann sitzt man unter Umständen eine Woche lang hier fest, bis irgend jemand vorbeikommt. Aber die Kosten sind Jonathan zu hoch. Er sagt, er kann's der Firma nicht zumuten, in jedem Camp einen Landrover stehen zu haben. Die meisten Klienten fliegen noch über Jo'burg ein, und Botswana ist für sie nur ein einziger großer Tierpark. Aber jetzt, nach den Unruhen an der rhodesischen Grenze, haben die meisten Amerikaner schon storniert. Er verliert eine Menge Geld, sagt Jonathan. Und es wird eine Weile dauern, bis man die Reisebüros daran gewöhnen kann, ihre Klienten direkt nach Botswana zu schicken. Jonathan sagt auch, vielleicht wird's dann schon zu spät sein.«

»Zu spät, wofür?« fragte Sophie gleichgültig.
»Na ja, so eine Safaricompany hält sich nicht ewig, wenn keine neuen Klienten kommen. – Möchten Sie noch eine Tasse Tee, Sophie?«
»Nein, danke, aber eine Zigarette.«
Chris gab ihr Feuer. Er hatte die Augen eines kleinen Jungen. Er war noch sehr jung, das sah sie jetzt.
»Wenn Jessica kommt, ich werd's ihr erklären, daß Ihr Mann es nur gut gemeint hat.«
»Ich glaube, das wird sie wissen.«
»Sie glauben nicht an den Schock?«
»Nein, bei Jessica glaube ich nicht an den Schock.«
»Sie ist erst zwölf.«
»Bald dreizehn.«
»Ja, vielleicht haben Sie recht. Wenn man sie manchmal reden hört . . .«
»Würde es Ihnen etwas ausmachen, wenn Sie mich ein bißchen allein ließen, Chris?«
»Nein, natürlich nicht, Mrs. Weg.« Er sprang sofort auf. »Wirklich keinen Tee mehr, Mrs. Weg?«
»Nein, danke, Chris.«
Chris ging zu Amos, der das Messzelt wieder für das Frühstück richtete, dann zu seinem Zelt; er kroch hinein, wie ein Bub, der gescholten worden ist.
Chris tat ihr leid, aber Sophie wollte ihn auch nicht zurückrufen. Sie zog ihren Stuhl aus der noch blassen Sonne, bis sie im Schatten saß. Sie lehnte ihren Kopf an den Baum, der hinter ihr stand, roch ganz schwach das Harz, das aus der schuppigen Rinde schon auszutreten begann.

Bernsteinfarbenes Harz, wie es aus den Stämmen der Kiefern getreten war, die im Garten des Maison Rouge gestanden hatten. Bernsteinfarbenes, zähes und doch glattes Harz, das Giseles Schwester Marceline in kleinen kupfernen Eimern fing, die sie unter den Einschnitten in der Rinde aufhängte.
»Warum tun Sie das, Madame Marceline?«
»Ich mache Hustenmedizin daraus, für den Winter.«
»Man ißt das?« hatte Sophie verwundert gefragt.
»Nein. Ich vermische es mit bestimmten Kräutern, Fenchel zum Beispiel, und seine Dämpfe inhaliert man. Liegen Sie bequem, meine Liebe?«
»Ja, danke, Madame Marceline.«
Sie hatte den weißen Liegestuhl mit verstellbarer Lehne für Sophie gekauft. Sie hatte die Kissen mit rot und weiß gewürfeltem Cretonne überzogen und eine Decke für die kühleren Tage damit gefüttert.
»Sie sollten Ihre Milch trinken, ma petite.«
»Ich habe schon drei Gläser getrunken.«
»Einen Liter pro Tag hat der Arzt angeordnet. Und Sie haben auch das Obst noch nicht angerührt.«
»Später. Wirklich, ich werde es später essen.«
Sophie bewegte sich vorsichtig. Der Rücken tat ihr weh.
»Fühlen Sie sich nicht wohl, meine Liebe?«
»Ich weiß nicht«, sagte Sophie.
»Soll ich den Arzt rufen?«
»Nein, danke.«
»Weinen Sie doch nicht, meine Kleine.«
»Ich hätte es nicht tun dürfen.«
»Denken Sie nicht mehr daran.«
»Warum habe ich es getan? Warum?«
»Denken Sie nicht mehr daran.«
»Aber ich muß doch. Muß doch einfach daran denken.«

Sie preßte die Hände auf ihren Leib. Der Arzt behauptete, sie bilde sich die Schmerzen nur ein.
»Kommen Sie«, sagte Marceline, »ich führe Sie ins Haus. Da ist es kühler. Da werden Sie sich gleich besser fühlen.«
»Ich werde nie wieder ein Kind bekommen. Nie mehr.«
»Sie sind noch so jung, so jung.«

»Es ist Mittag«, sagte Alexander, »du sitzt im Schatten und döst vor dich hin. Jessica ist noch nicht zurück. Wenn ihr etwas zugestoßen ist, verlasse ich dich.«
Sophie sah zu ihm hoch, stand auf.
»Wenn Jessica nichts zugestoßen ist, verlasse ich dich.«
»Ich weiß.«
»Wir wissen es beide«, sagte sie müde.
Sie setzte sich wieder hin, ließ den Kopf gegen die harzduftende Baumrinde sinken, schloß die Augen. Sie legte ihre Hände auf ihren Leib, aber weder die Hände noch der Leib gaben Wärme ab.
Leib leer, Hände leer, mach deinen Kopf doch leer.

Sie hatte die sonnendurchglühten Tage bald nicht mehr wahrgenommen, kaum die beiden älteren Frauen, die dauernd um sie waren, hüpfende schwarze Schatten, mit lautlos mahlenden Mündern. Die Hunde krochen herbei, schnüffelten, warteten vergeblich darauf, daß sie die Hand nach ihnen ausstreckte, krochen enttäuscht zurück, mit ewig eingeknickten Hinterläufen.
Sophie trank Milch, sie aß in Weißwein gedünstetes Hühnchen. Gisèle sammelte Walderdbeeren für sie, Marceline goldgelbe Pilze, die unter Lärchen wuchsen.

Das tat ihr angeblich gut, das mußte so sein. Der Arzt verordnete Kalzium und Vitamine, Sophie ließ alles über sich ergehen.
Wann immer sie konnte, flüchtete sie aus der Sonne und dem Duft des blühenden Gartens, sie versteckte sich, wenn der Briefträger kam, auf seinem klappernden Rad mit der schrillen Klingel.
Sie lag im grünlichen Halbdunkel ihres Zimmers, wartete auf die Nacht, die Träume. Nur in den Träumen lebte sie noch.
Es schneite, und sie rodelte mit dem Jungen, der dicke rote Fäustlinge trug und eine rote Zipfelmütze. Er konnte schon laufen, er konnte schon sprechen. Seine Augen waren blaue Inseln, auf denen sie sich ausruhte. Sein Haar war ein weiches, helles Fell, in das sie sich einhüllte wie in einen Mantel.
Sie lief mit ihm um die Wette eine Düne hinab, und goldener Sand stob auf, trug sie über eine weite Steppe, in der, klein wie Spielzeugtiere, Herden von Büffeln, Zebras und Antilopen ihren Weg zu Wasserstellen suchten.
Sie kauerte an einem Lagerfeuer, den Jungen in ihren Armen, während Wind und Regen das Land um sie her peitschten.
Er kam zu ihr jede Nacht, und sie haßte Marcelines Hände, die sie morgens weckten, ängstlich ihre Stirn streichelten und einmal einen Spiegel an ihre Lippen hielten, um ihren Atem einzufangen.
Für die Träume lebte sie noch und wegen der Träume. Verstand das denn niemand? Warum ließ man sie nicht in Ruhe? Warum nicht auch tagsüber träumen?
›Mamie‹, rief er, ›Mamie.‹ Ungeduldig, manchmal zornig, wenn der Schlaf sie nicht sofort zu ihm brachte. ›Mamie!‹

Gisèle fuhr hin und her zwischen dem Maison Rouge in Bonmarché und dem Hotel des Ursulines in Paris, und einmal kam ein Mann aus Paris, dessen Stimme Sophie hörte, erkannte und doch nicht wußte, wer er war.
Marceline putzte das Haus, Gisèle brachte Delikatessen aus Paris, erste Austern in einem Nest aus meerduftenden Algen, Champagner.
Marceline wusch Sophie das Haar, massierte lange, viel zu lange und viel zu zärtlich ihre Kopfhaut, schnitt ihr die Nägel, feilte sie, Gisèle brachte ein neues Kleid.
Sophie ließ sich ankleiden, schminken.
›Du bist meine Puppe, Mamie‹, flüsterte er.
Sie lachte.
»Sie hat gelacht, sie hat gelacht!« riefen Gisèle und Marceline.
›Dumme Kühe‹, sagte er.
Sie sah ihr Gesicht im Spiegel.
Sah seine blauen Augen über ihrer Schulter, sein helles Haar im Wind wehen.
›Mamie‹, flüsterte er, ›schöne Mamie. Meine Mamie.‹
»Ich will ihn nicht im Haus haben«, sagte Marceline. »Mir kommt kein Mann ins Haus. Auch kein Gespenst.«
»Du bist ja eifersüchtig!« schrie Gisèle. »Du willst Sophie ja nur für dich haben!«
Die Schwestern zankten sich.
Sophie lauschte.
Er lachte glucksend, sagte: ›Sind die dumm. Du gehst ja mit mir fort.‹
»Ja, nimm mich mit«, sagte sie, »nimm mich mit, wo immer du hin willst, mein Sohn.«
Er schmiegte sich in ihre Arme, er war ganz leicht, aber dann machte er sich schwer, sein Gesicht lief dunkelrot

an, als er sich schwer zu machen suchte, denn manchmal ärgerte er sie auch.
»Tu das nicht«, flüsterte sie angstvoll, »bitte, tu das doch nicht, sonst laß ich dich noch fallen.«
Er sprang aufs Fensterbrett, schaukelte an der Messingstange, die die Vorhänge hielt. Sie versuchte ihn zu fangen, er segelte hoch über sie hinweg aufs Bett.
Sie warf sich auf ihn, und er machte sich ganz klein, immer kleiner, und flach, so flach, daß er nicht mehr vom Laken zu unterscheiden war. Und er verblaßte wie ein Foto, das man zu lange der Sonne aussetzt, zu bräunlichen Schatten.
»Sie weint, hör doch nur, wie sie weint«, wisperten Marceline und Gisèle.
»Ihr Kleid hat sie zerrissen.«
»Und ihr Gesicht ganz verschmiert.«
»Die schöne Frisur.«
Die Frauen badeten Sophie und wechselten die Laken des Bettes und gaben ihr Heißes, Bittersüßes zu trinken.
Danach kam der Schlaf, und sie wartete auf den Traum, aber diesmal kam er nicht, und niemand flüsterte ›Mamie‹.
Ganz gewiß nie Jessica.

9

Jessica sprang aus dem Landrover. Sie lief auf die Lichtung. »Wo seid ihr denn alle? Alexander, Sophie, Chris, schaut doch, was ich habe!«
Sie rannte zu den Zelten. »He, wo seid ihr denn alle?«
Ihr Haar flog, die Augen blitzten.
Ein Kind, ein zwölfjähriges Mädchen, mit den staksigen Beinen, die einmal lange Schenkel und zarte Knöchel zeigen würden. Dazu Hüften, Brüste, Verlangen im Schoß.
Warum konnte sie kein Kind bleiben?
Sophie trat aus dem Schatten des Baumes, unter dem sie gesessen hatte. »Schau doch!« Jessica hielt ihr die Hände entgegen. »Schau doch nur!« Ein winziges Knäuel lag in den schmutzigen Händen mit den abgebrochenen Nägeln.
»Lackier dir die Nägel nie rot, hörst du?«
»Warum nicht?« Jessicas Augen wurden schmal, wie nur ihre Augen schmal werden konnten. »Was meinst du?« Aber dann schon wieder fröhlich: »Schau doch endlich, was ich habe!«
»Es sieht aus wie eine winzige Katze.«
»Es ist das Junge eines Civet«, sagte Jessica. »Wir haben es gefunden, ich habe es entdeckt.«
Noko trat näher.

»Das ist wahr, Madam, und wir haben gewartet, weil wir es nicht mitnehmen wollten, wenn seine Mutter zurückgekommen wäre.«

»Aber sie ist nicht zurückgekommen, und jetzt kann ich es aufziehen. – Wo ist Chris? Ich muß ihn fragen, was es frißt.«

»Milch«, sagte Sophie.

»Wo ist Alexander?«

»Er hat sich nach dem Mittagessen hingelegt.«

»Er muß verdammt tief schlafen, wenn er mich nicht hört.«

»Du sollst solche Worte nicht gebrauchen, Jessica.«

»Jeder gebraucht sie hier. Du auch.«

»Ja, ich weiß«, sagte Sophie, »leider. Ich habe sie von deinem Vater.«

»Habt ihr euch schon wieder gestritten?«

»Er hat sich Sorgen um dich gemacht.«

»Aber Noko war doch bei mir!«

»Du hättest warten können, bis wir aufstanden.«

»Ich konnte nicht warten« – »Warum?«

»Weil ich nicht geschlafen habe.«

»Geh zu Chris und frag ihn, was der kleine Civet braucht.«

»Ja, Sophie.«

»Chris«, rief das Kind laut, »Chris!«

Und Sophie wußte, es galt Alexander, den Jessica herbeirufen wollte.

Aber er kam nicht aus seinem Zelt, und sie wußte, warum er nicht kam. Aber dieses Mal, dieses eine Mal wollte sie es durchhalten, nicht zu ihm gehen, einfach nichts tun.

Sie kehrte in den Schatten des Baumes zurück. Ihres Baumes. Sie schaute in das grüne Blätterdach.

»Es tut mir leid«, sagte Alexander abends.
Sophie und er saßen sich allein gegenüber. Im Messzelt, zwischen der Suppe und dem Fleischgang, Filetbraten gab's, den Chris überwacht hatte und nun beim Kochfeuer anschnitt.
Sie hörten, wie hinter dem Zelt dieses winzige Civetding seltsame Laute von sich gab, schnurrend und krächzend. Dazu das helle Lachen von Jessica und das glucksende von Amos und Noko.
»Es tut mir auch leid«, sagte Sophie.
Alexander berührte ihre Hand.
»Ich habe natürlich nicht gemeint, was ich heute morgen gesagt habe.«
»Natürlich nicht.«
»Und du?«
»Bitte, gib mir noch einen Schluck Wein.«
Er tat es, achtete vorsichtig darauf, ihr Glas nicht zu voll zu gießen.
Früher hatte er es immer getan, und sie hatten darüber gelacht. Es ist, weil ich so viel nachzuholen habe, hatte er gesagt, alle Mädchen in dir und allen Wein mit dir.
»Du hast mir noch nicht geantwortet, Sophie.«
»Ich weiß.«
»Warum tust du es nicht?«
Seine Hand war so warm, so fest, gab ihr so viel Vertrauen. Aber wie lange? Wie lange diesmal?
»Ich weiß es nicht«, sagte sie, »ich weiß die Antwort nicht.«
Er zog seine Hand fort.
»Ist so viel passiert, was uns trennt? Ich dachte, in den letzten Tagen, an dem Abend, als Pierre hier war, da warst du so fröhlich, so strahlend.«
»Zwischendurch waren wir immer fröhlich.«

»Und glücklich«, sagte er.
»Ja, auch glücklich.« Sie zündete sich eine Zigarette an.
»Ich möchte wissen, wo Chris mit dem Fleisch bleibt«, sagte er. »Es war ein gutes Stück. Wenn du es zubereitet hättest – nein, versteh das nicht falsch, es soll kein Vorwurf sein. Ich meine nur, weißt du noch, unsere Lukullusabende in den ersten Jahren in Bonn? Wenn unsere Freunde kamen? Als du ihnen zum erstenmal Schnekken serviertest, auf provençalische Art? Und den Bacalhao a Congregado? Stockfisch war im Rheinland immer ein Armeleuteessen, und du machtest eine Delikatesse draus.« – »Ja, Paul pickte die schwarzen Oliven raus und erzählte uns vom goldenen Fisch, den er bei anderen Freunden gegessen hatte.«
»Und ich hab nicht gesagt, halt deinen Mund, Paul, denk lieber dran, daß Sophie drei Stunden in der Küche gestanden hat, um das Essen so zuzubereiten, daß ihr vom Tisch aufstehen werdet wie die Falstaffe. Nein, Sophie, ich habe es nicht gesagt.«
»Das Beispiel ist falsch«, sagte sie, »ich habe ja auch nichts gesagt, als sie deinen Whisky heimlich auf den Rasen gossen, sich neu einschenken ließen, um zu beweisen, was für Kerle sie sind und wieviel sie vertragen können.«
»Angeber wie die Walters oder die Tilemanns gibt es überall. Aber ich hab für den Whisky keine drei Stunden lang geschuftet.«
»Du hast viel länger geschuftet. Du hast unzählige Bilder gemalt, damit deine Freunde sich deinen Whisky leisten konnten.«
Sie drückte ihre Zigarette aus, trank von ihrem Wein.
»Sophie, weißt du noch, wie's war, als wir zum erstenmal im Hotel du Louvre übernachtet haben?«

»Du meinst den Morgen?«
»*Den* Morgen.«
»Ja, ich erinnere mich.«
»Die Frühstückstabletts standen auf dem Flur. Du bliebst plötzlich stehen. ›Was ist das?‹ fragtest du.«
»Eis war in hohen Gläsern. Nur Eis.«
»›Amerikaner sind's‹, sagte ich.«
»Und vor der nächsten Tür lagen Gräten auf den Tellern.«
»Heringe?«
»Nein, es waren natürlich Pilchards, und es waren Engländer, die da wohnten.«
»Dann die deutschen Fünf-Minuten-Eier, die wienerischen Eier im Glas.«
»Und was war auf unserem Tablett?«
Seine Hand kam wieder, blieb vor der ihren liegen.
»Champagner«, sagte sie. »Eine leere Flasche Taittinger.«
»Siehst du«, sagte er, »wenn ich vorsichtig bin, werden wir wieder Champagner trinken. In unserem eigenen Haus, vor unserem eigenen Kamin. Nur wir beide. Du hast keinen Nerzmantel mehr, aber ich werd dir etwas anderes schenken. Und du wirst es tragen wie den Nerz. Mit nichts drunter.«
»Bitte, rede nicht so mit mir.«
»Warum nicht?«
»Ich halte es nicht aus.«
»Was hältst du nicht aus, meine Liebste?«
»Daß wir heute so reden und morgen anders. Und daß wir uns anschreien und drohen, immer mehr bedrohen.«
»Bedrohe ich dich?«
Seine Hand war so warm und gab ihr so viel Sicherheit.

»Jetzt nicht«, sagte sie, »jetzt nicht, Alexander. Aber morgen? Wie wird es morgen sein? Wenn ich doch endlich einmal wüßte, was morgen sein wird.«

Er antwortete nicht, er konnte nicht antworten, denn Chris trat ein und mit ihm Jessica.

Chris trug die Fleischplatte, rosigen Filetbraten von schlangengrünen Bohnen umkränzt.

Jessica trug die in Silberfolie gebackenen Kartoffeln, von saurer Sahne überflossen.

Und Amos erschien mit Kerzen, die er auf Unterteller klebte und zwischen die Gedecke plazierte.

»Das ist wie im *Plaza* in New York«, sagte Alexander.

»Das ist wie im Hotel du Louvre«, sagte Jessica. »Nicht wahr, Sophie, das war euer allererstes schönstes Essen? Ein Menü mit acht Gängen und frischen Erdbeeren im Dezember.«

»Maître, wir möchten noch eine Flasche Champagner«, sagte Alexander.

»Sehr wohl, Sir, sofort, den gleichen Jahrgang?«

»Brût.«

»Den gleichen Jahrgang, brût!«

Chris servierte die Flasche Soda mit Serviettenschwenken und schnalzendem Stanniolkappenflug.

»Auf dein Wohl, Sophie, auf dein Wohl, Jessica, und auf dein Wohl, Chris. Auf Amos und auf Noko. Auf das Wohl dieses ganzen Camps.«

»Und auf das Wohl von Alexander dem Zweiten«, sagte Jessica. Sie trug die kleine Civetkatze in einem Korb aus geflochtenem Gras wie in einer Schultertasche.

»Woher weißt du, daß es ein Er ist?« fragte Alexander.

»Wir haben nachgeguckt«, sagte Jessica. »Er ist zwar noch winzig, aber sehen kann man's schon. Und fühlen auch.«

Chris prustete los, und dann lachten sie alle.
»Lang lebe Alexander der Zweite«, sagte Alexander.

In der Nacht ging der Civet ein. Er kroch aus dem Graskörbchen, blind, stumm, kroch unter das Kopfkissen von Jessica.
Als sie ihn beim Aufwachen fand, war er noch warm, aber sein Herz schlug nicht mehr. Sie nahm ihn vorsichtig in beide Hände und versuchte, ihm ihren Atem einzuhauchen.
Aber es nützte nichts.
Sie legte ihn wieder in sein Graskörbchen, trug es nach draußen.
Nur Chris war schon auf, den ersten heißen Becher Tee in den Händen.
»Willst du auch Tee?«
Jessica schüttelte stumm den Kopf.
»Schlecht geschlafen?«
»Nein. Alexander der Zweite ist tot.« Sie strich über das Fell, das nicht mehr weich und nicht mehr warm war. »Er wollte näher bei mir sein. Ich hätte nicht schlafen dürfen. Warum läßt man sich im Schlaf allein?«
»Wir finden einen anderen«, sagte Chris.
»Nein. Es gibt eben nur einen Alexander.«
»Er ist dein Vater.«
»Eben,« sagte Jessica, »Alexander ist mein Vater.«
»Du vergötterst ihn.«
»Was weißt du überhaupt von ihm?«
Chris wurde rot. »Ich finde ihn ja prima, ich mag ihn ja.«
»Aber du verstehst ihn nicht. Weißt du, was er getan hat? Mit siebzehn Jahren ist er allein in die Welt gezo-

gen, ohne Geld. Aber er hat sich nicht herumgetrieben. Er hat malen gelernt. Er hat so lange malen gelernt, bis er fast blind darüber geworden ist. Und er ist ein großer Maler geworden. Ganz allein aus eigener Kraft.«

»Warum kann er's dann heute nicht mehr?« fragte Chris.

»Er kann es ja. Er tut es ja. Warte es doch ab!«

Sie sah Alexander aus dem Zelt hetzen.

»Hallo, Jess«, rief er.

Sie ging zu ihm, schaute ihm beim Rasieren zu. Sophie schlief noch.

»Ich will kein anderes Tier mehr«, sagte Jessica. »Keins mehr, das mir allein gehört. Es gab ja auch nur einen Ringo. Und mit Menschen ist es bestimmt ebenso. Du müßtest es doch eigentlich wissen, Alexander? Du hast doch sogar drei Väter gehabt, erst deinen richtigen, dann Onkel Hinkens und schließlich Gustave. Aber sie waren doch nicht gleich, keiner war wie der andere, oder?«

»Du hast recht, Jess, sie waren alle verschieden.«

»Wie alt warst du, als dein richtiger Vater starb?«

»Elf.«

»Erinnerst du dich noch gut an ihn?«

»Warum willst du das gerade jetzt wissen?«

»Ich weiß es nicht, aber erzähl's mir trotzdem.«

Alexander war elf Jahre alt geworden, bevor seine Eltern starben. Erinnerte er sich noch an seinen Vater? Bald war da nur noch ein verblassendes, lachendes Männergesicht, nur die Stimme, die im Bad sang oder im Chor, an den Samstagabenden, wenn Alexander ruhig im Hintergrund der Aula sitzen mußte, vor sich unendliche Reihen von leeren Sitzen, helle Lehnen, die Sitzflächen hochgeklappt. Für ihn stand ein kleiner Stuhl bereit. Als Alexander sechs war, bildeten seine geschlossenen Knie eine Ebene, als er neun war, standen sie in spitzem Winkel hoch.

Sein Vater ging nicht mehr zum Singen in die Aula, denn er wurde eingezogen.

»Jetzt wollen sie mich doch noch haben«, hatte er gesagt, bevor er zur Musterung ging. Sie saßen in der Wohnküche, wo es nach Linsensuppe roch.

»Iß doch wenigstens noch was«, sagte die Mutter.

»Mir ist der Appetit vergangen.«

»Warum willst du nicht Soldat werden?« fragte Alexander. »Warum?«

»Weil ich bei euch bleiben möchte.«

»Dann bleib doch.«

»Wenn ich's könnte, tät ich's.«

»Warum kannst du's nicht?«

»Weil sie mich dann holen kommen und erschießen.«

»Willy, red nicht so vor dem Jungen!«

»Warum nicht, Else?«

»Iß lieber noch was.« Die Mutter hatte rotumrandete Augen. Es sah aus, als hätte sie ihre Lider mit Lippenstift geschminkt.

»Ich red vor dem Jungen, wie ich will, Else.«

»Sicher, Willy.«

»Also paß auf.« Er packte Alexander bei den Schultern. »Ich werde Soldat, weil ich es muß, und nicht, weil ich es will. Begreifst du das?« – »Ja.«

»Du bist jetzt neun.«

»Ja.«

»Vorläufig wissen wir, deine Mutter und ich, meistens, was für dich richtig ist, und entscheiden für dich.«

»Zum Beispiel, ob ich in die Schule gehen muß oder nicht, selbst wenn ich Halsweh hab?«
»Genau. Wenn du Fieber hast, bleibst du zu Hause. Wenn du keins hast, gehst du zur Schule.«
»Ja.«
»Aber wenn du groß bist, so groß wie ich, dann mußt du dein Leben selbst entscheiden. Was du tun willst und was nicht. Und danach mußt du handeln.«
»Aber du willst nicht Soldat werden, Vater, und du tust es doch.«
»Nur wenn es um Leben oder Tod geht, dann darfst du nach einem Ausweg suchen.«
»Was ist das?« fragte Alexander. Er kannte Wege, Pfade und Straßen, aber was ein Ausweg war, wußte er nicht.
»Einen Ausweg muß man gehen, wenn man Schaden an anderen Menschen vermeiden will.«
»Das begreift er noch nicht, Willy«, sagte die Mutter.
»Wenn ich hierbleibe und mich weigere, Soldat zu werden, schade ich deiner Mutter und dir. Man wird uns einsperren.«
»Eben hast du gesagt, jemand will dich erschießen?«
»Nicht jemand, Alexander. Mann, begreifst du den Unterschied?«
»Du solltest doch etwas essen«, sagte die Mutter, »wirklich, Willy, du weißt doch gar nicht, wie lange die Musterung dauert.«
»Laß mich mit dem Jungen reden. Wer weiß, wie oft ich noch Gelegenheit dazu habe.«
Alexander hatte stocksteif unter den schweren, niederpressenden Händen gestanden, seinen ganzen Willen darauf konzentriert, daß seine Schultern nicht unter ihrem Gewicht herabsinken sollten, denn irgendwie fürchtete er, das könnte seinen Vater enttäuschen.

»Du wirst es später verstehen, Axel«, sagte er, »du wirst darüber nachdenken, wenn du erwachsen bist, wenn du uns gar nicht mehr brauchst. Wenn du deine Eltern einmal im Monat besuchen kommst oder auch nicht.«
»Ich komme euch jeden Tag besuchen«, sagte Alexander. »Ich komme doch jeden Tag nach Hause.«
Er war verwirrt, er hatte Angst.
»Hab keine Angst«, sagte sein Vater, »hab niemals Angst.«
»Du machst ihm doch Angst, Willy«, sagte die Mutter.
»Nein, ich hab keine Angst, Mutter«, sagte Alexander, »nein, ich hab überhaupt keine Angst.«
Aber als sein Vater aus der Tür gegangen war, hatte er geweint und sich sehr geschämt. Er hatte sein Gesicht in ihrem Kleid versteckt, es war ein blauweißes Kleid, ein Sommerkleid.
»Mein schönstes«, hatte sie gesagt, »ich hab's angezogen – damit er daran denkt. Aber es macht ja nichts, Tränen geben keine Flecken.«

»Ich habe einen Traum gehabt«, sagte Alexander. »Einen wunderbaren Traum.« Seine Stimme klang leise, aber seine Augen glänzten. »Ich habe im Traum Bilder gemalt, von allen Tieren, die es hier gibt, und jedes Bild hatte seine Bedeutung.«
Sophies Wangen füllten sich mit Farbe. Ihre Augen begannen zu glänzen wie die Alexanders, und Jessica sah, wie sehr sie einander glichen, wenn sie so waren. Es erfüllte sie mit Freude und Trauer zugleich. Trauer, weil dies etwas war, woran sie nicht teilhatte.
»Wir fahren raus, komm, Sophie, wir fahren raus und lassen Alexander allein. Wenn er ganz schnell mit der

Arbeit anfängt, wenn er ganz schnell den Traum zu Bildern macht, zu richtigen Bildern, dann ist doch alles gut, oder nicht?«
Chris schlürfte den heißen Morning Tea. »Das klingt gut«, sagte er.
Sophie sah, wie die Angst in Alexanders Augen kroch. Sie sprang auf. »Wir fahren.«
»Aber ihr habt doch gar nicht gefrühstückt.«
»Früher haben wir beide vor dem Frühstück gearbeitet.«
Das war in Bonn gewesen. Als er mit dem verklärten Ausdruck im Gesicht bei Sonnenaufgang im Sommer in sein Atelier ging und drei, vier Stunden später herauskam, mit diesem befriedigten, halb verborgenen Lächeln. Früher, als Sophie noch die Korrespondenz für ihn erledigte, Texte zu den Katalogen entwarf, zu den Einladungen, zu den Ausstellungen.
»Okay«, sagte er und erhob sich entschlossen. Er griff unter den Tisch im Messzelt, wo der Metallkoffer mit den Malutensilien stand.
»Weg mit euch!«
Jessica klatschte in die Hände. Den hilflosen Ausdruck in Alexanders Gesicht sah sie nicht. Und Sophie hatte sich schon abgewandt, um ihn nicht sehen zu müssen.

Sie fuhren zu der Grassteppe, wo sie vor vier Tagen die Büffel- und Löwenschlacht beobachtet hatten.
Leer dehnte sich die Steppe bis zum Mopaniwald.
Doch dann fing eine Bewegung unter einer Schirmakazie Jessicas Blick ein.
Sie hörten, als sie näher kamen, ein heiseres Gebell.
»Muß ein alter Pavian sein«, sagte Chris.

Aus dem Gras unter den Akazien reckte sich ein Kopf auf, lange, viereckige Schnauze, enge Augen. Die graue Mähne sträubte sich, als der Pavian knurrend seine gelben Fänge zeigte.
Mit einem Satz sprang er in den Baum, hockte sich auf einen kräftigen Ast, bellte wütend zu ihnen herab.
Über ihm, in einer kleinen Astgabel, hing etwas Helles, Braunes. Als der Wind es drehte, sahen sie, daß es der schlaffe Körper eines winzigen Impalas war. Chris hatte den Landrover gestoppt. Sie saßen ganz still.
Der Pavian bellte, zerrte sich mit den Fäusten an den langen Haaren auf seiner Brust.
Wieder bewegte sich das Gras unter der Akazie, und sie sahen ein Löwenjunges, runde Schnauze, runde Ohren, den ganzen kleinen runden Kopf hungrig hochgereckt. Seine kleinen Pranken gruben sich in die Rinde des Baumes.
Das Löwenjunge raunzte, und zwei andere tollten heran, versuchten wie das erste, den Baum zu erklettern. Der Pavian bellte, und die Löwenjungen sprangen verschreckt zurück, leckten unschlüssig ihre Pfoten.
Ein heiseres Knurren ließ ihre runden Ohren zucken, sie sahen sich um und tapsten dann zu der Löwin zurück. Sie lag flach im Gras, nur den schmalen Kopf wachsam erhoben, weder den Pavian noch den Landrover aus den Augen lassend. Sie zog die Jungen zwischen ihre Pfoten.
Und wieder hörten sie einen anderen Laut, sehr leise, sehr sanft, ein Pfeifen. Erst jetzt bemerkten sie die ausgewachsene Antilope, ein Impala, das Muttertier. Regungslos stand es nicht mehr als zehn Meter von den Löwen und dem Pavian und dem geschlagenen schlaffen winzigen Impala im Baum entfernt.

»Bitte, Chris«, sagte Sophie, »bitte, fahren Sie weiter.« Sie setzte schnell ihre Sonnenbrille auf.
»Wein doch nicht«, flüsterte Jessica. »Wein doch nicht. Sie kriegt doch bestimmt noch mal ein Kind.«

10

Jessica erwachte am nächsten Tag, der anders schien als alle anderen. Mit dem ersten Perlmuttweiß und dem ersten zarten Grün zwischen dem hellen Horizont und der schwarzen Hand der Nacht sangen Vögel, sanfte Stimmen, die sich aus Nestern schwangen, aus dem gegen die Kälte und den Tau aufgeplusterten Gefieder, aus den winzigen Kehlen. Es waren Stimmen, die aus Schnäbeln ohne Zähne kamen.
Der Gedanke gefiel Jessica: Vögel haben keine Zähne. Sie können nichts reißen.
Aber ihre Schnäbel können hacken, wie die der Geier oder des großen Hornraben mit ihrem talarschwarzen Gefieder und ihren roten Teufelsaugen. Alexander nannte sie die SS des Buschs. Warum fanden alle Leute Bussarde und Adler schön und Habichte und Falken? Warum malten sie nicht Schwalben auf ihre Wappen oder Nachtigallen? Warum nicht die blauschimmernden afrikanischen Stare? Ihr Gefieder war blau und silbern, und ihr Gezwitscher war blau und silbern.
Auch dieser Gedanke gefiel Jessica. Sie wandte den Kopf, strich sich das Haar hinter die Ohren zurück, um dem erwachenden Tag besser lauschen zu können.
Es war ein Sonntag, sie wußte es, obwohl man im Busch vergaß, das Datum zu beachten, die Abfolge der Tage.

Die Sonne ging sanfter auf, langsamer, es schien, als hebe sie sich zögernder über den Rand der Welt. Das Gras wisperte, die Bäume raschelten, schüttelten die Nacht aus ihrem Laub.
Es begann nach dem Nebel zu riechen, der sich in dünnen Spiralen aus der sandigen Erde drehte.
Jessica schob vorsichtig die Decke fort, sie wollte Sophie nicht wecken.
Sie ging auf nackten Füßen hinaus. Nur in ihrem Pyjama. Aber es war ein Flanellpyjama und wie alles, was sie auf diese Safari mitgenommen hatten, in erdfarbenem Ton. Wir wollen im Busch leben und mit dem Busch und keine Fremdkörper sein, hatte Alexander während der Einkäufe bei ›John Orr's‹ gesagt.
Jessica glitt über den grauen Sand, durchs Gebüsch ins braune Bambusried, und sie wußte, sie unterschied sich nicht von ihm, bis auf ihre hellen Füße, die hell blieben, weil sie immer Stiefel tragen mußte. Da hatten Amos und Noko es besser, ihre Füße waren so braun wie die Erde oder wie das Holz, das sie fürs Feuer sammelten, und doch waren auch sie kenntlich als Menschen, wie sie selbst, wenn sie ihre hellen Handflächen nach außen kehrten oder ihre hellen Fußsohlen hoben.
Wie langsam der Tag zu atmen begann, wie leise der Fluß sang. Das Wasser glänzte hell, als habe der Okavango sich für diesen Sonntagmorgen gereinigt.
Am Tag vor ihrem Sonntag, den sie Shabbat nennen, gehen gläubige Juden in ein rituelles Bad, das Mikhwe heißt. Alexander hatte es Jessica erzählt, hatte ihr die Mikhwe beschrieben, die man oben auf dem Felsen, der Massada hieß, ausgegraben hatte.
Sie fand die Idee schön, daß man vor dem Sonntag ging und sich reinigte, wie der Fluß sich gereinigt hatte.

Und Alexander hatte die beiden Frauen gemalt, wie sie aus der Mikhwe Massadas kamen, eine alte und eine junge, sie waren beide von einem hellen Glanz umgeben, der sich nicht durch die Farben erklären ließ, die er benutzt hatte.
»Eines Tages, wenn du ein bißchen größer bist, werde ich dich mit nach Israel nehmen«, hatte Alexander Jessica versprochen.
Jetzt war sie größer, und jetzt hatten sie nicht mehr genug Geld, eine solche Reise zu unternehmen.
Das war traurig, denn Jessica erinnerte sich noch zu gut, wie es war, wenn er von seinen Reisen zurückkehrte. Mager kam er zurück und immer braungebrannt. Seine Augen leuchteten sehr hell, und er konnte gar nicht aufhören zu reden. Sein Haar war stets ein bißchen weißer, aber es war ein gutes Weiß, keines, das dem Mensch aus Sorgen entsteht.
Er beschenkte Sophie, und er beschenkte sie, er brachte ihnen seltsam geformte Schmuckstücke, die aussahen, als entstammten sie der Schatzkiste eines orientalischen Fürsten.
»Das ist jemenitische Goldschmiedekunst«, hatte Alexander erklärt, »in dem Gold fangen sie die Sonne ein, in den Smaragden und Aquamarinen das Wasser, das ihnen in der Wüste so kostbar ist, im Blau der Saphire den Himmel, der ihr Zelt ist.«
Er war immer so voller Leben, wenn er von einer Reise zurückkehrte. Er und Sophie lachten und scherzten und überschütteten sich mit den Worten ihrer Freude, und sie umarmten sich, auch wenn Jessica dabei war.
Manchmal hielt die Freude eine Woche an, manchmal auch länger, aber dann kamen unweigerlich Briefe, die ihn bedrückten, von Gustave aus Paris oder von Janos

aus New York. Dann geschahen unweigerlich Dinge, die die Freude erstickten. Manchmal waren es politische Ereignisse, über die Sophie und er diskutierten, manchmal waren es lächerliche Dinge, ein Rohrbruch zum Beispiel.

Und nach dem ersten Streit, nach den ersten heftigen, lauten, verletzenden Worten, setzte rasch wieder der ganze Alltag ein.

Lange Tage, die Alexander in seinem Atelier verbrachte. Abende, an denen er und Sophie kein Wort füreinander fanden als Floskeln der Höflichkeit.

Er aß zuviel, und manchmal trank er zuviel. Er nahm zu, er führte einen Diätplan ein, warf ihn ungeduldig über den Haufen, wenn sich nicht bald Erfolg zeigte. Sein Gesicht verlor seine klugen, seine kühnen, seine straffen Konturen, die ein Freund von ihm, ein Bildhauer in Paris, in Bronze modelliert hatte.

Und man konnte schon die Wochen zählen und bald wieder die Tage.

»Ich muß raus, Sophie«, sagte er dann. Es klang wie um Entschuldigung bittend, es klang, als schmerze es ihn selbst.

Und Sophies Stimme wurde leiser, und ihre Bewegungen wurden langsamer. Sie schlief länger, und Jessica wußte, sie versteckte sich vor dem Tag, der unweigerlich kommen würde. Der Tag der Flugbilletts, der Travellerschecks, der gepackten Koffer.

Alexander freute sich nicht, wenn er sie verließ, er verbarg seine Traurigkeit unter hektischem Gebaren. Er und Sophie umarmten sich nie, wenn er ging, Jessica fuhr er nur übers Haar und sagte: »Bleib brav, Jess.«

Und dann kamen die Tage mit Sophie, ehe sein Telegramm eintraf oder sein erster Brief.

Tage, an denen Sophie nichts sah, nichts hörte, an denen man alles dreimal oder viermal fragen mußte, ehe sie Antwort gab.
In diesen Tagen verließ Sophie das Haus nie. Oft ließ sie die Rolläden geschlossen. Sie hörte auf zu kochen. »Leonor macht dir dein Abendbrot«, hatte sie in Bonn gesagt. »Luela hat den Lunch fertig«, sagte sie später in Kapstadt.
Jessica sah Sophie in diesen Tagen nie essen. Sah sie nicht rauchen, nichts trinken, sah nur, wie sie dünner wurde, schnell und unaufhaltsam dünner. Als Jessica noch jünger gewesen war, hatte sie oft Angst gehabt, das Telegramm oder der Brief von Alexander würden zu spät kommen. Einfach zu spät. Und daß Sophie sich in die Schatten des Hauses flüchten könnte, in ihnen auflösen.
Nur Leonor und später Luela waren dann gegenwärtig. Luela und die Hunde.
Man konnte sie anfassen, sie waren warm. Man konnte mit ihnen reden, sie gaben Antwort. Man konnte mit den Hunden durch den Garten tollen und um die Wette über den Rasen rollen.
Jessica mied das Haus in diesen Tagen, und manche Nacht schlief sie draußen.
Sophie aber merkte das erst, als sie die eitrige Mandelentzündung bekam.
Im ersten Jahr in Kapstadt hatte Luela einmal gesagt: »Dein Vater und deine Mutter sind etwas Besonderes.«
»Das weiß ich.«
»Es ist nicht leicht für dich, damit zu leben.«
»Ja, das ist wahr.«
»Aber sie haben sich sehr lieb. Sie sind eine Einheit. Und du darfst nie zwischen sie treten.«

»Warum sollte ich das tun, Luela?«
»Weil du keine fröhliche Kindheit hast. Und sie kein fröhliches Leben.«
»Aber wenn Alexander zurückkommt, sind wir doch fröhlich.«
»Und wie lange dauert das?«
»Nicht sehr lange«, gab Jessica zu.
»Ich rede zuviel«, sagte Luela, »ich rede von Dingen, die mich nichts angehen, und du mußt deine Milch trinken.«
Jessica trank ihre Milch. Luela half ihr in den Schulblazer. Er war ochsenblutrot, und immer, wenn sie ihn überzog, dachte Jessica, wie häßlich er ist. Wenn ich groß bin, werde ich nie mehr eine solche Farbe tragen.
»Sei brav, lerne fleißig, Kind.«
Jessica lernte fleißig, weil sie sonst so wenig zu tun gehabt hätte.
In Frankreich lernte sie Französisch, in Deutschland lernte sie Deutsch, und in Kapstadt lernte sie Englisch und Afrikaans.
Aber immer, wenn sie eine Sprache so weit beherrschte, daß sie Freundinnen fand, an ihren Spielen teilnehmen konnte, ihre Scherze verstand, trat das andere ein, vor dem sie sich noch mehr fürchtete. Nicht nur Koffer wurden gepackt, sondern Kisten, das Silber verschwand, das Porzellan. Männer kamen und zimmerten Verschläge für die Möbel, für Alexanders Staffelei. Die Vorhänge verschwanden von den Fenstern, ließen nackte Rahmen zurück, nackte Scheiben, in denen sich nichts mehr spiegelte.
Von Paris, wo Jessica geboren wurde, nach Amsterdam, von Amsterdam über ein paar Monate Aachen nach Bonn.

»Jetzt haben wir endlich unser eigenes Haus«, hatte Alexander gesagt. »Jetzt wissen wir endlich, wo wir hingehören.«
Ein ganzes Jahr lang hatte er keine Reise allein unternommen. Ein ganzes Jahr lang genügte es ihm, seine Unrast im Garten auszuarbeiten. Er pflanzte Rosen, er beschnitt die verwilderten Spalierobstbäume, er säte Kräuter. Er zimmerte Bücherregale fürs Kaminzimmer, Geschirrbretter für die große, blau-weiß gekachelte Küche. Er reparierte den Aufzug ins Speisezimmer, er legte zusätzliche Lichtleitungen.
Als alles fertig war, flog er davon.
Und die Rolläden blieben wieder unten, keine Luela war da, und noch keine Hunde.
Leonor kam dreimal in der Woche. Ein spanisches Mädchen, sie war abweisend, sprach nie, bis Jessica dies als Scheu erkannte. Und als sie sich endlich ein bißchen mit Leonor angefreundet hatte, als sie endlich auch einen Hund besaß –
Geschah – ja, was geschah denn eigentlich? Was geschah, daß Sophie wieder Kisten packte, wieder Vorhänge abnahm, wieder Silber putzte, ehe sie es verpackte? Daß Alexander sich über den Geruch des Putzmittels aufregte: ›Du weißt doch, ich kann diese chemischen Gerüche nicht ertragen! Meine Nasenschleimhäute entzünden sich und meine Augen!‹
»Warum geben wir *unser* Haus auf, Sophie?«
»Frag Alexander.«
»Warum geben wir *unser* Haus auf, Alexander?«
»Frag Sophie.«
Leonor sagte: »Dein Vater hat keinen Erfolg mehr. Er verdient kein Geld mehr. Deswegen kann ich auch nicht mehr zu euch kommen.«

»Aber wenn ich dir mein Taschengeld gebe?«
»Wenn es reichen würde, nähme ich es an, denn ich war gern bei euch. Deine Eltern haben mich immer sehr nett behandelt.«
Sophie schenkte Leonor Möbel und Kleider zum Abschied.
»Nehmen wir denn diesmal unsere Möbel nicht mit?« fragte Jessica.
»Das Haus in Kapstadt ist möbliert,« sagte Sophie. »Dort brauchen wir nichts von hier.«
»Kann ich nicht wenigstens mein Bett mitnehmen?«
Es war aus Messing und beinahe schon ein bißchen zu kurz für sie, aber Alexander hatte es an einem Wintermorgen in Amsterdam auf dem Flohmarkt erfeilscht. Der Verkäufer und er hatten sich angebrüllt und miteinander gescherzt und sich gegenseitig versichert, daß sie sich ruinierten. Aber schließlich hatten sie das Bett im Triumph nach Hause getragen, Alexander und sie, schlitternd über Eis und Schnee, das Bett wie eine Schaukel zwischen sich.
»Wenigstens mein Bett will ich behalten«, sagte Jessica.
»Es ist kein Platz dafür in Kapstadt.«
Jessica lief zu Alexander.
Er sortierte Skizzen, hämmerte die hölzernen Rahmen für seine Bilder zusammen, in denen sie dann staken wie hinter Gittern.
»Leonor bekommt dein Bett«, sagte er, »und sie bekommt auch Ringo.«
Ringo war ihr Spitz, der mit unbeweglichen Augen und trockener Schnauze in einer Ecke der Diele lag.
»Ringo bleibt auch hier?«
»Du wirst ein halbes Dutzend Hunde in Kapstadt haben.«

»Aber nicht Ringo.«
»Nein, nicht Ringo.«
»Aber er ist doch noch so klein, und er gehorcht nur mir. Er frißt nur, wenn ich ihm seinen Napf fülle.«
»Sieh mal, Jess, wir fliegen doch nach Kapstadt, und wenn wir ihn mitnähmen, würde Ringo in eine Kiste gesteckt und im Bauch des Flugzeugs verstaut. Und es könnte sein, daß er große Angst bekäme, schließlich weiß ein Hund nicht, was ein Flugzeug ist, und es nicht überstünde.«
»Du meinst, er könnte sterben?«
»Ja«, sagte Alexander.
»Vor Angst?«
»Ja. Das kommt bei Tieren vor.«
»Und bei Menschen?«
»Bei Menschen auch, manchmal.«
Jessica hatte sich auf dem ganzen langen Flug nach Johannesburg und dann noch auf der langen Zugfahrt nach Kapstadt gewünscht, daß sie Angst haben würde und stürbe.
Sie saß zwischen Sophie und Alexander. Sie stellte sich vor, das Flugzeug finge Feuer, sie stellte sich vor, Terroristen wären plötzlich drin und jagten es in die Luft. Sie schaute heimlich und voller Erwartung die Passagiere an, aber keiner trug eine Strumpfmaske, und sie zogen höchstens Zigaretten aus ihren Jackentaschen oder Kaugummi aus ihren Hosentaschen, kein einziger eine Pistole.
Sie hatte sich sehnlichst gewünscht, Angst zu haben, damit sie vor Angst sterben könnte, aber in Johannesburg flößten ihr nicht mal die vielen schwarzen Gesichter Furcht ein, obwohl sie doch gar nicht daran gewöhnt war.

Der Schlafwagenschaffner des Blue Train sah wie ein dicker schwarzer Frosch aus, und wenn man ihn anschaute oder ansprach, ließ er das glucksende Lachen hören, wie es das von Kirmes und Luela zur Melodie ihrer Tage in Kapstadt werden sollte.
Der Zug sauste durch die Nacht, und draußen war tiefste Finsternis wie am Ende der Welt oder hinter dem Horizont, wo das Weltall beginnt.
Vielleicht sausten sie ins Weltall? Vielleicht waren sie schon gar nicht mehr auf der Erde?
Im Fernsehen hatte sie eine Raumfahrtserie gesehen, und einmal war das Raumschiff außer Kontrolle geraten. Das Gesicht des Piloten hatte sich vor Angst verzerrt, aber gestorben war er daran nicht.
Bestimmt wäre Ringo auch nicht vor Angst gestorben, wenn er bei ihr hätte sein können.
In Kapstadt waren ein halbes Dutzend Hunde im Haus, zwei schöne glatte Dalmatiner und zwei zerzauste Schnauzer. Dazu in einem Körbchen in der Küche, in der Nähe des gußeisernen Ofens, zwei hellblonde Welpen, die Luela für ihre Enkelkinder großzog.
Die Hunde waren herrlich und sprangen winselnd und fiepend um Jessica herum, denn das Bellen war ihnen verboten, es hätte Nachbarn stören können. Sie wedelten mit ihren Schwänzen und machten artige Milchtritte, wenn sie um etwas baten.
Ja, es waren herrliche Hunde. Mit großem Stammbaum und silbernen Preisen. Aber keiner war Ringo.
Keiner roch wie er mit nassem Fell, keiner stupste wie er einem die Schnauze in die Hand und legte den Kopf in Richtung Eisschrank schief.
Und keiner stahl sich in Jessicas Bett, wenn sich Stimmen im Haus erhoben.

Na ja, wenigstens ihr Bett hatte Ringo noch. Das schöne Messingbett.

Komisch, wie die Gedanken wanderten, komisch, woran man dachte, wenn man allein war. Eigentlich war sie doch nur herausgekommen, um zu sehen, wie sich das Schilf im Fluß spiegelte, wie das Wasser die Sonne und den Himmel einfing, daß man vergessen konnte, wo oben und unten war und begriff, daß die Welt rund ist.
Jessica streckte ihren Fuß aus, berührte das Wasser. Es umschmiegte wie Seide, die sich auf der Haut so schnell erwärmt, ihre Zehen.
Sie zog den Pyjama aus und stieg in den Fluß.
Das Wasser war sanft, und die Luft war sanft, und in die Sonne konnte man auch noch blicken, sie hatte noch nicht das blendende Weiß des Zenits erreicht.
Jessica zog ihren Kopf unter Wasser, mit weit offenen Augen. Und das Licht wurde noch sanfter, noch weicher, brach sich in einem milchigen Grün.
Sie blieb so lange unten, bis sie Atem holen mußte.
Sie versuchte es noch ein zweites Mal, aber da war es längst nicht mehr so schön, denn nun wallten vom Flußboden bräunliche Nebel auf, Sand und Schlick, den ihre Füße aufgewirbelt hatten.
Sie watete ans Ufer zurück. Zog ihren Pyjama über die nasse Haut. Wrang ihr Haar aus.
Als sie ins Camp kam, roch es schon nach heißem brutzelndem Frühstücksspeck.
Sophie rauchte auf nüchternen Magen.
Alexander war nirgendwo zu sehen.
»Warum verschwindest du immer?« fragte Sophie.

»Ich war nur im Fluß.«
Sophie schluckte, die Sehnen unter ihren Ohren strafften sich. »Es gibt Krokodile im Fluß.«
»Ich weiß.«
»Aber du hast nicht daran gedacht, als du reingingst.«
»Doch. Ich habe mich sehr vorsichtig bewegt, um sie nicht zu stören.«
»Könntest du nicht wenigstens vorher sagen, wohin du gehst?«
»Ich weiß es doch nicht«, sagte Jessica. »Ich weiß das doch nicht vorher.«
Plötzlich hatte sie einen rasenden Hunger.
»Kann ich schon mit dem Frühstück anfangen?«
»Ja«, sagte Sophie.
»Ich bin wirklich schrecklich hungrig.«
»Fang nur an, ich muß mit deinem Vater sprechen.«
Sophie ging zu Alexanders Zelt.
Zuerst schritt sie schnell und bestimmt aus, dann schienen ihre Füße zu zögern, sie nahm die Schultern zurück, strich ihr Haar mit beiden Händen hinter die Ohren.
Schönes Haar hatte Sophie, wie Herbstlaub, golden und rötlich und purpurschwarz.
Haar wie der Herbst im Siebengebirge, Haar wie der Herbst im Aachener Stadtwald, als sie mit nackten Füßen über den dicken Rasen gelaufen waren, wie ein Teppich war das, und sie die toten Kaninchen fanden, kleine, schlaffe, tote Kaninchen. In dem Jahr grassierte die Kaninchenpest.
Warum mischten sich immer in die guten Gedanken auch die traurigen?
Jessica lauschte dem Knirschen des knusprigen Specks zwischen ihren Zähnen, sie lauschte Amos, der ein Kir-

chenlied sang. Sie hatte es zum erstenmal im Aachener Dom gehört, von einem europäischen Chor. Weihnachtsmarkt war auch, und es roch nach gebrannten Mandeln und gebratenem Fisch, nach Fritten wie immer das ganze Jahr über in Aachen, und natürlich nach Reibekuchen. Bis in den Dom hinein.
Jessica hatte das komisch gefunden, sagte es Alexander, und er antwortete: »Das ist wenigstens keine Kirche, in der der Glaube zu lebloser Würde erstarrt ist.«
Er malte den Aachener Dom. Es war eines der Bilder, die in München niemand kaufen wollte. Es war eine Kirche, in der ein Weihnachtsmarkt stattfand und in der die Heiligen alle lachten.
Amos brachte Jessica eine Tasse heißen, schaumigen Kakao.
»Happy sunday«, sagte er.
»Happy sunday, Amos. Wo hast du das schöne Lied gelernt?«
»Im Radio.«
»Warst du schon mal in einer Kirche?«
»Was ist das?«
»Ein großes Haus mit einem hohen Turm, in dem die Menschen beten.«
»Ich bringe noch etwas Toast«, sagte Amos.
Er brachte den Toast, wie üblich schwarzverbrannt. Jessica aß ihn trotzdem und ließ ihn zwischen ihren Zähnen krachen, damit sie die Stimmen nicht zu hören brauchte.
Sophie und Alexander stritten sich wieder. Und sie stritten sich ihretwegen.
Sie tat Dinge, die kein Kind und kein Erwachsener in der Wildnis tat. Sie lief einfach spazieren. Sie fuhr mit Noko raus. Sie verschwand, kam klatschnaß wieder.

Hatte im Fluß gebadet, wo's Krokodile gab. Und womöglich Bilharzia. Was, wenn sie Bilharzia bekam, Leberwürmer? Hatten sie nicht Sorgen genug?
»Ich kann sie nicht festbinden, Sophie!«
»Nein, das kannst du nicht. Aber wenigstens versuchen, ihr ein bißchen Disziplin beizubringen, ein bißchen Rücksichtnahme. Auf mich hört sie ja nicht.«
»Ich kann sie nicht ändern. Sie ist halt meine Tochter.«
»Sie ist auch meine.« – »Dann tu du doch was!«
»Highlife«, sagte Chris. Er ließ kurz seinen Blick über die unbenutzten Gedecke ihrer Eltern schweifen.
»Das geht dich nichts an«, sagte Jessica.
»Oh, ich bin ja schon still. Aber ich möchte doch mal eines wissen: Sind sie immer so?«
Es lag ihr auf der Zunge zu sagen, nein, natürlich nicht. Aber plötzlich war sie neugierig, was er auf das ›Ja‹ antworten würde.
»Ja«, sagte sie, »Alexander und Sophie sind immer so.«
»Und wie halten sie das aus?«
»Sie sind stark, sie sind starke Persönlichkeiten.« Ein Mensch, den man nicht verstand, war immer eine starke Persönlichkeit, oder etwa nicht?
»Aber verdammt anstrengend«, sagte Chris.
»Der Platz von Alexander bleibt frei«, sagte Jessica, als Chris sich dorthin setzen wollte.
»Entschuldige.« Chris wurde rot. Er rieb sich schnell den sprießenden blonden Bart.
»Wenn wir zu Hause sind, bleibt Alexanders Platz manchmal wochenlang leer, aber er bleibt frei.«
Chris nahm sich gebratenen Speck, Amos brachte ihm vier Spiegeleier.
»Und Kaffee«, sagte Chris, »heißen, starken Kaffee, hörst du?«

Die Stimmen waren verstummt. Alexander und Sophie kamen über die Lichtung heran.
Sie stolperte über einen Wurzelstrunk, er nahm ihren Arm, führte sie die letzten Schritte, ins Messzelt.
»Morgen, Chris. Morgen, Jessica.«
»Guten Morgen, Alexander.«
»Ich höre, du hast im Fluß gebadet, Jess?«
»Ja. Es war schön.«
»Tu das nie wieder. Chris, gibt es hier Bilharzia?«
»Nein«, sagte Chris, »nicht daß ich wüßte.«
»Na, hoffentlich nicht«, sagte Alexander. »Sonst steht dir Scheußliches bevor, Jess!«
»Was?« fragte sie.
»Spritzen, eine Serie von sechs sehr großen, sehr unangenehmen, sehr schmerzhaften Spritzen.«
»Vielleicht brauche ich nur drei? Du sagst doch immer, ich bin so winzig, nur eine halbe Portion.«
»Okay. Vielleicht nur drei.« Alexander grinste. »Sophie, nimmst du keinen Speck?«
»Nein, danke. – Jessica, ich verbiete dir, jemals wieder allein in einem Fluß schwimmen zu gehen.«
»Ja, Sophie.« – »Vergiß es nicht, bitte.«
»Nein, ich vergesse es nicht.«
»Und ich verbiete dir auch, dich noch einmal allein aus diesem Lager zu entfernen.«
»Ja, Sophie.«
»Wenn du mit dem Frühstück fertig bist, kannst du aufstehen und dich duschen und –«
»He, nach dem Frühstück kann sie doch nicht duschen. Nicht auf vollen Magen«, sagte Alexander.
»Ja, entschuldige«, sagte Sophie. Ihr Gesicht war plötzlich wieder sehr blaß. »Also geh, Jessica, und trockne dir dein Haar und zieh dich richtig an.«

»Ja, Sophie.«
»Dann geh auch, Jess«, sagte Alexander.
»Ich wollte nur noch wissen – was machen wir denn heute?« fragte sie.
»Rausfahren«, sagte Sophie. »Wir machen ein Picknick im Busch.«
»Aber dann können wir doch auch hierbleiben?«
»Sophie meint, wir wollen den ganzen Tag draußen verbringen, bis zum Einbruch der Dunkelheit«, sagte Alexander, »und das werden wir tun.«

11

Sie verbrachten den ganzen Sonntag im Busch. Sie sahen wenig Wild. Es war, als rasteten auch die Tiere im Schatten der Schirmakazien, die manchmal nur wie eine Fata Morgana waren, wie an den weißdunstigen Horizont über die Grasebene gemalt.

Die Stille des Sonntags hielt an. Die Stille und der Friede. Zwei der seltenen goldfarbenen Sitatunga-Antilopen sahen sie noch zum Schluß, sehr scheu und schön.

Als sie bei Einbruch der Dunkelheit ins Third Bridge Camp zurückkehrten, saß Pierre am Lagerfeuer, allein. Beim Kochfeuer hinter dem Messzelt, bei Amos und Noko, konnten sie den grauen Krauskopf von Nelson erkennen.

»Pierre!« rief Alexander glücklich. »Was für eine Überraschung!«

Pierre schaute auf, nickte, erhob sich, nahm Sophies Hand, hielt sie eine Weile, als wüßte er nicht genau, was er damit tun sollte.

»He, warum redest du nicht?«

Pierre sah Chris an, machte eine Kopfbewegung in Richtung Nelson, Chris ging und holte ihn herüber.

»Pierre, was ist mit dir los?« fragte Alexander.

Nelson sagte es ihm. Pierre durfte nicht sprechen. Er konnte nicht sprechen. Es tat zu weh. Etwas in seinem

Hals war gerissen. Es hatte stark geblutet. Sie hatten die Holts zur Khwai-River-Lodge gefahren und an einen anderen White Hunter abgegeben, die Safari war zu Ende.
»Kannst du was trinken?« fragte Alexander.
Pierre schüttelte den Kopf.
»Er hat seit gestern mittag nichts mehr zu sich genommen«, sagte Nelson. »Es passierte während des Essens. Die Fleischsuppe war wohl zu heiß. Er kann ein wenig Wasser zu sich nehmen, um den Mund auszuspülen. Aber er kann es nicht schlucken.«
»Verdammt«, sagte Alexander, »das ist ja ein verdammter Mist.«
Pierres Augen grinsten, er hob die Schultern.
»Aber schreiben kann er doch«, sagte Sophie. »Pierre, du kannst uns doch aufschreiben, was du gern sagen möchtest, und überhaupt?« Sie beugte sich zu ihm hinunter. Es sah aus, als wollte sie ihm den Arm um die Schulter legen, aber sie tat es nicht. »Geh und hol Bleistifte und Papier, Jessica. Nimm meinen Notizblock.«
Jessica lief, das Verlangte zu holen.
Pierre schrieb: ›Ich wollte euch noch mal sehen. Und da es am Weg lag . . .‹
»Natürlich«, sagte Alexander, »was glaubst du, wie froh wir sind, daß du hier bist.«
›Chris, ich fahre immer noch mit der Spurstange, die du repariert hast. Meinst du, sie wird bis Maun halten?‹
»Ich glaub, schon«, sagte Chris.
»Das soll dir keine Sorge machen, Pierre«, sagte Alexander. »Chris und ich fahren dich in unserem Landrover nach Maun. Wenn Jessica und Sophie mögen, können sie auch mitkommen. Wir brauchen sowieso frisches Obst und Gemüse.«

›Ist nicht nötig‹, schrieb Pierre, ›wenn Chris meint, die Spurstange hält . . .‹
»Ich schau sie mir noch mal an«, sagte Chris.
Sie saßen alle in lockerem Kreis um Pierre.
Die Düfte vom Küchenfeuer hatten sich verzogen, Jessica sah, daß Amos und Nelson die Glut austraten.
›Kann ich dich einen Moment allein sprechen?‹ schrieb Pierre.
»Natürlich«, sagte Alexander.
»Du frierst, Pierre«, sagte Sophie. »Ich hole dir eine Decke.«
Aber er schüttelte nur den Kopf und stand auf. Seine Augen lächelten Sophie an.
Pierre nahm Papier und Bleistift nicht mit. Die beiden Männer entfernten sich zu den Schlafzelten.
Jessica nahm Sophies Hand.
»Möchten Sie irgend etwas, Mrs. Weg? Miss Jessica?« fragte Chris.
»Nein, danke, Chris.«
»Wenn Sie etwas wünschen, rufen Sie mich?«
»Ja, Chris. Danke, Chris.« Sie sahen ihm nach, weil sie vermeiden wollten, dorthin zu schauen, wohin die beiden Männer sich entfernten, beide gleich groß, beide einander ähnlich in Gang und Haltung.
Sie rückten ihre Zeltstühle näher ans Feuer.
»Warum hast du auf deinen Block ›AUS‹ geschrieben? Nur ›AUS‹?«
»Hab ich das?« fragte Sophie tonlos.
»Du notierst dir immer alles Wichtige. Du notierst dir, was für Medikamente Alexander braucht, wann er sie nehmen muß. Du notierst dir, was er essen will und was nicht. Seine Termine. Aber seit wir hier sind, hast du nur ein Wort geschrieben – ›AUS‹.«

Sophie sagte: »Hier gibt es ja nichts zu notieren.«
»Es sieht seltsam aus«, sagte Jessica. Sie zog das gelbe Blatt aus ihrer Hosentasche. »Drei steile Buchstaben. Böse sehen die aus.«
Sophie nahm das Blatt, zerknüllte es und warf es ins Feuer.
»Das ist keine Antwort«, sagte Jessica.
»Kritzelst du nie irgendwas?«
»Doch. Sicher. Aber Kritzeln sind mehrere Worte. Nicht nur eines. Vielleicht wolltest du Ausfahrt aufschreiben, Ausziehen, vielleicht Aussprache?« fragte Jessica.
»Mit wem denn?« fragte Sophie.
»Mit Alexander natürlich, mit wem sonst?«
»Ja, mit wem sonst?«
»Oder vielleicht wolltest du auch einfach ›AUS‹ schreiben? ›AUS. ENDE‹?«
»Jessica –«
»Ja, Sophie?«
»Wir sollten jetzt nicht über unsere kleinlichen Nöte reden. Wir sollten an Pierre denken und darum bitten, daß er wieder gesund wird.«
»Ist er schwer krank?«
»Ich glaube, ja«, sagte Sophie.

Alexander wußte es nicht, aber es hatte eine Nacht gegeben, in der sie in Versuchung geraten war, wie er so oft. Seine Versuchungen waren sehr jung, sie lachten, wie seine Mutter als Mädchen gelacht hatte, sie hatten kleine Füße, an die Pumps eigentlich nicht paßten. Er erzählte es, lachend, er machte sich über sich selbst lustig. Sie erfuhr nie, ob er den Versuchungen erlag, er erfuhr nie von der Nacht auf Pierres Farm. Sie waren aus Arusha gekommen und hatten sich auf der Fahrt wegen der Starlets gestritten. Sophie stand nachts auf, ging in den Garten. Die Bäume dufteten so süß, wie es nur afrikanische Bäume tun, der Baobab und der Marulabaum, der Jacaranda und selbst die Dornakazie, wenn sie in Blüte steht.

Josef, der zahme Schimpanse, hüpfte über den Rasen und rollte seine Augen.

»Wie ein Orang-Utan siehst du aus.« Sophie lachte. Leise natürlich. Wenn man so erzogen worden war wie sie, lachte man immer leise, und man lernte zu spät, daß es notwendig ist, seine Stimme laut zu gebrauchen.

Josef setzte sich vor sie hin, und dann berührte er sacht ihr Knie.

Er schnatterte; sie fand, daß Schimpansen aussehen können wie alte Männer. So wie Gustave, zum Beispiel.

Ja, Josef erinnerte sie in diesem Moment an Gustave, und sie kicherte voller Schadenfreude, die sie sonst nicht auszudrücken wagte.

Pierre stand plötzlich hinter ihr. Ganz still.

»Sophie«, sagte Pierre.

Josef hob den Kopf. Er legte beide Hände unter sein Kinn, wie ein Richter, der auf das Plädoyer eines Anwalts wartet.

»Sophie«, sagte Pierre, »hier gehörst du hin.«

Und sie wußte, was er meinte. Die Ngonghügel und den Busch, die Sonne und den Schatten, das Ausruhen dort, wo es noch keine Telefone, noch keine Telegramme – keinen Gustave gab.

»I like Alexander«, sagte Pierre, »but still I am longing for you, Sophie.«

Er hob die Hände, und sie hätte nur ihre Hand hineinzulegen brauchen.
Oder den einen Schritt zu tun.
Aber sie hatte den Schritt nicht getan. Nie getan.
»Es ist kalt hier draußen«, sagte sie, und Josef sprang ihr auf den Rücken, umschlang sie mit seinen langen haarigen Armen.
»Das tut er immer.« Pierre lachte. »Wenn's kalt ist, springt er mir auf den Rücken. Und jetzt dir.« Dann war er wieder ernst.
»Let's laugh about it«, sagte sie. »Laß uns drüber lachen.«
Dann war Pierre ins Haus gegangen, und sie hatte Josef abgewehrt, der unbedingt mit in den Gästeflügel wollte. Alexander hatte schlaftrunken gesagt: »Komm zu mir, Sophie«, und sie hatte sich zu ihm gelegt.

»Jetzt hast du wieder an eure erste Safari mit Pierre gedacht, nicht wahr?« fragte Jessica. »Schade, daß er nicht gesund ist und bei uns bleiben kann.«
Die beiden Männer hatten die Zelte hinter sich gelassen. Sie blieben am Fluß stehen, der sacht gegen das sandige Ufer schlug.
»Du mußt mir helfen«, wisperte Pierre. Er hob die Hände, die Bewegung schien lauter als seine Stimme.
»Ja«, sagte Alexander.
»Nelson soll hierbleiben. Ich will nicht, daß er mit mir kommt.«
»Weißt du, was du hast?«
Pierre nickte. Er legte seine Hände übereinander, so daß die Handflächen einander bedeckten. Er bewegte die Finger, langsam, krallend.

Krebs, bedeutete die Bewegung. Es war in dieser Deutlichkeit erschreckend.
»Wie lange schon?« fragte Alexander nach einer Weile.
»Zu lange«, sagte Pierre.
»Wir müßten Nelson schon k. o. schlagen oder ihm was in den Kaffee tun, sonst läßt er dich nicht allein fort.«
Pierre hob die Schultern. »Er muß.«
»Du kannst nicht einfach im Busch verschwinden.«
»Ich muß.«
»Pierre, sei vernünftig. Versuch es wenigstens mit der Operation.«
Er hob wieder die Hände, berührte seinen Hals, seine Brust, seinen Magen. »Zu spät. Überall. Weiß es.«
»Wir fahren dich nach Maun. Ich fliege mit dir nach Johannesburg.«
Pierre schüttelte den Kopf.
»Genug«, sagte er, »Ende. Aus.«
Er berührte Alexanders Arm. Alexander sah ihn lange an. Pierres Augen lächelten, entschlossen und wie versöhnt mit dem Unabänderlichen.
Sie gingen ins Camp zurück.
Nelson brachte Pierre einen Becher Wasser. Er nahm einen Schluck, wandte sich ab, spülte seinen Mund aus. Alexander und Chris schoben das zweite Feldbett in Alexanders Zelt. Alexander half Pierre, sich auszuziehen. Er gab Pierre ein Morphin-Zäpfchen gegen die Schmerzen und zum Einschlafen.
Er deckte Pierre zu, trocknete ihm den Schweiß vom Gesicht.
»Schlaf jetzt«, sagte er, »hab eine gute Nacht.«
Pierre packte seine Hand, preßte sie, ließ sie nur zögernd los.

Im Messzelt saßen sie im Schein der zischenden Safarilampen.
Nelson hatte ein volles Glas vor sich.
»Brandy«, sagte Sophie.
Sie sah Alexander an, dann goß sie auch ihm ein Glas ein. Er setzte sich nah neben sie.
»Nelson«, sagte er.
»Ja, Sir?«
»Pierre will allein nach Maun fahren.«
»Ich weiß.«
»Jessica, willst du nicht schlafen gehen?«
»Nein, Alexander«, sagte sie leise. Sie hockte sich neben Nelson.
»Du wirst natürlich mit ihm fahren, Nelson?«
»Ja, Sir.«
»Wirst du Schwierigkeiten haben? Auf dem Flug und in Johannesburg? Du darfst Pierre nicht aus den Augen lassen. Du mußt ihn sofort in die Klinik bringen.«
»Ich werde keine Schwierigkeiten haben«, sagte Nelson. »Ich werde im Flugzeug neben ihm sitzen, und ich werde im Krankenhaus vor seiner Tür schlafen.«
»Hat er Geld?«
»Ich habe Geld«, sagte Nelson.
»Genug?«
»Ja, Sir. Ich habe genug Geld auf der Barclay's Bank, um für sechs Frauen Lobola zu bezahlen und mir eine ganze Rinderherde zu kaufen.«
»Hast du auch Bargeld?«
»Ich habe ein Scheckbuch, und es gibt überall Filialen der Barclay's Bank.«
»Erlaube mir, dir Bargeld mitzugeben«, sagte Alexander. »Es sind Dollar und Rand.«
»Ja, Sir«, sagte Nelson. »Danke in seinem Namen.«

Am Morgen waren Pierres Augen sehr klar. Er schrieb auf Sophies Block: ›Gib mir einen Schluck Whisky zum Gurgeln, Alex, das verdammte Wasser schmeckt nach Läusen.‹ Er spülte seinen Mund mit Whisky aus.
In seinen Augen war ein Leuchten, und er drückte vieles mit ihnen aus, was er nicht hätte sagen können.
In seinen Augen sahen sie, wie er von ihnen allen Abschied nahm, wie er vom Camp Abschied nahm. Dem reisiggefegten, feinen grauen Sand, dem weiß nachglühenden Feuer, dem grünflappenden Messzelt, den Kochfeuern, die nur schwelten, denn sie wollten seinen Gaumen nicht mit Essensgerüchen reizen.
›Verdammt, so frühstückt doch!‹ schrieb er. ›Will's noch mal riechen.‹
Er briet ihren Frühstücksspeck. Er servierte ihnen Omeletts mit Marulagelee gefüllt. Seine Augen lachten.
Es war acht Uhr, als er in den Landrover stieg. Chris hatte die provisorische Spurstange überprüft und den Reifendruck. Er hatte den Tank aus ihren Benzinvorräten aufgefüllt. Alexander legte auf den Vordersitz die Flasche Whisky.
Pierres Augen lachten und leuchteten, er öffnete die Arme, als wolle er das ganze Camp umfangen.
Amos und Noko kamen und gaben ihm ein Marmeladeglas. Eine dunkelrote Paste war darin, Amos erklärte, Pierre solle sie auf seinen Hals schmieren.
Pierre schenkte Noko sein Pumamesser, Amos sein Fernglas.
Er stieg in den Landrover, schaute sie alle noch einmal an. Dann wandte er das Gesicht ab, und Nelson brauste los.
Sie blieben regungslos stehen, bis das Geräusch des Landrovers verhallt war.

Alexander fand auf seinem Bett Pierres Armband aus Elefantenhaar, es war alt, brüchig und längst nicht mehr schwarz.

Alexander zog es über seine linke Hand, und ihm war, als hörten die Schmerzen im Gelenk schlagartig auf.

Er nahm seinen Arbeitskoffer und ging hinunter zum Fluß.

Er holte sich einen Faltstuhl aus dem Messzelt und trug auch den hinab.

Er schloß seinen Arbeitskoffer auf und stellte den Skizzenblock so auf den Stuhl, als sei da eine Staffelei.

Er prüfte die Stifte, die weichen und die härteren. Er spitzte jenen, rieb einen anderen stumpf.

Er malte Pierres Augen schon in seinem Kopf. Er malte Pierres Mund in seinem Kopf, er malte den Hals, der so kräftig und sehnig war, als könnte nichts, aber auch gar nichts das Genick brechen.

Alexander malte alles in seinem Kopf, wie in jenem Jahr in dem großen weißen Haus, das auf den Felsen lag, nahe dem Leuchtturm von Sao Vicente an der Algarve.

Mit siebzehn hatte er Hinkens verlassen, war ein Jahr lang durch Europa getrampt und schließlich an die Algarve gelangt.

Hier hielt ihn das Licht fest, Licht so scharf wie eine Stahlklinge.

Er arbeitete im Hafen von Portimao beim Sardinenpakken. Das grobe Salz zerbiß die Haut, machte seine Hände kaputt, wochenlang mußte er sie bandagieren. Dann kellnerte er in einer Fischerkneipe und lernte ein englisches Ehepaar kennen, das ein Haus in Sao Vicente besaß. Margot und John brauchten einen Gärtner, Kost

und Logis bekam Alexander frei, dazu ein Taschengeld. Zeit zum Malen auch.
Aber seine Hände ließen ihn im Stich, er bekam Ausschlag, wenn er die Ölfarben nur anrührte.
Da malte er alles in seinem Kopf, die Frauen auf dem Markt in ihren schwarzen Umschlagtüchern und mit dem schwarzen, schmalkrempigen Männerhut auf dem Kopf. Er malte die Fronten der Häuser, das Weiß der Tünche mit farbigen geometrischen Mustern verziert, azurblau und ockerrot und messinggelb. Er malte die Messingkuppel des Leuchtturms und die weißen Lichtbalken, die Schiffe vor den Klippen warnten. Er malte die Fischer, die auf den Klippen standen, winzige lebendige Bogen gegen den Sog der Brandung, mit der sie durch die Angel verbunden waren. Er malte die Mädchen am Strand und auf den bunten Booten. Er malte sie ohne die einteiligen Badeanzüge, die sie tragen mußten, wollten sie nicht von der Polizei des Strandes verwiesen werden.
Er malte das englische Ehepaar. Margot und John. Sie waren zu ihm wie Eltern. Er malte das Taschengeld, das er von John bekam, die zerknitterten Eskudonoten. Er malte die Bücher, die an den Wänden seines Zimmers in Regalen verstaubten, Klassiker der Kriegskunst, malte sie als Mauern, die ein Erdbeben einriß.
Ein Brief kam aus Paris. Mit herrlichen bunten Briefmarken.
Margot war ganz aufgeregt. »Komm in den Garten, da stören wir John nicht. Komm!«
»Was geht mich der Brief an?« fragte Alexander.
»Alles geht er dich an, denn in diesem Brief geht es nur um dich.«
Sie setzten sich unter die Schirmpinie.

»Also, ich will dir erklären, wieso ich diesen Brief bekommen habe. Es ist übrigens der zweite.« Margots Augen blitzten wie Fischschuppen.
»Ja?« fragte Alexander unaufmerksam. Er wollte an den Strand, er hatte sich mit einem Mädchen verabredet. Sie hieß Penelope und hatte rötlichblondes Haar wie viele Madonnen in den portugiesischen Kirchen. Sie hatte blaue Augen unter einer runden, kindlichen Stirn.
»Du hast mir doch von Gustave erzählt, diesem Kunsthändler. Ich habe ihn in Paris ausfindig gemacht! Und ich weiß jetzt auch, warum er sich für dich interessiert! Er war in Deutschland während des Krieges, als Deportierter. Er hat in derselben Verbandstoffabrik gearbeitet wie deine Mutter. Sie muß gut zu ihm gewesen sein, denn er hat nach dem Krieg nach euch gesucht. So ist er zu Hinkens gekommen, und jetzt kommt er sogar hierher!«
»Ich kann's nicht glauben.«
»Doch. Er kommt. Hier, lies doch selbst. Er kommt wegen deiner Malerei!«
»Aber ich habe seit einem Jahr nichts mehr malen können. Meine Hände –«
»Ich weiß, ich weiß«, sagte Margot ungeduldig. »Aber Gustave kommt erst in vier Wochen, und bis dahin werde ich dir helfen, zu malen.«
»Vielleicht könnte ich es mit Handschuhen versuchen, dünnen Lederhandschuhen bis zu den Ellenbogen?«
»Ich besorge sie dir, in Lissabon. Ich muß John sowieso hinbringen, er fliegt nach London. Du mußt mir aufschreiben, was du sonst noch brauchst, welche Farben, Papier und Leinwand, Pinsel. Ich bringe dir alles mit.«
»Ich weiß nicht mehr, was ich brauche.« Alexander wußte es ganz genau, aber mit einemmal hatte er Angst,

wieder zu malen, Angst vor der Bewährung, Angst vor Gustave.
Am Tag darauf fuhren Margot und John nach Lissabon. Alexander gab Margot eine lange Liste mit.
Alexanders Angst war rasch der Ungeduld gewichen, der Unrast, er wollte malen, er mußte malen, er wußte, er konnte malen, wenn er nur alles, alles, was in ihm war, darauf ausrichtete, auf dieses eine Ziel – zu malen.
Als Margot eine halbe Woche später nach Sao Vicente zurückkehrte, sah sie aus, als habe sie sich gehäutet. Sie trug andere Kleider, andere Schuhe. Sie hatte sich eine lustige kurze Frisur machen lassen, daß ihr Haar aussah, als sei es Gefieder. Auch ihr Gesicht wirkte fremd. Sie verriet Alexander das Geheimnis: es war ein neues Make-up, das man mit einem feuchten Schwamm auftrug, es überdeckte die Runzeln.
Alexander malte mit den dünnen Handschuhen, die sie ihm mitgebracht hatte.
Er malte Margot mit und ohne Runzeln, er malte sie in ihrem schwarzen Kleid und dem neuen aus hellgelber Seide.
Sie schlief bald mit einem Kellner aus einer Strandbar. Er war ein scheuer, stiller Junge, aber er brauchte das Geld.
»Er hat vier kleine Geschwister, für die er sorgt, und mir gibt er ein bißchen Jugend zurück. John hat mich seit Jahren nicht mehr angerührt«, sagte Margot.
Alexander malte sie in der Umarmung des Jungen.
Margot sang den ganzen Tag. In der Nacht holte sie ihren Kellner ins Haus.
Alexander störte es nicht, er malte, genoß seine und ihre Freiheit. Wie sollte er richten? Was gab ihm das Recht, den Stab über sie zu brechen? Nichts. So ist das Leben,

dachte er, ohne zu wissen, wie zynisch dies war und wie sehr ihm dieser Zynismus im Grunde fremd war.

Ohne aber auch zu ahnen, wie sehr ihn Margots Freiheiten später gegen Frauen mißtrauisch werden lassen würden.

Er war jung. Zu jung.

»Das Leben ist Freude«, sagte Margot, »man soll sich am Leben freuen. Alles andere ist Verrat am Leben.«

Alexander malte. Er kam nicht mehr zu den Mahlzeiten herunter.

»Das nimmt mir zuviel Zeit weg«, sagte er. »Ich will keine Minute vergeuden. Gustave kommt in zehn Tagen, und ich bin noch längst nicht fertig.«

Margot kaufte Brot und Milch und Eier und stellte alles vor Alexanders Zimmertür. Er trank die Eier roh, das Brot wurde fast immer steinhart, die Milch sauer, bevor er sich daran erinnerte.

Er malte. Er sah vom Fenster seines Zimmers aus Penelope am Strand mit einem anderen Jungen. Und wie sie vor ihm davonlief und wie sie zu ihm zurückkam, das ließ Alexander wissen, daß sie jetzt mit dem Jungen schlief.

Er malte mit brennender Eifersucht ihr goldrotes Haar in der Dunkelheit, in der Dämmerung eines kleinen Zimmers, das nur das Bett enthielt. Orangenschalen lagen auf dem Boden. Wenn er das Bild ansah, roch er die Orangen.

Irgendwann ließ er die Handschuhe weg, seine Hände blieben heil.

Eines Abends kam Margot zu ihm herauf.

Sie brachte eine Porzellanschüssel mit, einen Krug warmen Wassers. Sie badete seine Augen, deren Lider entzündet und verklebt waren, mit verdünntem Bor-

wasser. Sie rasierte ihn, denn er konnte sein Gesicht nicht mehr im Spiegel erkennen.
Sie holte Wein, Käse, Brot und hieß ihn essen und trinken.
Dann saß sie lange und still auf dem Stuhl in der Mitte des Raumes, schaute die Bilder an.
»Das ist gut«, sagte sie. »Ah, ist das gut, und morgen kommt Gustave. Er wird dich mitnehmen, nach Paris, und wenn John mich deswegen umbringt, es ist mir egal!«
Alexander hockte sich in eine Ecke, ließ die Hände zwischen den Knien baumeln. Sah nur die Bilder, nichts als die Bilder, seine Arbeit.
Er fühlte sich wie ausgehöhlt. Aber er war glücklich.
»John liebt dich wie einen eigenen Sohn«, sagte Margot, »deswegen hat er dich zu uns ins Haus geholt. Mit dem Garten wäre er allein fertig geworden. Und weil ich ihm keinen Sohn gegeben hab, rührt er mich nicht mehr an.«
Margot weinte ein bißchen, und dann lachte sie wieder.
»Ach, Alexander, in deinen Bildern ist das Leben so schön.«
Am nächsten Tag traf Gustave in einer gemieteten schwarzen Limousine aus Lissabon ein. Der Chauffeur trug eine graue Livree. Die Kinder von Sao Vicente liefen herbei und bestaunten den Wagen und wichen erschreckt zurück, als der Motor im Rückwärtsgang aufheulte. Außer den Eselskarren und den kleinen alten Vorkriegswagen, wie Margot einen besaß, hatten sie noch nie ein anderes Fahrzeug gesehen.
Gustave wollte sofort Alexanders Bilder anschauen, schloß sich mit ihnen ein.
Er kam nach zwei Stunden in den Garten, ein verwachsener, häßlicher Mann, der nie sein Jackett auszog, ob-

wohl in diesem August 1953 sogar der Wind heiß war, der übers Meer kam.
»Es riecht nach Afrika«, sagte Margot. »Es riecht wie in Tanger.«
Gustave trank ein farbloses Zeug aus einem silbernen Flakon, das er bei sich trug.
»Ich werde dich mit nach Paris nehmen. Du mußt noch viel lernen, aber ich glaube, es wird sich lohnen.«
Margots Augen brannten dunkel. Alexander war es, als versenge ihn dieser Blick. Nie hatte jemand ihn so angeschaut. »Mach deine Träume wahr. Du bist jung genug.«
Was für Träume hatte sie vergeblich gehegt? Er würde es nie erfahren.

Alexander flog mit Gustave nach Paris, während John noch in London war. Er nahm nichts mit als seine Bilder. Mehr besaß er auch nicht. Und dann folgten sieben Lehrjahre.
Gustave reiste mit ihm durch Europa. Alexander sah alle großen Galerien, in Florenz und in Rom, in Madrid und in Mailand, in Amsterdam und in München, er sah alle großen Museen. Gustave quartierte ihn in Paris im Hotel des Ursulines ein, dem eine Madame Gisèle vorstand.
»Sie war eines der hübschesten Mädchen meiner Zeit«, sagte Gustave. »Aber schau sie dir heute an. Das kommt davon, wenn man zu früh heiratet und zu viele Kinder und Enkel in die Welt setzt.«
Gustave gab Alexander einen monatlichen Scheck. Der war mager, reichte für eine billige warme Mahlzeit am Tag, für Croissants und Milch.

»Wenn du mehr brauchst, mußt du es dir verdienen. Aber versuch es nicht mit deiner Kleckserei. Denn noch ist es Kleckserei, was du machst.«
»Warum kann ich nicht bei Ihnen wohnen?« fragte Alexander. »Warum darf ich nur zweimal in der Woche zu Ihnen kommen?«
»Ich will nicht, daß du von mir abhängig wirst. Und Vertrautheit ist Abhängigkeit.«
Gustave war häßlich, und er schien keine Freunde zu haben. Warum wollte er keine Vertrautheit?
Alexander war einsam, er schrieb Margot. Sie antwortete nie. Nur zu Weihnachten erhielt er die übliche bunte Karte mit Silberlametta.
Sieben Lehrjahre, und nur manchmal ein Mädchen und manchmal eine durchtanzte Nacht in einem der Keller, wo der beste Jazz in Paris gemacht wurde. Blues so leicht und voller Fröhlichkeit und doch mit schwarzen Untertönen, die Alexander später in Harlem als undurchdringlich und endgültig erkennen sollte.
Manchmal lieh er sich hundert Franc von Gisèle, und wenn er nicht pünktlich zurückzahlte, nahm sie ihn an ihrem freien Tag, an dem Marcel, der Hausdiener, sie am Empfangspult des Hotels vertrat, mit hinaus, ins rote Haus ihrer Schwester. Er bekam die Schwester nie zu Gesicht, wenn er im Garten arbeitete, Beete jätete, Unkraut ausrupfte, neue Rabatten umstach.
Das Dorf hieß Bonmarché, und seine fröhlichsten Bewohner waren der Postbote und der Arzt. Sie fuhren beide mit Fahrrädern ihre Routen, und sie waren beide regelmäßig bei Sonnenuntergang in der Bar Piedneuf zu finden. Manchmal trank Alexander einen Pernod mit ihnen, und manchmal luden sie ihn zu einem Biftek mit Frittes ein.

Freunde von der Sorbonne malten in Montmartre für Touristen, kleckstcn Leinwände voll und schwangen den Filzstift für Minutenporträts.
Alexander tat es nicht. Er hielt sich strikt an das, was Gustave verlangt hatte. Er malte mit der Ernsthaftigkeit eines hohen Ziels. Sieben Jahre lang, in denen er auf eine seltsame, selbstverständliche Weise glücklich war, nie krank, nie von Ängsten heimgesucht, niemals von Furcht.
Am ersten Montag im Oktober 1960 kam Gustave ins Hotel des Ursulines und sagte: »Am Wochenende in vierzehn Tagen stellen wir deine Bilder aus.«
Alexander las zum erstenmal seinen Namen in der Zeitung, es war eine Anzeige, die seine Vernissage ankündigte.
›Anfänge eines jungen Malers . . .‹
Alexanders Name war kleiner gedruckt als die Überschrift.
Es rührte ihn seltsam an, als lese er es von einem Bruder, von jemandem, der ihm über die Schulter guckte, tief seufzte und sagte: »Endlich.«
Gustave holte die Bilder selbst ab, er wählte sie einzeln aus: das Bild der Mutter beim Kartoffelschälen, das Porträt des Vaters mit dem Wurstbrot auf der Hand. Die Fischer auf den Klippen von Sao Vicente. Penelope im grünen Halbdunkel der geschlossenen Sonnenblenden, rosige Schenkel weit geöffnet.
Achtundzwanzig Bilder nahm Gustave mit.
»Sei am Samstag um halb sechs da, wir eröffnen um fünf.«
»Ob denn überhaupt jemand kommt?«
»Laß das meine Sorge sein«, sagte Gustave.
Gisèle wusch und plättete Alexanders bestes weißes

Hemd, nähte den Kragen um, dessen Ecken abgescheuert waren. Er zog seinen schwarzen Pullover an, ein Mädchen hatte ihn für ihn gestrickt. Sie hieß Vera und war ein liebes Mädchen, aber sie sammelte Puppen, und vor den Zelluloidköpfen und ihren Glasaugen war er schließlich geflohen.
Er zog die graue Hose an, aus englischem Flanell, John hatte sie ihm in Portimao schneidern lassen, sie war unverwüstlich.
Marcel wienerte ihm die Schuhe, daß sie wie Lack glänzten.
Gisèle machte ihm das Zeichen des Kreuzes auf die Stirn, Marcel spuckte ihm über die Schulter.
Alexander verließ das Hotel des Ursulines um vier Uhr, er brauchte eine Stunde bis zu Gustaves Atelier. Mit Staunen sah er, daß ein Wagen nach dem anderen vorfuhr. Viele der Gäste, die das graue Haus betraten, an dessen grauen Wänden nun seine Bilder hängen würden, trugen Abendkleidung.
Die Schultern der Frauen waren nackt unter den Pelzen; manche trugen Schmuck, der seine Augen blendete.
Alexander ging dreimal ums Karree, bis es endlich halb sechs war.
Dann betrat er die Galerie.
Stimmengewirr schlug ihm entgegen, er sah auf und ab wogende Gesichter, jemand drückte ihm ein Champagnerglas in die Hand. Ein anderer schob ihn zum Buffet.
Er konnte seine Bilder nicht sehen.
Nur Menschen.
Manche erkannte er oder glaubte sie zu kennen.
War das nicht Mauriac? Und jene junge Frau, hatte sie nicht die Manon gespielt, Cécile Aubry?

Er stand am Buffet, aß scharfgewürzte heiße Fleischbällchen, bis sein Gaumen wund war.
Niemand kümmerte sich um ihn.
Er sah Gustave nicht, er sah seine Bilder nicht.
Er dachte, ich bin in die Irre gelaufen.
Dachte es mit Panik. Mit jähem Entsetzen, das ihn nur um so mehr lähmte.
Und dann stand Gustave plötzlich vor ihm, sagte nur: »Komm.«
Alexander folgte ihm, wunderte sich, daß er sich überhaupt bewegen konnte.
Gustaves Hand hieß ihn stehenbleiben. Vor sich sah er das Porträt seines Vaters, sah die Augen, die nie mehr lächeln konnten. Und davor stand eine Frau mit strengem Gesicht und einem eleganten Turban, der ihr Haar verbarg.
Er erkannte sie, wer kannte sie nicht in Paris, Simone de Beauvoir. Und an ihrer Seite Sartre, Gott der Keller, in denen die Mädchen sich schwarze Augen malten, schwarze Kleider trugen und alle aussahen wie Juliette Greco. Sartre, die fleischige Nase über dem genußsüchtigen Mund vorgeschoben, die Augen hinter den dicken Brillengläsern grotesk vergrößert, schnüffelnd, murmelnd.
Zehn Minuten später war Alexander sicher, daß Sartres Verweilen vor dem Porträt zum Verkauf geführt hatte, an Henri W. Petersen, einen Mann, der wie ein graublonder Schatten lautlos durch die Galerie schlich und seine Käufe mit einer Handbewegung seinem Sekretär kundtat, der einen Scheck nach eigenem Ermessen ausschrieb und Gustave zuwisperte: »Verkauft, verkauft.«
In diesem Fall waren es tausend Dollar, und Gustave gab Alexander den Scheck am nächsten Morgen. Er

sagte mit seinem dünnen Hüsteln: »Zwanzig Prozent sind für mich. Bedenke gut, was du mit dem Geld anfängst. Mit dem ersten Scheck für das erste Bild werden immer die Weichen gestellt.«
Alexander kaufte Moosrosen für Sophie und drei Monate später seine Flugkarte nach New York.

12

Alexander hatte Pierre gemalt. Er hatte seine Augen gemalt, sein Haar, das selbst in Schwarzweiß hell wirkte, blond, obwohl es auch grau war. Er hatte seine Schläfen gemalt, seine Ohren, das Kinn, den Hals, den Ansatz der Schultern.

Und er hatte seinen Mund gemalt.

Er hatte den stummen, den verstummten Mund gemalt.

Das Porträt war fertig.

Alexander saß und spürte, wie das Zittern in seinem Magen begann. Es breitete sich nach unten und nach oben in seinem Körper aus. Er sah seine Füße zucken und seine Hände, er spürte, wie seine Schultern sich schüttelten.

Übelkeit fiel ihn an. Er hob vorsichtig den Kopf, sah zum Himmel hoch.

Senkte genauso vorsichtig den Kopf und sah wieder Pierres Gesicht auf dem Skizzenblock.

Er hatte es geschafft. Er stand auf. Er drehte sich um, hielt sich am Bambus fest, an den Bäumen, brauchte Halt.

Er kam ins Lager.

Im Messzelt saßen sie: Chris, Sophie, Jessica.

Er blieb stehen.

Sie spielten Karten.

»Karo As!« rief Jessica triumphierend.
Sophie bemerkte ihn als erste, sie legte ihre Karten hin. Ihre Augen wurden dunkel, ausdruckslos.
Jessica sprang auf, lief auf ihn zu, sah zu ihm hoch, rannte an ihm vorbei.
Auch Sophie erhob sich, folgte Jessica.
»Was zu trinken, Alexander?« fragte Chris.
»Ja, einen Tee«, sagte er, »ja, einen Tee hätte ich gern.«
Er setzte sich an den Tisch.
»Wir haben sechsundsechzig gespielt«, sagte Chris. »Jessica hat dauernd gewonnen.«
»Ja.«
»Ihre Frau wollte nicht – Mrs. Weg wollte nicht rausfahren.«
»Nein«, sagte er.
»Sie sind müde, Sir?«
»Ja, ich bin müde.«
»Wollen Sie allein sein?«
Er antwortete nicht.
Chris verschwand aus seinem Blickfeld.
Amos' Hand stellte den Tee neben ihn auf den Tisch.
»Danke, Amos«, sagte er.
Amos verschwand lautlos.
Er saß und sah dünnen Dampf von seinem Tee aufsteigen. Er saß und sah, wie der Dampf nicht mehr aufstieg.
Er probierte den Tee; er war lauwarm.
Er schaute über die Lichtung zu den Zelten und von da zu dem Weg, der zum Fluß führte.
Jessica trug seinen Arbeitskoffer, Sophie den Feldstuhl.
Sie stellten beides vor seinem Zelt ab.
Sophie legte Jessica den Arm um die Schulter. So kamen sie näher.
Er hatte nie vorher bemerkt, wie sehr sie sich in der

Kopfhaltung ähnelten, wie sehr in ihrem Gang. Und Jessicas braunes Haar würde auch eines Tages die lichten Rottöne haben wie das von Sophie.
»Es ist herrlich!« rief Jessica.
»Es ist wunderbar«, sagte Sophie.
»Warum freust du dich dann nicht?«
»Aber ich freue mich ja«, sagte sie.
»Jessica, laß uns allein«, sagte er.
»Warum? Wo soll ich denn hingehen?«
»Geh!«
Er sah, wie Sophies Hand sich um die Schulter des Kindes schloß, wie ihre Fingernägel weiß wurden.
»Laß Jess gehen«, sagte er.
Sophie ließ das Kind los. Es wich zurück, verschwand von der Lichtung.
»Warum freust du dich nicht?« fragte er.
Ihr Mund zitterte. Sie strich sich das Haar hinter die Ohren zurück, er haßte diese Bewegung, sie wußte es, weil sie ihre fast männlich energische Kinnlinie freigab.
»Warum?«
»Weil jetzt alles von neuem anfängt.«
»Was?«
»Du weißt es. Die Unruhe. Die Hetze. Deine Selbstzerfleischung.«
»Ich weiß nicht, wovon du redest.«
»Pierres Porträt ist gut. Es ist sehr gut. Es ist wunderbar. Aber du wirst dich nicht damit zufriedengeben. Du wirst Besseres machen wollen, und du wirst schuften und dich kaputtmachen und es nicht ertragen, wenn die anderen es nicht so sehen wie du. Du wirst dich selbst zerfleischen und uns mit dir. Du wirst –«
»Hör auf«, sagte er.
»Es ist die Wahrheit, und du weißt es.«

»Ich kann nicht zufrieden sein. Natürlich kann ich nicht zufrieden sein. Was ist ein Bild? Aber es ist ein Anfang, ein neuer Anfang!«
»Für alles, was du schon durchgemacht hast? Willst du es wieder durchmachen? Warum hast du nicht den lachenden, den lebendigen Pierre gemalt?«
»Er lacht doch«, sagte Alexander.
»Das tut er nicht. Und ich bin keine zwanzig mehr und keine dreißig.«
»Wer redet von dir?«
»Natürlich, wer redet von mir! Du nicht. Aber ich. Einmal, jetzt hier, rede ich von mir!«
»Na, los doch, Sophie. Was hast du denn auf dem Herzen, was bedrückt dich denn so? Schrei's raus, wenn du willst, oder schreib's mir auf. Aber starr mich nicht so an.«
»Du bist ein Egoist.«
»Ich bin ein Egoist. Okay, aber welcher – Künstler ist das nicht?«
Er zögerte, das Wort ›Künstler‹ zu benutzen.
Denn man konnte auch einen Haufen aus braunem Plastik auf Pappe kleben und einen silbernen Kreis drummalen und behaupten, das sei das Universum.
»Sophie, was willst du sagen?«
»Ich habe Angst! Ich möchte losrennen und weglaufen und nichts und niemanden mehr sehen. Ich möchte mich verkriechen und nicht mehr aufwachen. Ich möchte einfach weg sein. Ja, ich möchte tot sein.«
»Nur weil ich wieder malen kann? Nur weil ich ein einziges Bild zustande gebracht habe?«
»Aber was für ein Bild. Wieder ein Bild des Leidens. Und ich weiß doch, was du jetzt denkst. Du bist nicht mehr hier, du bist mit Pierre auf dem Weg nach Jo'burg,

du wirst mit ihm die Operation erleben. Du wirst's dir wieder aufbürden. Alles, alles Leid dieser Welt. Du machst dich kaputt, Alexander, du kannst nicht anderer Leute Leben leben, nicht anderer Menschen Leid auf dich nehmen.«

»Was hat das mit dem einen neuen Bild zu tun?«

»In Pierres Porträt tust du es schon wieder. Leidest, läßt leiden. Du hast es in all deinen Bildern von Amerika getan, du hast den schwindsüchtigen Juden in der Bronx gefunden und das Negerkind in Harlem mit Hautkrebs. Du hast den Italiener gefunden, der von der Mafia zusammengestochen worden war, und den Puertoricaner, der seine zwölfjährige Schwester auf die Straße schickte.«

»Sie waren sehr lebendig. Und fröhlich, als ich sie malte.«

»Aber was tust du, wenn deine Bilder dich selbst nicht befreien? Wenn sie nicht das Echo finden, das du erwartest? Meinst du, ich weiß nicht, wie dein letzter New York-Aufenthalt aussah? Du hast deine eigene Ausstellung nicht eröffnet und nicht besucht, du hast nicht die Hände der Heuchler schütteln wollen, du hast flammende Freiheitsreden gehalten, und die angeblich Befreiten haben dich anschließend zusammengeschlagen.«

»Das waren Rocker, wie es sie überall gibt.«

»Die Zeitungen haben dich einen typisch deutschen Querulanten genannt und später totgeschwiegen.«

»Welche Zeitungen? Ultralinke.«

»Du hast allen die Wahrheit ins Gesicht geschrien, die niemand hören wollte, die niemand auch nur zu denken wagte.«

»Du übertreibst, Sophie.«

»Nein. Weißt du noch, wie du nach dem Sechs-Tage-

Krieg die Klagemauer in Jerusalem gemalt hast, so gemalt hast, wie niemand sie verstehen wollte?«
»Sophie –«
»Ich wünschte, ich hätte eine Klagemauer. Ich wünschte, ich hätte eine ganz winzige, kleine, ja nur einen einzigen Stein von einer Klagemauer.« Sie schlug die Hände vors Gesicht.
»Du hast ein gutes Gedächtnis, Sophie.«
»Ja«, sagte sie, »leider. Ich erinnere mich an alles. Ich weiß, wie dir zumute war, als die Kritik dich zum erstenmal einen Reaktionär geschimpft hat, nur weil du in der Malerei nicht auf bestimmte Formen verzichten wolltest. Ich erinnere mich des Prozesses gegen das Magazin, den du deswegen angestrengt hast.«
»Und was kam dabei heraus?«
»Ja, was kam dabei heraus? Die Richterin sagte: ›Herr Weg, Sie selbst billigen sich in Ihrer Arbeit künstlerische Freiheit zu, also müssen Sie auch Ihren Kritikern Freiheit in der Auslegung Ihrer künstlerischen Freiheit zubilligen.‹«
»Der Prozeß ging aus wie 's Hornberger Schießen. Wir hatten ja auch nichts anderes erwartet.«
»Aber sogar Gustave sagte: ›Tu das nie wieder, sonst giltst du bald als heilloser Querulant in der Branche. Und wenn ich nicht mehr bin, wird niemand mehr, kein Galerist, den Mut haben, dich auszustellen, weil alle deine Macken fürchten.‹«
»Dann kamen wir nach Paris, und in Gustaves Galerie tanzte dieser blonde Jüngling rum, mit Afrolook und silbernen Glöckchen an den nackten Fußgelenken.«
»Du hast ihn rausgeschmissen aus der Galerie, du hast eines seiner Bilder zerstört. Wir haben zwanzigtausend Franc Schadensersatz dafür bezahlt. Und die Presse hat

unverhüllt gesagt, da bricht teutonische Brutalität selbst auf dem Kunstmarkt aus.«
»Du fandest meine Reaktion damals richtig.«
»Ja, aber dann hast du eine Pressekonferenz gegeben im George V., zu der alle gekommen sind. Und hast ihnen Champagner servieren lassen und Austern. Du warst der liebenswürdigste Gastgeber, den man sich vorstellen kann.«
»Und dann kam Gustave und sagte: ›So ist es richtig, Alexander, mon vieux. Sieh mal, sie sind alle noch so jung, sie schnuppern ja alle erst am Erfolg und an den fetten Fleischtrögen. So ist es richtig, kitzele ihre Eitelkeit.‹«
»Ja, und dann hast du um Gehör gebeten, Alexander.«
»Ich habe ihnen nur gesagt, daß sie mich alle mal können, daß sie mich anwidern, alle, wie sie da sind. Daß sie Huren ihres Berufes sind, wie es so viele Huren in meinem Beruf gibt, und Nichtskönner, vor allem elende Nichtskönner, die mit Schaumschlägerei auf sich aufmerksam machen und so tun, als sei ihre Schaumschlägerei das Salz in der Suppe dieses Lebens.«
»Aber ein paar Anständige waren drunter.«
»Ja, ein paar Anständige. Die hinterher zu mir gekommen sind und gesagt haben: ›Es tut uns leid. Menschenskind, Alexander, Menschenskind, Weg. Sie haben ja recht, aber was können wir tun?‹ – ›Ich bin vierzig‹, hat Serge gesagt, ›ich mach das noch fünf Jahre. Dann bin ich fertig, erledigt, aus.‹
Und Dominique hat gesagt: ›Ich werde frühzeitig pensioniert, mit fünfundfünfzig. Ich pass nicht mehr in die Landschaft.‹«
»Und wieder hast du deinen Mund nicht gehalten. Bist rausgegangen und hast genau das dem Sonntagsblatt er-

zählt. Keine Namen genannt, nein, aber jeder wußte, wen du meintest.«
»Und Serge hat sich erschossen.«
»Ja, er hat sich erschossen.«
»Bin ich sein Mörder?«
»Nein. Nein, das bist du nicht. Aber du hältst den Menschen ihre Schwächen vor, du läßt es nicht zu, daß sie ihre Schwächen und ihre Sorgen vergessen.«
»Wünschtest du, ich wäre tot, Sophie?«
Sie preßte ihre Hände vor den Mund.
»Sophie«, sagte er, »sag mir die Wahrheit.«
»Welche?«
»Sophie, was hast du empfunden, als dein Vater dich enterbte, dir nur das Kapstädter Haus ließ und nicht die Weinfarm, an der dein Herz hing? Und das meinetwegen, zu dem er einmal gesagt hatte: ›Es macht mich stolz, Alexander Weg, daß du meine Tochter heiraten willst.‹ Und da hatten wir beide doch schon unsere ganz eigene, unsere ganz private Hölle hinter uns. Und wollten es dennoch versuchen, mußten es dennoch versuchen, weil wir uns liebten, weil das stärker war als alles andere. Weil wir gar nichts anderes tun konnten. Ich weiß, daß dein Vater zu dir gesagt hat: ›Warum erträgst du ihn noch? Verlaß ihn. Er ist unmöglich geworden.‹ Hast du mir da den Tod gewünscht?«
»Nein, nicht da«, sagte Sophie, »da nicht.«
»Wann denn, Sophie, wann denn, meine immer noch so schöne Sophie.«
»Sprich nicht so mit mir.«
»Nein? Warum nicht? Du bist schön. Vielleicht nicht mehr meine Sophie. Aber schön bist du.«
»Nachts«, sagte sie, »nachts. Nachts habe ich manchmal gedacht, es wäre besser, wenn du nicht mehr wä-

rest, und ich auch nicht. Man kann nicht ohne Freude leben. Aber du hast keine Freude mehr gesehen. Nur das Elend. Und die Not. Und den Haß und die Gewalt. Und die Revanche. Du bist nach Indien geflogen, aber du hast keine Lotosblüten gemalt und kein Tadsch Mahal. Du hast die Menschen gemalt, die in Abwässerröhren krepieren, weil sie kein Zuhause haben.«

»Sie waren lebendig.«

»Du hast Terroristen gemalt und ihre Opfer. Und ein Terrorist ist deinetwegen gesteinigt worden.«

»Für ihn war's nichts Ungewöhnliches. In seiner Heimat hackt man heute noch Dieben die Hand ab, mit der sie gestohlen haben.«

»Und du hast nie, nie den herrlichen, den wunderbaren Pierre bei unserer ersten Safari gemalt, sondern den verstummenden Pierre, den leidenden Pierre, den Pierre, der den Tod auf den Lippen trägt.«

»Hast du ihn geliebt?« fragte Alexander.

»Nein.« Sie strich sich das Haar wieder hinter die Ohren zurück. »Nie einen anderen als dich.«

»Was willst du dann, Sophie?«

»Ein Leben in Frieden.«

»Geh jetzt nicht«, sagte er.

»Ich muß gehen«, sagte sie.

»Du hast noch nicht alles gesagt.«

»Mehr als genug.«

»Wenn du es willst, zerstöre ich Pierres Bild.«

»Das will ich nicht. Das darf ich nicht wollen.«

»Sophie, zeig mir den Weg, und ich gehe ihn.«

»Ich kann es nicht mehr. Ich habe es zu oft versucht.«

»Versuch's noch einmal.«

»Denk an Jessica. Denk daran, in welche Welt sie hineinwächst, Alexander.«

»Ja, meine Schöne, meine Liebste?«
Sophie kam zu ihm, nahm seine Hände. Sie sah sie an.
»Mal weiter«, sagte sie, »fang von neuem an. Fang immer wieder von neuem an.«
»Meinst du es wirklich?«
»Ich kann dich doch nicht daran hindern.«
»Du gibst auf? Gibst du den Kampf gegen mich auf?«
»Ich habe dich nie bekämpft. Ich habe immer nur Angst um dich gehabt.«
»Gibst du die Angst auf?«
Sie sagte nichts.
»Aber du verläßt mich nicht?«
»Frag mich nicht«, sagte Sophie, »ich kann dir nicht darauf antworten.«

Wenn man ein Kind ist von zwölf und Eltern hat, die einem nicht ausweichen, wenn man ein Mädchen ist von zwölf, das lesen darf, auch was hinter den blitzenden Glasscheiben der Bücherschränke eingeschlossen ist, wenn man in einer Welt aufwächst, deren Veränderungen und Wandlungen selbst einem Kind nicht verborgen bleiben können – was empfindet man, wenn man gelauscht hat?
Gelauscht, weil man den Mann liebt, den Vater, und die Frau, die Mutter.
Aber nicht so sehr Vater und Mutter – und nicht so sehr die Frau.
Sie ist da, wenn man sie braucht, sie ist auch da, wenn man sie nicht braucht.
Er ist nicht immer da, und man lauscht seinen Worten, die seltener sind. Man folgt seinen Bewegungen und seinen Augen, die mehr als das Alltägliche sehen.

Das Mädchen trifft diese Entscheidung, ohne daß es sie will. Es macht die Unterscheidung, ohne daß ein schlechtes Gewissen daraus entsteht.
Und vielleicht, weil in dem schon die Ahnung der eigenen kommenden Weiblichkeit vorhanden ist.
Als Jessica sechs gewesen war, hatte sie gesagt: »Ich heirate Alexander.« Heute sagte sie: »Ich heirate einen Mann wie Alexander«, denn es gab immer Tanten und Onkel, die einen danach fragten, die eben so etwas von einem wissen wollten.
Und es gab vor allem Leute, die einen fragten: »Ist er immer so? Wie erträgt deine Mutter das?«
Sie spielte Nichtverstehen.
Sie sagte höflich: »Ich weiß nicht, was Sie meinen.«
»Aber Kind, du erlebst es doch mit. Du bist doch seine Tochter.« Sie sagten nie, du bist ihre Tochter. Sie sagten immer, du bist seine Tochter. Und sie sagten es so, als könnte oder dürfte sie nicht stolz darauf sein.
Doch sie war stolz darauf.
Und aus dem Stolz heraus sagte sie ganz leise, bediente sich eines Rates ihres Großvaters John Marie Duplessis – ›Sprich leise, denn dann hört man dir zu‹ –: »Ja, ich bin Alexanders Tochter. Und das Privatleben meiner Eltern geht Sie überhaupt nichts an.«
Das war gut und schön in einem Haus, das funktionierte auf einer Gartenparty, das funktionierte bei einer der Dinnereinladungen, an denen sie schon teilnehmen durfte, weil, so sagten die Onkel und Tanten, die Kinder eines Künstlers frühreif sind.
Aber wie funktionierte das im Busch?
Jessica hatte alles gehört, jedes Wort ihrer Eltern. Und Amos und Noko mußten alles gehört haben, und Chris natürlich auch.

Sie kletterte aus dem Baum, in dem sie gehockt hatte. Sie schrammte sich die Knie auf, es brannte wie Feuer. Sie spuckte auf ihre Hand, rieb die Spucke ein, das Brennen ließ nach.

Sie ging zu Chris, kroch in sein Zelt.

Er lag auf dem Feldbett, las.

»Werd ich gebraucht?« fragte er.

»Nein, nein«, sagte sie schnell. »Was liest du?«

»Die Jahre des hungrigen Tigers.«

»Wovon handelt das?«

»Von zwei Menschen, die eigentlich gar nicht zusammenpassen. Die sich aber lieben.«

»Gibt's das oft?«

»Sehr oft.« Er lachte. »Warum fragst du?«

»Ach, nur so.«

»Hast du was auf dem Herzen? Möchtest du rausfahren?«

»Nein, lies nur weiter.«

Sie kroch wieder aus dem Zelt.

Sie atmete ein paarmal tief und langsam durch, dann ging sie zu Noko und Amos. Die Batawana hockten vor ihrem Zelt bei ihrem Transistorradio. Sie hörten sich Jazz an. Es war ein Blues.

»Schön«, sagte Jessica.

»Sehr schön«, sagte Amos.

Noko gähnte. »Mir wär ein Fußballspiel lieber.«

»Er versteht nichts von Musik«, sagte Amos.

»Amos versteht nichts von Fußball«, sagte Noko.

Sie grinsten und lachten dieses glucksende weiche Lachen, das wie das Gurren von Waldtauben klingt.

»Haben meine Eltern nicht nach euch gerufen?« fragte Jessica.

»Wir haben nichts gehört«, sagte Amos.

»Wir haben nichts gehört«, sagte Noko.
»Es ist noch keine Zeit für das Abendessen«, sagte Amos.
»Wir ruhen uns aus«, sagte Noko.
»Seid ihr schon verheiratet?« fragte Jessica.
Die beiden lachten glucksend, hoben die Schultern.
»Na ja, bei euch ist das wahrscheinlich sowieso ganz anders?«
»Ein Mann und eine Frau sind immer dasselbe«, sagte Amos. Er legte seine Hände zusammen. »Ein Mann und eine Frau erschaffen neues Leben.« Er bewegte seine kleinen Finger in einem überraschenden Wirbel.
Ich bin das neue Leben, dachte Jessica.
Jetzt lachte sie auch.
»Komisch«, sagte sie, »so habe ich das noch nie gehört.«
»Es ist wahr«, sagte Amos. »Ein Mann und eine Frau machen ein neues Leben.«
»Darüber will ich nachdenken«, sagte Jessica und ließ sie allein.
Sie dachte darüber nach. Lange. Man ließ ihr viel Zeit dazu. Zeit bis der Abend sank.

Jessica wanderte im Camp umher, betrachtete Moos, Gräser, die am Rand der Lichtung wuchsen. Beobachtete lange einen Mistkäfer, der einen großen Dungball ins Gras zu rollen versuchte und immer wieder von den grünen Blättern wie von Lanzen abgewehrt wurde. Alexander hatte einen solchen Käfer gemalt, und er hing in der Bibliothek der Weinfarm, über dem Kamin aus dunkelrotem italienischem Marmor, in den die Jahreszahl des Hauses in geschwungenen Ziffern eingeschnitten war: 1936.

Jessica wußte, Alexander hatte dieses Bild Großvater Duplessis geschenkt, als er Sophie heiratete.
Aber jetzt konnten sie es nie wieder anschauen, denn zur Weinfarm, nach Stellenbosch, fuhren sie nicht mehr.
Großvater Duplessis war wieder verheiratet, er hatte eine Frau, die so jung war wie seine eigene Tochter, und er hatte einen Sohn, der erst sechs Jahre alt war.
Der Sohn hieß Jan, und er würde eines Tages der Herr der Weinfarm sein. Er würde auch das private Tierreservat im Transvaal besitzen, die Farm Sunrise, nahe bei Mala Mala; einen Zaun hatten beide Reservate gemeinsam, und abgesehen vom Geld, das Jessicas Eltern nicht mehr für einen Besuch in Mala Mala aufbringen konnten, waren sie auch aus diesem Grund nie wieder dorthin gereist.
Sophie hatte das Haus in Kapstadt bekommen. Es war beinahe ebenso alt wie das bei Stellenbosch, es war auch beinahe ebenso schön. Es hatte Möbel, deren Holz sich anfühlte wie Samt und Seide und auch aussah wie die Stoffe, aus denen das Abendkleid Sophies gefertigt war, das sie hin und wieder noch trug.
Es war ein Modellkleid von Coco Chanel in Paris, und Sophie sagte, es ist wie Kapital, das sich verzinst, es kommt nie aus der Mode.
Alexander hatte es ihr gekauft, er hatte das Kleid für Sophie ausgesucht, dessen war Jessica ganz sicher, denn es hatte die gleiche Farbe wie Sophies Haar.
Warum konnten sie in Kapstadt nicht glücklich sein? Warum nicht in einem so schönen Haus?
Luela und Kirmes waren doch da, und Sophie mußte in Haus und Garten viel weniger arbeiten als in Bonn. Sie hatte mehr Zeit für sich und für Alexander, aber

manchmal hatte Jessica den Verdacht, Sophie nütze diese Zeit nicht.
Denn oft saß Sophie in ihrem Zimmer, saß an ihrem Schreibtisch, leere weiße Blätter Papier vor sich, die sie nie füllte, oder wenn sie sie beschrieb, dann mit Zahlen, auf die Jessica sich keinen Reim machen konnte.
Sie hatte Kirmes einmal danach gefragt, und Kirmes hatte gesagt: »Siehst du, Miss Jessica, dein Vater hat kein geregeltes Einkommen, und deine Mutter muß haushalten.«
Sie wußte, daß es in vielen Familien Streit wegen Geld gab, aber sie hatte ihre Eltern noch nie über Geld streiten hören.
Sie stritten über Alexanders Bilder und wegen seiner Ausstellungen und manchmal wegen Leuten, die Jessica nur dem Namen nach kannte.
Und manchmal ihretwegen, über ihre Erziehung.
»Jessica braucht Freiheit, auch wenn du sie nie gehabt hast und ich sie nie gehabt habe. Vielleicht wären wir beide nicht so verkorkst, wenn wir eine andere Kindheit gehabt hätten?«
Sie konnte sich unter ›verkorkst‹ nicht viel mehr vorstellen, als daß es wohl Nervosität bedeuten mußte und jähe Ausbrüche.
Für sie selbst bedeutete Freiheit, daß sie kommen und gehen durfte, wie sie wollte. Nur bei Anbruch der Dunkelheit mußte sie zu Hause sein. Freiheit bedeutete auch, daß sie nicht lügen durfte.
Einmal hatte sie gelogen, als sie den Hund gestohlen hatte, in der Tierhandlung am Hafen. Sie hatte behauptet, eine alte Frau habe ihr den Welpen geschenkt.
Aber Alexander hatte sofort gesagt: »Niemand verschenkt einen reinrassigen Welpen!«

»Bring ihn dahin zurück, wo du ihn genommen hast. Und sag, daß du ihn gestohlen hast. Sprich es aus«, verlangte Sophie.
Jessica sagte es dem Mann in der Tierhandlung.
Er spie Tabaksaft neben ihr auf den Boden, nahm ihr den Hund aus dem Arm und sagte: »Komm mit deinen Eltern wieder, ich mach dir einen Sonderpreis.«
Und Jessica wußte, er hatte gar nicht mal gemerkt, daß sie den Hund gestohlen hatte.
Aber sie kam nicht dazu, ihren Eltern zu sagen, daß sie den Hund zu einem Sonderpreis bekommen konnte, denn als sie nach Hause kam, waren Sophie und Luela in der Küche.
Sie konnte ihre Stimmen schon im Vorgarten hören.
Luela sagte: »Ach, Miss Sophie, machen Sie sich doch keine Sorgen über unseren Lohn. Sie ernähren uns, sie kleiden uns, und ein Dach über dem Kopf haben wir auch. Was brauchen zwei alte Leute wie wir denn noch Lohn?«
»Wenn mein Mann die feste Anstellung im Verlag bekommt, sieht alles anders aus, Luela.«
»Ja, ich weiß, Miss Sophie. Aber dann sollten Sie lieber ein neues Auto kaufen. Es schickt sich nicht, daß Sie mit einem so alten Auto fahren. In dieser Straße kaufen die Herrschaften jedes dritte Jahr ein neues Auto.«
»Aber nur, weil es die anderen tun, brauchen wir es doch nicht zu tun, Luela?«
»Doch, doch, Miss Sophie, denn Sie gehören zu den Herrschaften.«
Aber sie kauften kein neues Auto. Denn Alexander nahm die feste Anstellung im Verlag nicht an.
Sophie und er unterhielten sich darüber, zuerst mit leisen, heiseren Stimmen, und dann schrien sie sich an. Als

brauchten auch ihre Stimmen Freiheit, als brächen die Worte aus den Zähnen wie aus Gittern hervor.

»Ich kann mich nicht anbinden lassen durch ein Monatsgehalt. Ich will nicht morgens um neun ins Büro und mittags auf einen Snack ins Pub um die Ecke und abends um fünf nach Hause. Pantoffeln an, Zeitung vors Gesicht und geröstete Balls vom Kamin. Verlangst du das wirklich von mir?«

»Nein, nein. Aber wir müssen an Jessica denken. Du willst sie nächstes Jahr nach England schicken!«

»Ich will nicht nach England!«

Sie schauten Jessica verblüfft an, hatten ganz vergessen, daß sie dabei war.

»Bist du fertig mit dem Essen, Jessica?«

»Ja, Alexander.«

»Würde es dir dann etwas ausmachen, uns allein zu lassen? Sophie und ich haben etwas Wichtiges zu besprechen.«

»Aber ich will nicht nach England.«

Und sie fingen wieder an zu streiten, noch ehe Jessica draußen war.

»Du brauchst den Vertrag doch nur für ein Jahr zu unterschreiben. Für *ein* Jahr Garantie.«

»Willst du mich wirklich kastrieren? Willst du mich wirklich wie eine weiße Maus in eine Tretmühle setzen?«

»In dem Vertrag steht, daß der Verlag dir alle künstlerische Freiheit lassen wird, die deiner Arbeit nützlich ist.«

»In dem Vertrag steht auch, daß ich bei Nichterfüllung einer gestellten Aufgabe für die finanziellen Folgen voll verantwortlich bin.«

»Du siehst wieder einmal nur die negative Seite, nicht

die positive. Meinst du denn, andere Menschen müssen nicht um ihre Freiheit kämpfen? Und vielleicht manchmal mehr als du? Nimm deine Kritiker zum Beispiel. Wenn sie wahrhaftig sein wollen, wird es ihnen oft genug schwergemacht. Nimm deinen Lektor zum Beispiel. Wenn er ein Buch durchsetzen will, um seines literarischen Wertes und nicht um seines Marktwertes willen – meinst du, das ist einfach für ihn? Diese Leute sind angestellt und wollen und müssen und können sich dennoch auch ihre Freiheit bewahren.«

»Ich kann es nicht anders sehen, als ich es sehe.«

»Du bist ein Egoist.«

»Ja, ich bin ein Egoist. Ja, ich bin ein Egoist!«

»Ich meine es nicht so, wie du es meinst.«

»Ich weiß, wie du es meinst, Sophie.«

Jessica stieg hinauf in Alexanders Atelier. Sie setzte sich still vor die Frauen Afrikas. Dieses eine große Bild, das er nie verkaufen wollte. Niemals, so sagte er, niemals. Jessica saß ganz still, und Stille war um sie her, denn hier herauf drang nie ein Laut aus dem Haus.

Nur die Laute der Nacht drangen von draußen herein, fernes Rauschen des Meeres und fernes Singen des Windes, der um das Plateau des Tafelberges strich.

Und langsam traten die Gesichter der Frauen aus dem Bild heraus, es war, als würde ein dunkler Schleier nach dem anderen von ihren Gestalten zurückgezogen.

Die Frauen neigten ihre Gesichter dem Wasser zu, daß sein Spiegel ihre Trauer vervielfältige.

Ihre Haut war dunkel, mit purpurnen Schatten unter den Brüsten und in den Beugen ihrer Arme. Die Hände lagen schmal und ergeben auf den Knien, verhüllt von den Tüchern aus ungebleichtem Garn. Man sah den Toten nicht, um den sie trauerten und dessen Bruder sie

zur Frau nehmen würde, am siebten Tag, wenn es ihnen wieder gestattet war, die Feuer anzuzünden, das Wasser zu schöpfen und ihre Kinder in den Schlaf zu singen.
»Warum kannst du die Frauen Afrikas nur in Trauer malen?« hatte Sophie gefragt. »Warum?«

»Aber eines Tages wird er sie malen, wie sie lächeln«, sagte Jessica nun zu dem Mistkäfer. »Ich bin ganz sicher, eines Tages wird Alexander es bestimmt tun.«
Der Käfer hob die Vorderbeine, stemmte sie wieder gegen den Ball aus Dung und Erde; diesmal teilten sich die Gräser, als seien die grünen Lanzen es müde geworden, ihn abzuwehren.
Rasch rollte der Ball hindurch, der Käfer schlüpfte ihm nach.
Das Gras stand unbewegt wie zuvor.
»So wird er es auch schaffen«, flüsterte Jessica, »so wird mein Alexander es auch schaffen. Denn er gibt nie auf.«
»Jessica?«
Ihr Name wurde bei den Zelten genannt. Sie wandte den Kopf. Die Luft trug die Stimmen gut, ganz klar herüber.
»Soll Jessica sich ihres Vaters schämen, wenn sie einmal erwachsen ist?«
Das werde ich niemals tun, niemals!
»Ich denke doch auch an Jessica«, sagte Sophie, »wenn auch auf meine Weise.«
»Ich will nicht, daß du an mich denkst«, sagte Jessica.
Und er soll auch nicht an mich denken.
Du sollst malen, Alexander. Malen!
Wenn ich nicht da wäre, könntet ihr nicht an mich denken.

Wenn ich weg wäre, könntet ihr euch wenigstens nicht meinetwegen streiten.
Der Mistkäfer war auch nicht mehr da.
Im Gras, das für ihn so hoch sein mußte wie Bäume für Jessica, war er für immer ihren Augen entschwunden.

13

›Don't Die in the Bundu‹ hieß das Buch, und Jessica fand es dort im Landrover, wo Alexander es am ersten Tag der Safari hingelegt hatte. Neben dem Armaturenbrett, mit einer Straßenkarte von Moremi und des Okavango-Deltas. Neben dem kleinen silbernen Kasten mit dem Antischlangenserum, dem Kompaß, dem Feldmesser und einer Taschenlampe.

Sie nahm all dies an sich, aber am wichtigsten war ihr das Buch, denn darin stand genau erklärt, wie man im Busch überleben konnte.

Sie steckte alles in den Plastikbeutel, vorsichtig, damit auch nicht das kleinste Rascheln, der kleinste Laut zu hören waren.

Jessica ließ die Tür des Landrovers auf, als sie ausstieg, denn sie wollte nicht, daß die noch einmal quietschte. Sie verharrte im Schatten der Motorhaube, spähte zu den Zelten hinüber, die sie kaum ausmachen konnte, denn der Mond war noch nicht aufgegangen, und obwohl die Sterne hier viel tiefer hingen, greifbar nah, reichte ihr Licht nicht aus, das Camp zu erhellen.

Jessica sah das Aufblitzen einer Taschenlampe in Chris' Zelt. Sie hielt den Atem an, duckte sich. Aber Chris entfernte sich in Richtung des Flusses, wo das Sanitärzelt stand.

Sie hörte das verschlafene Gurren einer Waldtaube und leises Rascheln im Unterholz, irgendein Tier kroch weg.
Sie schnupperte die Luft, aber sie konnte nichts riechen. Also war's kein Löwe gewesen und auch keine Hyäne, denn die konnte man immer riechen.
Jessica wartete, bis sie Chris' Taschenlampe nicht mehr sehen konnte, dann glitt sie davon.
Geduckt, die Haube ihres dicken Schlafmantels tief in die Stirn gezogen; denn nur das Gesicht eines Menschen verrät ihn in der Dunkelheit.
Sie hatte die untere Hälfte des Mantels hochgeschlagen und mit dem Gürtel in der Taille festgebunden. Das war praktisch, denn dadurch entstand ein richtiger Sack, in den sie ihre Vorräte gestopft hatte.
Biltong, das südafrikanische Rauchfleisch, Kekse, Salz und Vitamintabletten, Zucker und eine Tafel Schokolade, dazu noch das Buch, ihr Fernglas, den Kompaß, das Feldmesser, das Nylonseil, die Karte von Moremi und eine Garnitur frischer Unterwäsche.
Jessica stellte sich vor, wie sie aussah, ein Zwerg mit einem ungeheuer dicken Bauch.
Sie hätte gern gelacht, aber sie preßte die Lippen fest zu. Kein menschlicher Laut, und sei er noch so klein, blieb im nächtlichen Busch unhörbar.
Jessica hielt sich am Rand des Weges, lief auf kurzem Gras. Sie fiel in Trab, denn so würden ihre Füße nur leicht den Boden berühren, und das Gras konnte sich bis zum Morgen wieder aufrichten. Außerdem betete sie um pula – Regen, wie er beinahe jede Nacht fiel.
Sie durfte keine Spur hinterlassen, nirgendwo mit ihrem Mantel hängenbleiben, nichts von ihren Vorräten verlieren.

Sie lief in regelmäßigem Trab und atmete gleichmäßig, und sie spürte mit einem gewissen Stolz, daß ihr Herz ganz ruhig schlug.
Als sie die Piste erreichte, die von Norden nach Süden die Sümpfe und die Steppe, den urwüchsigen Wald und wieder die Sümpfe des Okavango-Deltas durchzog, hatte sie schon zwei Kilometer zurückgelegt.
Jessica blieb unter den Bäumen stehen.
Der Boden der Piste war sandig und locker, er würde ihre Fußabdrücke auffangen und der Tau des Morgens würde sie wie in festen Formen gebacken bewahren.
Sie konnte auch keinen Zweig abbrechen, um damit ihre Spur zu verwischen, denn auch das würde einem geübten Auge auffallen.
Und Alexander hatte geübte Augen für alle Dinge im Busch.
Das beste wäre, eine Schleifspur vorzutäuschen. Jessica setzte sich vorsichtig auf die Erde, streckte ihre Beine aus, spreizte sie ein wenig, legte ihre Hände vor sich auf den Boden, und wie ein Ruderer auf dem Trockenen zog sie sich auf diese Weise voran.
Auf der anderen Seite der Piste folgte sie ihr zweitausend Schritte nach Norden und noch einmal zweitausend Schritte; sie nahm an, daß dies in etwa zwei Kilometern entsprach. Der Boden hier war steinig, und sie brauchte nicht zu befürchten, Spuren zu hinterlassen.
Sie mußte noch zweihundert Schritte hinzugeben, aber dann war sie an der Feuerschneise angelangt, die, wie Chris erklärt hatte, angelegt worden war für den Fall, daß einmal ein Brand ausbräche, damit dieser Urwald, der seit Menschengedenken noch nie gerodet worden war, wenigstens zum Teil erhalten bliebe. Er hatte ihnen auch erzählt, daß während der hohen Regenzeit

hier die schönsten Blumen wuchsen, Orchideenarten, die es sonst nirgendwo auf der Welt gab.
Jessica folgte der Feuerschneise und fiel auf dem dünnen Grasbewuchs erneut in leichten Trab.
Sie zählte ihre Schritte und legte wieder zweimal zweitausend zurück, ehe sie eine Veränderung des Waldes bemerkte.
Er wurde kaum dichter, aber seine Sträucher und Bäume bekamen fleischigere Blätter. Man konnte die Feuchtigkeit direkt riechen. Es war eine grüne, zähe Feuchtigkeit, die den Wald wilder und gleichzeitig gesünder machte. Nicht trocken und verstaubt oder brandig und erdig. Sondern grün, grün, grün.
Und als sich auch die Erde unter ihren Füßen veränderte, die Glätte des Grases verlor, körniger wurde, lockerer, hörte Jessica das Quaken der Frösche.
Nur wenige Minuten später lag das Wasserbecken vor ihr, das, wie Chris erzählt hatte, wohl von einer unterirdischen Quelle gespeist wurde, die nie versiegte. Er hatte ihnen den Teich als eines der Wunder des Busches gezeigt, und seine Augen waren so grün wie das Wasser geworden.
Jessica sah Schatten fortgleiten, als sie sich näherte, Impalas, die zur Tränke gekommen waren, ihr Hufschlag winziges Trommeln in der Stille. Ein einsames Gnu bockte weg. Sie sah ein Stachelschwein mit dem hoch aufgerichteten Kranz seiner Waffen, dünne Speere aus braunweißgeringeltem Horn nur, doch für Löwen ebenso tödlich wie einst die Assegais der Zulus, weil sie eitrige Wunden mit Blutvergiftungen hinterließen.
Jessica hockte sich am Ufer des Wassers nieder. Chris hatte gesagt, hier gebe es keine Krokodile.
Sie kühlte ihr Gesicht, schöpfte Wasser mit der hohlen

Hand, trank. Es schmeckte frisch und klar, beinahe süß.

Sie lachte vor Erleichterung, schon hier angelangt zu sein, und Trompeterhornraben antworteten ihr mit jähem, weinerlichem Gekreisch.

Sie zuckte zusammen, aber dann lachte sie lauter. Hier würde niemand sie hören können, jetzt durfte sie ihre Stimme gebrauchen.

Jessica zog ihre Stiefel aus und stieg aus ihrem schweren Schlafmantel, sorgsam darauf bedacht, daß nichts aus der Bauchtasche herausrutschte. Sie schlüpfte aus Jeans und Pullover und Hemd, stopfte all das auch in den Mantel, verschnürte ihn mit dem dünnen weichen Seil, an dem Amos sonst die Wäsche aufhing, zu einem Paket, zog einen doppelten Knoten und band sich das andere Ende der Nylonschnur um die Taille.

Sie warf sich in den Teich und schwamm schnell dem jenseitigen Ufer zu. Dort zog sie das Paket zu sich herüber. Dem Wasser blieb kaum Zeit, den Filzstoff des Mantels zu durchdringen.

Jessica schulterte das Paket und stieg die Böschung hinauf.

Bambus und Farne gab es hier, und andere Pflanzen mit Blättern so groß wie Sonnenschirme umgaben sie. Kein Dorn, kein Zweig ritzte ihre Haut, alles war glatt und seidig.

Jessica blieb stehen, holte die Taschenlampe hervor und knipste sie an.

Etwa drei Meter zu ihrer Rechten sah sie den Stamm des Baumes, glitzernd vom Licht und vom Tau, als sei er mit Quecksilber überzogen.

»Da bin ich«, sagte sie zu dem Baum und hob den Lichtstrahl zu seiner Krone.

Es war ein Marulabaum, und zwischen seinem Laub, den lanzenförmigen spitzen Blättern, konnte sie eine Unzahl der reifenden Früchte sehen. Luela bereitete aus ihrem saftigen Fleisch Gelee, das Jessica verdünnt in heißer Milch als Hustenmedizin trank, und wenn es genug von den Früchten in den Markthallen von Kapstadt gab, setzte Luela auch Most an, für Kirmes. Dann kam ein Tag, an dem Kirmes nicht zur Arbeit erschien, und man konnte ihn hinten im Garten vor seinem kleinen Haus sitzen sehen, eine große, dunkelrote Kalebasse zwischen den langausgestreckten Beinen, die Hüften nur von einem ledernen Lendenschurz verhüllt. Und Luela nannte das seinen Tokiloshetag, den Tag der Poltergeister. Aber Luela selbst war es schließlich, die den Marulawein für Kirmes bereitet hatte.
Und erst die Elefanten, die hatten Wochen und Wochen von Tokiloshetagen. Mit lautem Trompeten begann es, wenn sie die ersten fruchtschweren Bäume gewahrten, mit eigenen Augen hatte Jessica das schon im Krügerpark gesehen, und dann rasten sie darauf zu, mit flappenden Ohren und hocherhobenen Rüsseln und stoppten in einer Staubwolke. Sie umschmeichelten den Baum mit dem Rüssel, wiegten die schwere Stirn vor Freude, ließen die Ohren gegen die Rinde klappen, um ihre Freude auch dem Baum kundzutun.
Dann traten sie einen Schritt zurück und legten ihre breite flache Stirn gegen den Stamm und wiegten ihn, zuerst langsam, zögernd, als sollte es dem Baum nicht schwindelig werden. Und dann ungeduldiger, als sei nun die Zeit für einen Sturm gekommen, und bald standen sie im Schauer der Früchte.
Aber was war, wenn Elefanten kamen, wenn sie in ihrem Marulabaum saß? Was war, wenn sie den Baum

einfach umstießen? Denn trennte er sich nicht freiwillig von seinen Früchten, dann rammten die Elefanten ihn um.

Jessica merkte mit einemmal, daß sie noch nackt war. Rasch schnürte sie das Paket auf, zog ihre Kleider hervor.

Sie hörte Knacken im Wald und Rascheln. Es konnten Elefanten sein.

»Aber ihr werdet mir nichts tun«, sagte sie laut. »Ihr werdet mir nichts tun, denn ihr seid Elefanten und ohne natürlichen Feind. Ihr werdet mir doch diesen einen Marulabaum gönnen? Nur diesen einzigen Baum?«

Das Knacken und Rascheln im Wald entfernte sich, verstummte.

Jessica schnürte ihr Bündel wieder zusammen und warf das lose Ende des Seils in die Höhe.

Erst beim vierten Versuch erwischte sie den untersten Ast des Marulabaums.

Sie verknotete das lose Ende der Nylonleine mit ihrem straffgespannten Teil. Sie packte das Seil fest und hievte sich, mit den Füßen Halt auf dem Stamm suchend, Schritt um Schritt hinauf.

Als Jessica in der breiten Astgabel saß, war sie atemlos, und der Schweiß lief ihr unter dem Pony in die Augen. Mit einemmal war sie auch rasend hungrig. Aber zuerst zog sie ihr Bündel herauf, vertäute es sicher am Ast. Dann nahm sie ein Stück Würfelzucker aus ihrer Hosentasche und ließ es wie Schokolade auf der Zunge schmelzen.

»Fürs erste hab ich's geschafft«, sagte sie und lachte. Diesmal erschreckte sie das Antwortkreischen der Trompeterhornraben nicht mehr.

›Nacht steht um mein Haus‹ war der Titel eines Taschenbuches, das sie Alexander stibitzt hatte. Im Schein der Taschenlampe wirkte es blaß und abgegriffen, ein vielgelesenes Buch.
Jessica hatte es mitgenommen, weil sie wußte, sie würde wachbleiben müssen. Nicht einschlafen dürfen in dieser ersten Nacht, bis der Morgen kam und das Licht, die Sonne, und sie würde den Spiegel des Teiches sehen und die Tiere, die zur Tränke kamen.
Sie saß und betrachtete den Titel des Buches, und sie las, daß der Autor es geschrieben hatte, als er noch jung war, jünger als Alexander sogar.
Aber warum schrieb er dann nicht: ›Tag steht um mein Haus‹?
Sie hatte den Tag lieber als die Nacht, und auch Sophie hatte den Tag lieber als die Nacht. Vielleicht unterschied das die Frauen von den Männern?
Sie mußte Alexander einmal danach fragen. Er würde ihr eine richtige Antwort geben oder aber einfach sagen, ich weiß es nicht. Er machte nie Ausflüchte, er sagte nie, wie Sophie, das verstehst du noch nicht oder dafür mußt du erwachsen werden, das ist noch nichts für ein Kind.
Er gab auf jede Frage eine Antwort.
Und er sagte auch, täusche nie Wissen vor. Wenn du etwas nicht weißt, gib es zu. Nur selbstherrliche Menschen glauben alles zu wissen.
Er sagte oft Dinge, die es lohnten, sich daran zu erinnern.
Zum Beispiel: Wenn du einen Menschen liebst, darfst du ihn nicht enttäuschen. Manchmal ist das sehr schwer, aber du mußt immer und immer wieder den Versuch machen, ihn nicht zu enttäuschen.
Sie sagte, ich will dich nie enttäuschen, nie, nie.

Und er sagte, das würde dir auch schwerfallen, denn ich liebe dich bestimmt noch ein bißchen mehr als du mich.

Das war, als Alexander sie beim Malen zuschauen ließ, beim Malen der schwarzen Frauen, die ihre traurigen Gesichter dem Teich zuneigten.

»Warum lachen sie nicht, Alexander?«

»Sie haben es verlernt.«

»Warum?«

»Es sind Frauen, die ihren Mann verloren haben.«

»Aber es sind vier. Hat er vier Frauen gehabt?«

»Ja, er hat vier Frauen gehabt.«

»Und alle vier Frauen haben ihn geliebt?«

»Ja.«

»Waren sie denn nicht eifersüchtig aufeinander?«

»Wenn ein Mensch stirbt, vergißt man seine Eifersucht. Aber in diesem Fall glaube ich es auch nicht.«

»Warum nicht?«

»Schau dir die Frauen an. Was fällt dir an ihnen auf?«

»Sie sind verschieden alt. Es gibt eine ganz alte und eine ganz junge.«

»Siehst du, und der Mann heiratete sie, jede zu ihrer Zeit.«

»Du meinst, wie Kirmes' Bruder Simon, der im Valley of a Thousand Hills lebt?«

»Ja, genau wie Simon. Als die älteste der Frauen ein junges Mädchen war, war auch der Mann noch ein Jüngling. Sie war das erste Mädchen, das ihm unter allen anderen seines Stammes auffiel. Er beobachtete ihren leichtfüßigen Gang und wie fleißig sie das Wasser vom Fluß hinauf zu den Hütten ihrer Familie trug. Er beobachtete auch, wie sie ihren Vater mit der größten Kalebasse voll schäumendem Maisbier ehrte und wie geschickt sie ihrer Mutter beim Weben der Schlafmatten half. Und eines Tages sah der junge Mann, daß ein Lächeln in ihre Augen glitt, ehe sie den Blick senkte und schnell an ihm vorbeiging.«

»Und dann?«

»Der junge Mann ging zu seinem Vater und sagte, ich habe sie gesehen. Er beschrieb das Mädchen und seine Vorzüge.«

»Wie hieß sie?«

»Vielleicht Luela. Der Vater des jungen Mannes beriet sich mit den Ältesten der Familie. Die Frauen nickten dem jungen Mann zu, denn wenn sie auch nicht am Rat der Männer teilnehmen durften, so hörten sie doch, was dort erwogen wurde. Und eines Tages sagte der Vater dem Sohn, daß die Lobola, der Brautpreis, beschlossen worden sei.«

»Warum kaufen die Zulus ihre Frauen? Warum heiraten sie sie nicht einfach?«

»Die Höhe der Lobola zeigt den Respekt des Mannes für die Frau, und sie dient als Sicherheit für die Frau im Alter. Denn die Rinder, in denen der Brautpreis entrichtet wird, vermehren sich ja.«

»Aber warum kauft ein Zulu eine zweite Frau, und wann?«

»Wenn seine erste Frau ihm Kinder schenkt, und wenn sie, bis die Kinder laufen können, nur einen Teil der Arbeit verrichten kann auf dem Feld und im Kral.«

»Aber warum nimmt ein Zulu sich nicht einfach eine Haushaltshilfe?«

»Nur Häuptlinge haben Diener und Dienerinnen.«

»Warum arbeiten nur die Frauen der Zulus auf den Feldern und nicht die Männer?«

»Früher gingen die Männer auf die Jagd, heute gehen sie in die Stadt. Sie arbeiten in den Goldminen zum Beispiel.«
»Und als Boys«, sagte Jessica.
»Ja, auch als Boys.«
»Warum nennt man sie so, selbst wenn sie schon graue Haare haben?«
»Deine Mutter und ich, wir nennen Kirmes nie so.«
»Nein, ihr nicht. Aber alle anderen Leute tun es.«
»Leider«, sagte Alexander.
»Ich würde es mir nicht gefallen lassen, wenn ich ein Mann mit grauem Haar wäre und jemand würde mich ›Boy‹ rufen.«
»Da hast du recht, es ist so verdammt entwürdigend«, sagte Alexander. »Es gehört sich einfach nicht.«
»Aber wenn so viele Leute es tun, was kann man dann dagegen machen?«
»Bei sich selbst anfangen und das Wort Boy nie in diesem Sinne benutzen.«
»Ja, Sophie sagt auch, man muß immer bei sich selbst anfangen, wenn man etwas ändern will.« Jessica lachte. »Es ist selten, daß ihr einer Meinung seid. War das immer so?«
»Ich weiß es nicht.« Alexander sah mit einemmal sehr traurig aus, viel trauriger noch als die Frauen auf seinem Bild.
»Am Anfang doch sicher nicht«, sagte Jessica, »Sophie erzählt doch immer, wie glücklich ihr wart und wie herrlich und lustig eure Hochzeit mit den einhundertfünfzig Gästen im weißen Ballsaal des Mount Nelson Hotels gewesen ist. Mit Feuerlilien war er geschmückt, und Großvater Duplessis ließ nur französischen Champagner servieren.«

»Ja, es war eine schöne Hochzeit.«
»Nur eines wundert mich – warum trug Sophie kein weißes Hochzeitskleid? Warum war es hellblau?«
»Frag Sophie danach.«
»Sophie sagt, das war nur so ein Einfall von ihr. Aber ich glaub's nicht. Ich glaube, da steckt ein Geheimnis hinter dem hellblauen Kleid. Weißt du, wenn Sophie euer Hochzeitsfoto betrachtet, kriegen ihre Augen schon einen sehr seltsamen Ausdruck. Manchmal denke ich, sie sieht mehr darauf als nur sich selbst und dich.«
»Du siehst Gespenster«, sagte Alexander.
»Vielleicht sieht Sophie einen Geist auf dem Foto?«
»Halt den Mund«, sagte Alexander.
Jessica schwieg eine lange Weile.
Alexander malte hastig, wie besessen, als könnte jemand ihm plötzlich alle Farben stehlen, dachte Jessica.
»Ich hab dich lieb, Alexander«, sagte sie später, als er erschöpft zu malen aufhörte. Seine Augen lagen tief in ihren Höhlen. »Ich will auch lernen, dich nicht mehr mit meinem dummen Gerede traurig zu machen.«
»Du machst mich nicht traurig, nur nachdenklich«, hatte Alexander erwidert und ihr übers Haar gestrichen.

Aber nun, im Busch, fuhr Jessica nur der Wind durchs Haar, der sich immer dann erhebt, wenn die Sonne wieder über den Rand der Welt schauen will.
Der Wind war kühl und roch feucht vom Teich, in dem sich erstes Licht sammelte.
Jessica konnte es durch das Geäst des Marulabaumes sehen. Und auch die Tiere, die wie Wesen aus einer anderen Welt den Nebel am Ufer teilten.
Sie traten heraus, beugten stumm ihre Hälse, als wollten

sie sich vor dem Wasser verneigen, und ihre Schnauzen berührten es so vorsichtig, daß sein Spiegel nicht gebrochen wurde.
Erst der Wind brach den Spiegel, teilte ihn in Kreise und Wellenlinien und glitzernde Splitter.
Und der Wind trug den Geruch zu ihr herauf.
Den sanften Heuduft der Impalas, deren Gehörn schwarze zierliche Gitter in den Nebel zog.
Sie sah die rosenblattförmigen Ohren der Antilopen zucken, hellwach, während sich ihre Augen halb schlossen, im Genuß des Trinkens.
Und dann sah sie eines der Tiere einen Satz tun, und die anderen folgten ihm nach, standen, plötzlich zitternde Flanken, zimtfarbene Rhomben ihre schmalen Körper, ihre Hörner berührten sich, es klang wie Gewisper, und dann setzte die Herde mit hohen Sprüngen in den Nebel davon.
Und wieder strich der Wind übers Wasser, strich zu Jessica herauf.
Er brachte einen anderen Geruch mit, scharf, wild, und da war nichts vom süßen Heuduft mehr.
iNyama – danach roch's, nach iNyama, was Fleisch und Löwe heißt.
Den Kopf der Löwin sah Jessica zuerst, vorgestreckt, dann teilten die kräftigen Vorderläufe den Nebel, die Pranken gruben sich in den Uferschlamm, und die Löwin zögerte nicht, vom Wasser zu trinken. Sie erwies ihm keine Verbeugung, nicht eine Sekunde des Zögerns.
Eine zweite Löwin folgte, und dann ein Löwe mit einer dunklen Mähne, die er trug und schüttelte, als sei sie ihm zu schwer.
Er trank am längsten. Er trank schmatzend wie der Ka-

ter, den Luela im Keller des Hauses in Kapstadt gegen die Mäuse hielt. Er soff, und das Wasser troff von seinem Maul, als er den Kopf zurückwarf, die Fänge entblößte und die Sonne begrüßte.
Seine Augen waren weit auf und glänzend gelb, und Jessica dachte, sie habe nie etwas Schöneres gesehen als diese Augen.
Wie seine Gefährtinnen glitt er ins Unterholz zurück. Und die Nebel schlossen sich wieder.
Sie drehten und wanden sich jetzt, der Sonne entgegen, nahmen Gestalt und Form an, Geister des Busches, Tokiloshes der Wildnis.
Jessica zog ihr kleines Fernglas aus dem Bündel.
Im Schlamm des Ufers konnte sie die zierlichen Hufspuren der Impalas sehen, die breiten Tatzenabdrücke der Löwen.
Aber ihre eigene Fußspur konnte sie nicht mehr erkennen. Sie war ausgelöscht.

Schon einmal war Jessica davongelaufen. Es war viele Jahre her, denn da war sie erst fünf. Es war in Amsterdam geschehen, wo Alexander das Haus direkt an der Heerengracht gemietet hatte. Es war ein düsteres kleines Haus – aber, wie alle Häuser, die sie bewohnten, besaß es ein Atelier. Sophie störte es, daß es nirgendwo Vorhänge gab, die man zuziehen konnte, und daß man abends im Eßzimmer saß und jeder hereinschauen konnte wie in ein Puppenhaus, dem die Vorderfront fehlt. Als Sophie endlich für alle Fenster lustige blauweiß gestreifte Vorhänge genäht hatte, gaben sie das Haus wieder auf und zogen weiter.
»Zugvögel sind wir«, hatte Alexander gesagt und seine

Arme ausgebreitet. »Ach, liebste Sophie, laß uns doch herumziehen, durch alle Lande. Wenn ich erst sechzig bin, dann rühre ich mich nie mehr aus meinem Ohrensessel weg, keinen anderen Schritt will ich dann tun, als mit dir gemächlich ums Karree spazierenzugehen.«

Aber Sophie hatte nicht gelacht. Sie sagte: »Wenn du wüßtest, was die dauernden Umzüge verschlingen.«

»Telegrafiere Gustave, er soll schicken, was du brauchst.«

»Wir haben keinen Kredit mehr«, sagte Sophie, »bis zu deiner nächsten Ausstellung.«

»Ich geh jetzt einkaufen.« Alexander verdrückte sich wie ein Bub, der gescholten worden war. Eine Stunde später brachte er den Geruch des Marktes mit, nach Meersalz und Fisch, scharfen Schnäpsen und dickem Tabakqualm. Er verschwand sofort mit geheimnisvollem Gesicht in der Küche, und gleich darauf konnten sie Töpfeklappern hören und Klirren von Geschirr, und noch ein wenig später zog der gaumenreizende Geruch einer frisch gebratenen Scholle durch den Flur.

»Essen kommen!« rief er fröhlich. In der Küche hatte er den Tisch festlich gedeckt, weder die Blumen vergessen noch das Besteck verwechselt, was ihm hin und wieder passierte.

Sophie hatte strahlende Augen, als sie sich zu Tisch setzte, aber sie aß nur zwei Bissen der köstlichen goldgelb gebratenen Riesenscholle, mehr bekam sie nicht runter, dann entschuldigte sie sich schnell und lief hinaus.

»Kannst du mir sagen, was ich jetzt schon wieder falsch gemacht habe?«

»Nichts«, sagte Jessica.

»Na, dann ist es ja gut.«

Alexander aß weiter und sie auch, aber den größten Teil der Scholle bekam die Katze Antje von nebenan.
Sophie war in ihr Schlafzimmer gegangen, und nach dem Spülen des Geschirrs folgte ihr Alexander.
Eine Stunde verging, zwei Stunden, vielleicht sogar mehr. Jessica stand, saß, lief lustlos herum, was sollte man auch noch in einem Haus anfangen, in dem man nicht mehr zu Hause war?
Sie zog ihren Mantel an und ging einfach weg.
Sie verschwendete ihr Taschengeld an Schokolade, Bonbons, Lakritze, sie hatte einen unbezähmbaren, unstillbaren Hunger auf Süßes.
Jessica gelangte zum Hafen, und ein Junge, der vielleicht ein Jahr älter war als sie, nahm sie mit auf ein Schiff. Er sprach ein drolliges Englisch, und sie mußte dauernd darüber lachen.
Auf dem Kutter stank es vor allem nach Teer, und eine Menge Männer waren dort beschäftigt, deren Reden hauptsächlich aus Flüchen bestanden.
Der Junge lud Jessica zum Essen ein; in einem schmutzigen Raum, und auch die Männer waren schmutzig, und nicht einer wusch sich vor dem Essen die Hände. Es gab ein Fleischragout, das überraschend würzig schmeckte, und als Nachtisch eine rote Grütze, die auf dem Teller hin und her wackelte.
Es gab Bier zu trinken, und Jessica trank zum erstenmal Bier. Sie war sehr durstig, und anfänglich schmeckte das helle Bier gut. Aber bald drehte sich alles um sie, vor allem beim Anblick des wackelnden roten Puddings, und der Junge brachte sie an Deck, und sie übergab sich direkt auf seine blau-weißen Tennisschuhe.
»Du mußt jetzt nach Hause«, sagte er. »Wo wohnst du?«

Sie wollte es ihm nicht sagen.
»Na, dann eben nicht.« Er zuckte die Schultern und ließ sie einfach stehen.
Jessica weinte ein bißchen, denn ihr war furchtbar übel, und alles schwankte und wankte um sie. Nur wenn sie ein Auge zukniff, hielt alles einen Moment lang still. Sie erinnerte sich nie genau, bis zum heutigen Tag nicht, wie sie nach Hause gelangt war.
Sie wußte nur, daß Alexander und Sophie sie plötzlich zwischen sich hielten und keiner der beiden sie loslassen wollte, und ihr war es, als würde sie in der Mitte durchgerissen.
»Laß mich, Sophie!« rief sie so laut und so fest sie konnte, und da endlich hob Alexander sie auf und trug sie hinauf in ihr Messingbett.
Er hatte manches an dem Abend gesagt, aber nur an eines erinnerte sie sich: »Wenn du noch mal weglaufen willst, tu es mit Überlegung.«

14

Alexander erwachte im Third Bridge Camp vom Schnauben und Prusten des Flußpferdes und vom gischtenden Schleifen seiner Tonnenschwere, als es von seinem nächtlichen Nahrungsstreifzug durch den Busch in den Fluß zurückkehrte.
Alexander verschränkte die Hände im Nacken und dachte an jenes Lager, das er im Krüger-Park entdeckt hatte: vier weiße Hütten, dunkel gefleckt, da, wo die Tünche abgeblättert war. Seltsam geformte Fangeisen hingen neben den Türen. In der Mitte des Camps war eine große, schwarzverkohlte Feuerstelle. Ein fettiger Geruch hing über alldem, ein fettiger Verwesungsgestank. Alexander hatte zu Jessica gesagt: »Bleib im Wagen, steig nicht aus.«
Er spähte durch staubige, zerbrochene Fensterscheiben in das Innere der Hütten. Sie waren leer, bis auf eine riesige Schöpfkelle aus Holz.
Er ging hinunter zum Fluß und sah spielende Flußpferde, aber als sie ihn bemerkten, flüchteten sie stromabwärts.
Alexander kehrte zu Jessica zurück. »Wir haben uns wohl verfahren. Das hier kann nicht am Weg zum Camp von Letaba liegen.«
Die Sonnenbrille war auf ihre sommersprossige Nasen-

spitze gerutscht, und Jessica sagte: »Wär's nicht schön, wenn wir ein solches Lager ganz allein für uns hätten? Laß uns doch hier schlafen.«
Er schauderte, denn der Gestank störte ihn, aber sie schien ihn nicht wahrzunehmen.
»Schön ist es hier, so friedlich.«
»Wir können nicht hierbleiben«, sagte er, »du weißt doch, niemand darf sich nachts außerhalb der Touristencamps aufhalten.«
»Müßtest du dann Strafe zahlen?«
»Ja.«
»Okay«, sagte sie, »dann laß uns lieber weiterfahren.«
Alexander erzählte Sophies Vetter Ben im Letaba-Touristencamp von den Hütten, die er durch Zufall am Ufer des Letabaflusses entdeckt hatte.
»Vergiß es«, sagte Ben. Er war einer der dienstältesten Wildwarte im Krüger-Park.
»Warum?«
»Später«, sagte Ben und sah Jessica an.
Und später, im Garten des Rangerhauses, nachdem die Kinder und Hunde gegenseitig versucht hatten, sich die besten Fleischstücke wegzuschnappen, die auf dem Grill brutzelten, als Bens Frau Jane sich vergeblich bemühte, wenigstens die Hände ihres Jüngsten sauberzuhalten, der sich seinen gerösteten Maiskolben brüderlich mit einem zottigen weißen Terrier teilte, nach dem Abendbrot also, als die Kinder im Bett waren und die Hunde ihre vollen Bäuche am Feuer wärmten, sagte Ben: »Okay, Alex, du sollst es wissen, denn wie ich dich kenne, wirst du sonst keine Ruhe geben. Aber ich kann von dir verlangen, daß du darüber deinen Mund hältst. Weil du mein Freund bist.«
Jane sagte: »Ich gehe schlafen.«

Ben gab ihr einen Klaps auf den Hintern. Sie grinste wie ihre Jungen und Mädchen und sagte: »Don't get tight, lover.« Nur bei einer Frau wie ihr konnte man diese Sprache vertragen. Sie war wohltuend wie ein Schluck frischen Wassers.

»Nimm dir einen Brandy«, sagte Ben, »und wenn du schon dabei bist, gib mir auch einen, Alex.«

Ben schürte das Feuer. »Also, ein big shot der Parkverwaltung in Pretoria stellte eines Tages fest, daß wir zu viele Flußpferde im Letaba haben und daß dadurch das Gleichgewicht der Natur in Frage gestellt sei. Also ging er hin und baute das Camp, das du entdeckt hast, und die überzähligen Flußpferde wurden gefangen, geschlachtet und da gekocht.«

»Wer ist der big shot?«

»Das sage ich dir nicht.«

»Aber du weißt, daß ich es trotzdem herausfinde«, sagte Alexander.

»Was nützt das?«

»Nichts«, gab er zu.

»Na also«, sagte Ben. »Trink noch einen Schluck.«

»Nein, danke.«

Eine Woche später saß Alexander in Pretoria einem anderen Mann gegenüber. Seine Augen waren umschattet, müde und doch von einer Wachheit und Klarheit, wie Alexander sie selten gesehen hatte.

Und Alexander hörte die sanfte Stimme: »Alexander Weg, wenn Sie mich so danach fragen, dann muß ich Ihnen antworten, wir machen Fehler. Das Culling der Flußpferde war ein Fehler. Aber wenn der Mensch einmal in die Natur eingegriffen hat, dann kann er nicht mehr damit aufhören. Das ist Forderung und Fluch zugleich. Wollen Sie das bitte schreiben?«

»Ich schreibe nicht, ich male.«
»Aber warum?« Die leise, sanfte, so beherrschte Stimme klang verwundert. »Warum fragen Sie dann?«
»Weil man nur das malen kann, was man ganz genau kennt.«
»Sie erinnern mich an einen Mann, der vor kurzem hier war. Er schrieb über das Culling der Elefanten. Wir haben manches von ihm gelernt. Ich hoffe, daß ich auch manches von Ihnen lerne, Mr. Weg. Es ist nicht einfach, ein Mensch zu sein.«

Nun, zwei Jahre später, lag Alexander in seinem Zelt in Moremi und sah, wie sich die Leinwand über ihm mit dem Tag erhellte, und er dachte daran, wie Gustave einmal gesagt hatte: ›Hund möchte ich bei euch sein, einfach ein Hund.‹
Er hatte Ringo gemeint. Ringo, den Jessica nie vergaß. Das Kind. Seine Tochter.
Mach es einfach für sie, erwachsen zu werden. War es das, was Sophie wollte. War es das, was sie ihm zu sagen versuchte, mit so vielen Worten? Harten und lauten und leisen und verzweifelten?
Er lag und stellte sich Sophies Gesicht gegen das helle Zeltdach vor. Sie hatte ihn so lange nur noch in der Dunkelheit umarmt und vielleicht sogar seine Umarmung nur geduldet.
»Sophie«, sagte er.
Da sah er ihren Schatten vor dem Zelteingang, schmal und klein, und sie sagte: »Alexander, ist Jessica bei dir?«
»Nein.«
Sophie riß die Zeltflappen auf.
»Dann ist sie weg«, sagte sie. »Jessica ist weg!«

Amos und Noko standen mit hängenden Schultern und viel zu großen leeren Händen da.
Sie erwarteten die Beschuldigung, sie erwarteten die Strafe, ihre Augen waren opak, als härteten sie ihre Sinne gegen zu erwartende Schläge. »Laß sie Kaffee machen«, sagte Alexander zu Chris.
»Macht Kaffee«, sagte Chris, »und Tee für Madam.«
»Ihr könnt doch nicht etwa frühstücken wollen?« fragte Sophie.
»Nur einen Kaffee«, sagte Alexander. »Es hat keinen Zweck, ohne Plan loszurasen.«
Er kehrte zum Landrover zurück, sah, was er schon zuvor gesehen hatte.
Der dünne, braungelbe Band, ›Don't Die in the Bundu‹, fehlte, es fehlten der Kompaß, das Feldmesser, das kleine Fernglas, die Taschenlampe und die Karte von Moremi.
Natürlich hatte er Angst um Jessica. Aber er empfand auch eine gewisse Befriedigung. Sie war nicht kopflos davongelaufen, sie hatte es überlegt getan.
»Warum hat sie es getan?« Sophie trat neben ihn. »Sag mir, warum hat sie es getan?«
»Unsertwegen.«
»Deinetwegen. Nur deinetwegen.«
»Laß uns nicht streiten, Sophie. Wenn es dir hilft, hat sie es meinetwegen getan.«
»So meine ich es nicht.«
»Sophie«, er sah sie an, »wollen wir Jess nicht erst wiederfinden und sie dann nach ihren Gründen fragen?«
»Was kann ihr passieren?«
»Alles.«
Sie preßte die Hände vor ihre Augen.
Chris kam zu ihnen herüber, in einer Hand die Ther-

moskanne mit dem Kaffee, in der anderen die mit dem Tee. Amos folgte ihm mit Tassen und Zucker.
Sie stellten das Geschirr und die Metallkannen auf den Kühler des Landrovers.
»Amos will Jessica zu Fuß suchen«, sagte Chris.
Amos nickte eifrig.
»Gut«, sagte Alexander. Er zog sein Notizheft aus der Brusttasche. »Sie hat ihren khakifarbenen Nachtmantel dabei.« Er zeichnete das Profil von Jessicas Stiefeln, kleine, versetzte Karrees.
»So sieht ihre Fußspur aus, verstehst du?«
Amos nickte. Seine Augen waren weit geöffnet, das Braun der Iris beinahe durchsichtig.
»Noko bleibt im Lager«, sagte Chris. »Wir fahren hinter Amos mit dem Landrover her.«
»Ich bin kurz nach Mitternacht eingeschlafen. Und du, Sophie?« fragte Alexander.
»Ich auch. Da schlief Jessica fest.«
»Ich habe bis eins gelesen«, sagte Chris, »dann muß ich eingedöst sein. Aber es war noch nicht zwei, als ich noch mal raus mußte.«
»Und alles war still im Lager?«
»Alles.«
Wie weit kommt ein Kind im Busch, wenn es forsch ausschreitet, wenn es vielleicht im Trab läuft?
Jessica war zäh. Alexander hatte, als sie erst sieben war, schon vierstündige Fußmärsche im Siebengebirge mit ihr gemacht, unterbrochen nur von einer kurzen Rast.
»Es kann auch noch etwas anderes geschehen sein«, sagte Sophie.
Die beiden Männer schauten sie an.
»Vielleicht ist Jessica gar nicht freiwillig fortgegangen? Vielleicht hat jemand sie fortgeholt?«

»Das gibt es nicht mehr, Sophie.«
»Das gibt es. Es steht in den Zeitungen.« Ihre Stimme wurde schrill.
»Mrs. Weg, bitte«, sagte Chris.
»Ach was«, fuhr sie ihn an, »ihr verlangt von mir, ich soll die tapfere brave Mutter spielen, womöglich beten, was? Ich ersticke vor Angst!«
»Jetzt ist es genug, Sophie«, sagte Alexander. »Damit helfen wir Jessica nicht.«
»Sprich nicht so mit mir. Nicht in diesem Ton!«
»Bitte, Mrs. Weg.«
»Ja, ja«, sagte sie, »aber dann steht endlich nicht bloß herum, sondern tut etwas!«
»Bitte, zieh dich an, Sophie.«
Sie schaute an ihrem Pyjama herunter.
»Ja«, sagte sie, und ihre Stimme klang wieder ruhig, »ich werde mich beeilen.«
»Gibt es das hier, daß Eingeborene Kinder stehlen?« fragte Alexander leise.
Chris schüttelte stumm den Kopf.
»Du bist sicher?«
»Ich bin sicher.«
Chris füllte seine Tasse mit Kaffee, gab sie Amos.
Amos trank die Tasse schnell leer.
»Bist du bereit?« fragte Chris.
»Ja.« Amos bückte sich, zog seine Sandalen aus, legte sie hinten im Landrover auf den Boden.
»Ich möchte ein Messer haben, Chris«, sagte er dann.
»Ich könnte es vielleicht brauchen.«
»Natürlich.«
Chris schloß die Metallkiste im Landrover auf, die neben Werkzeugen auch sein zweites Pumamesser enthielt. Er gab es Amos.

»Nimm eine Wasserflasche mit, Amos«, sagte Alexander.
»Die werde ich nicht brauchen. Es gibt noch überall Wasser im Busch. Viel pula ist gefallen.«
»Nimm was zu essen mit!«
»Ein Mann, der schnell läuft, muß leicht sein. Ein Mann, der weit läuft, darf nicht unter dem Gewicht seiner Habe stolpern.«
»Noko!«
»Yahsah!« Der zweite Motswana kam vom Küchenbereich her angetrabt. Er brachte die Styroporkiste mit, gefüllt mit Getränken und Sandwiches.
Chris zog aus der Werkzeugkiste eine große klobige Signal-Pistole und steckte eine Patrone in den Lauf, die eine rote Leuchtkugel in den Himmel jagen würde. Er erklärte Noko, wie er damit umzugehen habe, wenn Jessica auftauchte. Und falls eine andere Fotosafari eintraf oder eine Jagdgesellschaft auf der Fahrt in den Ker und Downey-Block, sollte Noko sie bitten zu bleiben, bis sie selbst mit dem Landrover zurückkehrten.
»Amos, wenn wir dich verlieren sollten, zu Mittag, wenn die Sonne dort steht«, Chris zeigte es ihm, »kehrst du zur Piste zurück, damit wir dich wiederfinden.«
»Ja«, sagte Amos.
»Dann lauf.«
Sie sahen ihm nach, er schritt schnell und leicht aus. Und auf eine natürliche Weise furchtlos.
Alexander prägte es sich ein, wußte, so würde er Amos malen, und empfand Scham, daß er jetzt daran dachte und nicht nur an Jessica.
»Ich bin fertig«, sagte Sophie und stieg in den Landrover. Sie trug ihre dunkelste Sonnenbrille.
Er folgte ihr, schlug die Dachluke auf.

Chris ließ den Motor anspringen, fragte aus Gewohnheit: »All set?«, und sie antworteten, als brächen sie nur zu einer üblichen Rundfahrt durch das Reservat auf: »Yes, all set.«
Sie fuhren los.
Als sie die Piste erreichten, sahen sie Amos am Rand auf dem Boden hocken.
Er hob die Hand, knickte die Handfläche scharf ab.
Sie sprangen aus dem Wagen.
Er deutete vor sich auf die Erde.
Sie sahen eine Schleifspur quer über die Piste, von etwa dreißig Zentimeter Breite.
Amos sagte etwas auf Tswana und kicherte.
»Was sagt er?« fragte Sophie. »Und warum lacht er?«
»Jessica ist auf dem Hintern über die Straße gerutscht.«
Chris grinste. »Ein kluges Kind.«
Alexander lachte mit ihm, nur Sophie blieb stumm.
Sie überquerten die Piste neben der Schleifspur, auf der anderen Seite hörte die Spur im kurzen Gras sofort auf.
Und dahinter stand der Wald, der nie gerodet, nie durchforstet, den nie eines Menschen Hand verändert hatte. Nirgendwo war die Entfernung zwischen den Bäumen groß genug, daß sie mit dem Landrover hindurchgekommen wären, umgestürzte Stämme und Dickicht machten den Wald weiterhin undurchdringlich.
»Sophie, bleib im Wagen«, sagte Alexander.
»Ich komme mit dir.« Sie nahm ihre Sonnenbrille ab.
»Na gut.«
»Halten Sie sich nach Süden«, sagte Chris, »Amos geht nach Norden. Und ich nach Osten. Aber bitte, weichen Sie nicht von der Piste ab. In einer Stunde treffen wir uns wieder am Landrover. Okay?«

Sie verglichen ihre Uhren. Sophie gab Amos die ihre. Es war halb acht.
Sie gingen los.

Es wurde schnell heiß wie an jedem Morgen. Die Sonne sog die Feuchtigkeit aus der Erde, den Gräsern, dem Gebüsch und den Bäumen.
Staub stieg mit jedem ihrer Schritte auf, und bald roch der Staub brandig, als sei in ihn die Asche vieler erloschener Kralfeuer gemischt.
Sie kamen sehr langsam vorwärts, denn sie überprüften jeden Zweig, der in die Piste ragte, jeden Zentimeter Boden auf eine mögliche Fußspur Jessicas, ließen ihren Blick in den Wald schweifen, der so still stand und unbewegt.
»Ich glaube nicht, daß Jess einfach in den Wald gelaufen ist«, sagte Alexander, »blindlings.«
»Sie ist ein Kind«, sagte Sophie.
»Aber Jess hat sich ausgerüstet, als hätte sie ein Ziel.«
»Ein Ziel in diesem Gelände, in diesem Busch, der überall gleich aussieht?«
Sophie zupfte ein dunkles Haarbüschel von einer Dornenranke. Sie hielt es zwischen weißen Fingerspitzen. Es war nicht von Jessicas Haar, es war auch keine Wollflocke von ihrem khakifarbenen Mantel.
»Buschbock«, sagte Alexander.
Pierre hatte ihn das Spurenlesen gelehrt, in Amboseli und in Tsavo und in Mara. Er hatte ihn auch die Unterschiede gelehrt in der Textur der Felle der verschiedenen Antilopen und der anderen Tiere des Velds.
Kein Fell glich dem anderen, jedes hatte, was Geruch und Farbe anging, seine Eigenheiten.

Pierre hatte ihn vieles in den acht Tagen ihrer ersten Fotosafari vor fünfzehn Jahren gelehrt, und Alexander hatte lange davon geträumt, eines Tages mit Pierre von Süden nach Norden und von Westen nach Osten Afrika zu durchqueren. Mit Pierre und Sophie und Jessica.
Als sie es sich hätten leisten können, war Pierre nicht auffindbar und Jessica zu klein gewesen.
Nun konnten sie es sich nicht mehr leisten, und Pierre würde nie mehr eine Safari unternehmen.
»O mein Gott«, sagte Sophie.
Die Piste war vor ihnen von tellergroßen, tiefen Eindrücken zerstampft. Und rechts und links wirkte der Wald, als sei ein Orkan in ihn gefahren. Das Innere der geknickten Äste und Bäume war schneeweiß, sah trokken aus, wie Knochen. Das Laub des Buschs und der Bäume war zerfetzt.
Dann sahen sie auch, warum.
Da stand ein Marulabaum, und er trug weder Früchte noch Laub mehr. Seine Äste waren ein Gewirr, wie gebrochene schwarze Glieder.
Die Dungkugeln der Elefanten waren verkrustet und trocken an den Außenseiten, aber im Inneren noch warm. Die Herde mußte in den frühen Morgenstunden ihr Werk der Zerstörung angerichtet haben.
Alexander dachte unwillkürlich an den Mann mit den dunklen Augen in Pretoria, der die Elefanten liebte, als seien sie Götter, aber gerade deswegen ihr egoistisches Werk der Zerstörung haßte, denn die Elefantenherde zerstörten seinen Garten Eden. Sie durchbrachen die Zäune, die er für sie gegen die Zivilisation errichtet hatte, sie zertrampelten die Pisten im Krügerpark, die er ziehen ließ, damit die Menschen, die diesen Garten Eden besuchten, das Wunder seiner Tiere und Pflanzen

bestaunen konnten und dennoch ihren Fuß nicht von den ihnen zugeteilten Wegen setzten. Und dieser Mann ließ dann Elefanten töten, damit sie nicht überhand nähmen. Alexander dachte an die Geier, die sich über die weißen Gedärmeballons hermachten, und er dachte an die schwarzen Gesichter der Schlachter, in denen sich Freude spiegelte und Genugtuung, denn es gab Fleisch, viel, viel Fleisch. Der seifige Geruch des Blutes machte sie trunken. Sie rollten die Augen unter ihren weißen Helmen, sie bespritzten ihre gelben Plastikschürzen mit dem Blut, und Alexander sah die dunklen Gesichter wie aus einer längst versunkenen Welt. In ihren Augen lebten die Jagden auf, die sie selbst nie mehr erfahren hatten.

Wenn die Krieger und Jäger ihres Stammes in längst vergangenen Jahrzehnten einen Elefanten töteten, so reichte das Fleisch für die ganze Sippe. Heute aber war ihnen das Werkzeug gegeben, an einem Vormittag oder Nachmittag ein halbes Dutzend Elefanten zu töten.

Was tat man ihrer Seele an?

Bedachte er das, der Mann mit den dunklen Augen in Pretoria?

›Wenn der Mensch in die Natur eingreift, ist es ihm versagt, wieder damit aufzuhören‹, hatte er gesagt.

»Du denkst nicht an Jessica«, sagte Sophie. »Ich weiß, du denkst an deine verdammten Elefanten.«

Er hatte das Bild gemalt, und nicht einmal Gustave wollte es in seiner Galerie haben.

»Wir müssen umkehren«, sagte Alexander. »Die Stunde ist rum.«

»Und wir haben nichts gefunden.« Sophie blieb stehen. »Was tust du, wenn wir Jessica nicht finden? Wenn wir sie niemals wiederfinden?«

»Wir finden Jessica«, sagte er.
»Aber wenn nicht? Was tust du dann?«
»Komm, Sophie, wir müssen zum Landrover zurück.«

Alexander wußte nicht, wie es war, er würde es nie begreifen, er nicht und kein anderer Mann, was eine Frau für ein Kind empfand.
Nicht begreifen, wie es war, wenn man das erste Kind verlor, verlieren wollte, nicht sehen sollte, nicht sehen durfte. Ja, es wäre ein Sohn gewesen, aber er war tot. Ich habe ihn selbst getötet, dachte Sophie. Das rote Haus, wie es die Dörfler von Bonmarché le Bois nannten, lag still am nächsten Morgen da. Die Fensterläden waren geschlossen, die Hunde nirgendwo zu sehen.
Die Erde der Rosenbeete war hart und rissig vom Frost, die dornigen Stiele ließen letzte grüne Blätter müde hängen.
Gisèle setzte den Korb ab, den kleinen Koffer aus Pappmaché. Sie hob den Türklopfer, ließ die schmiedeeiserne Hand gegen das weißlackierte Holz fallen. Jetzt schlugen die Hunde an, wurden jedoch sofort zum Schweigen gebracht.
Marceline öffnete, sie sah übernächtigt, erschöpft und alt aus.
»Da bist du ja«, sagte sie und ließ sich von ihrer jüngeren Schwester auf die Wangen küssen. »Komm herein, aber sei leise.«
»Ist es vorbei?«
»Ja«, sagte Marceline.
Sie führte Gisèle in den Salon. Ungelüftet war er, volle Aschenbecher standen herum, eine halbleere Rotweinflasche war unverkorkt.

Hier lagen auch die Hunde, und sie krochen nun mit eingeknickten Läufen näher, ließen sich zwischen den Ohren kraulen.
»Der Arzt war die ganze Nacht bei Sophie«, sagte Marceline. »Ich habe noch nicht aufgeräumt.«
»Laß den Wein nur da«, sagte Gisèle. »Ich brauche einen Schluck.«
Sie setzte sich an den Tisch, Marceline ihr gegenüber. Eine Weile sahen sie sich stumm an.
»Wollte Sophie es?«
»Ja.«
Marceline holte Gläser aus der Vitrine, schenkte für sie beide Rotwein ein. Er schmeckte schal.
»Du hast nie Kinder gehabt. Du weißt nicht, wie schön das sein kann«, sagte Gisèle.
»Sein kann. Ganz richtig. Wenn Kinder in einer ordentlichen Familie aufwachsen. Wenn es keine Sorgen gibt.«
»Finanzielle Sorgen hätte Sophies Kind nie gekannt, sie ist vermögend.«
»Ihr Vater ist vermögend. Aber ihm hat sie nicht ein einziges Mal geschrieben.« Marceline rieb sich die Stirn, den Haaransatz, Schuppen fielen auf die blauen Schultern.
Auch Marceline war vermögend. Sie war als Vierzehnjährige von zu Hause fortgegangen, aus der stinkenden, vergiftenden Gasse in Paris, in der ihr Vater Schuster war, zu einer Tante nach Bonmarché. Und den Notar von Bonmarché hatte Marceline geheiratet. Sie war jung Witwe geworden und hatte nie wieder einen Mann in ihr Haus gelassen.
»Wann kann ich zu Sophie?« fragte Gisèle.
»Laß sie noch ein bißchen schlafen.«
»Du hast sie gern, was?«

»Wer könnte sie nicht gern haben? Sie ist etwas Seltenes. Wie eine Blume, von der man träumt.«
»So gern hast du sie?«
»Ich weiß nicht, was du meinst.«
Vielleicht ist das auch besser so, dachte Gisèle.
Blasse Sonne fiel durch die Ritzen der Läden, die Hunde lagen so, daß ihr Nacken davon gewärmt wurde.
Sehr still war es im Haus, und auch von draußen drang kaum ein Laut herein.
»Oft habe ich mich gefragt, warum du hiergeblieben bist?«
»Hast du das?« fragte Marceline.
»Sicher. Das Haus liegt so einsam. Du hast keine Abwechslung. Warum bist du nie nach Paris zurückgekehrt?«
»Was sollte ich da?«
»Dich amüsieren. Du warst so jung –«
»Wir waren alle einmal jung«, sagte Marceline. »Und heute sind wir alt. Du hast Krampfadern. Ich hab Asthma.«
»Hast du?«
»Wußtest du das nicht? Schon lange.«
»Na schön.« Gisèle seufzte. »Wenn's dir recht ist, lege ich mich ein Stündchen hin. Und wenn Sophie aufwacht, weckst du mich, ja?«
»Sicher«, sagte Marceline.
Sophie lag in ihrem Zimmer und war müde und leer. Sie lag still mit geschlossenen Augen, flach atmend, daß man meinen konnte, sie schliefe.
Die Schmerzen der Nacht waren fern, sie konnte sich kaum mehr an das Gesicht des Arztes erinnern, kaum mehr an seine Stimme. Es war auch gleichgültig, wie sie selbst sich gleichgültig geworden war.

Sophie versuchte an Alexander zu denken, versuchte, sich nach ihm zu sehnen. Aber auch das gelang nicht mehr. Er war so weit weg.
»Alles ist weg«, sagte sie. Da drückte jemand ihre Hand, sie öffnete die Augen und sah Gisèle.
Gisèles Mundwinkel zuckten, während sie sich um ein Lächeln bemühte. »Alles wird gut, Kind, alles geht vorbei.«
»Es ist schon vorbei.«
Gisèle schüttelte den Kopf. »So etwas darfst du gar nicht denken. Wenn du erst wieder auf den Beinen bist, faßt du neuen Mut.«
»Wozu?«
»Frag jetzt nicht. Ausruhen mußt du. Schlafen, viel schlafen. Und morgen ein bißchen aufstehen, und übermorgen ein bißchen mehr. Wir gehen spazieren, wir machen Ausflüge in den Schneewald.«
»Bleiben Sie denn hier?«
»Ich bleibe hier, bis du wieder so vergnügt wie ein Kind bist.«
»Es wäre ein Junge gewesen.«
»Denk nicht mehr daran. Du wirst noch viele Kinder kriegen.«
»Aber nie mehr diesen Sohn.«

Und bei jeder Umarmung, die darauf folgte, dachte Sophie daran. Nein, nicht bei jeder, aber immer bei den Umarmungen der Versöhnung, der Verzweiflung, des Sichanklammerns, wenn sie allein blieb und Alexander allein war in der Dunkelheit und sie ihren Bauch haßte, der dennoch reagierte, und sich selbst haßte, weil sie Lust empfand, die vergebliche Hoffnung, das vergebli-

che Warten. In eine Scheinschwangerschaft steigerte sie sich hinein.
»Miss Sophie, Sie müssen besser auf sich achten«, sagte Luela.
Sophie achtete auf sich und rieb ihren Bauch, dessen Haut wie das Fell einer Trommel gespannt war, mit wild duftendem Öl ein.
Das war zwei Jahre nach den Monaten in Bonmarché, sie war mit Alexander verheiratet, lebte nur vorübergehend in Kapstadt, denn Alexander war in Amerika; zu einer Ausstellung in New York, einer anderen in Washington und einer dritten in Boston. Ihr Vater verstand nicht, warum sie Alexander nicht begleitete, Sophie konnte es ihm nicht erklären. Sie sagte, ich brauche Abstand, Alexanders Leben ist zu hektisch, und ich will dieses Kind nicht verlieren. Das Kind, das keines war, das sie sich nur einbildete.
Ihr Vater ging ihr aus dem Weg, er konnte den Anblick einer Schwangeren nicht ertragen.
Alexander kehrte aus Amerika zurück, rief aus Paris an.
»Wann kommst du, Sophie? Bitte, bitte, komm bald.«
Sie hielt Diät, sie trennte sich von ihrem Traum.
Der praktische Arzt schickte sie zu einem Gynäkologen, der sagte, Sie gehören in die Hände eines Psychiaters.
Sophie flog nach Paris.
Sentimentale Nächte im Hotel des Ursulines.
Alexanders leuchtende Augen, als er ihr die Wohnung zeigte, hohe helle Räume, viel grüngelbes Licht. Sophie wanderte durch die leeren Zimmer und wünschte, sie würden sich niemals mit Möbeln füllen.
»Ihr lebt doch nur aus dem Koffer«, hatte Gisèle zu Alexander gesagt, »immer nur aus dem Koffer. Darin

liegt euer ganzes Problem. Wie wollt ihr euch so wirklich aneinander gewöhnen?«
Und Sophie richtete die Wohnung ein.
Alexander war glücklich. »Unser erstes Heim«, sagte er. »Mein erstes richtiges Zuhause, seit ich ein Junge war.«
Samstagabends brachte er oft Blut- oder Leberwurst mit und in einem hohen gläsernen Krug Bier, wie in seiner Kindheit sein Vater.
Sophie verheimlichte ihre Besuche beim Arzt. Sie versteckte die Medikamente, die er ihr gab. Sie wurde nicht schwanger.
»Paris ist zu heiß im August«, sagte Alexander, »du wirst ja immer weniger. Ich muß hierblieben, ich kann jetzt nicht weg. Gustave will die Ausstellung Ende September ganz groß aufziehen. Warum fliegst du nicht an die Côte d'Azur?«
Dort lebte Helma nun, die Freundin aus den Mädchentagen.
»Fahr nach Lourdes, Sophie. Mach eine Wallfahrt«, sagte Gisèle. »Auch ich habe dadurch einmal bekommen, was ich wollte. Aber bist du überhaupt sicher, daß Alexander ein Kind will?«
Sophie fuhr nach Lourdes. Alexander wähnte sie in Nizza.
Er quälte sie mit seiner Eifersucht, als sie zurückkam, Parties erfand, neue Freunde.
»Männer?«
»Ja, auch Männer.«
»Was für Männer?«
»Freunde von Helma.«
»Nichtstuer, was? Playboys.« Das Wort war gerade ›in‹.

»Warum hast du mich dann überhaupt zu Helma fahren lassen?«, fragte sie. »Warum wolltest du allein in Paris bleiben? Darf ich das auch erfahren?«
»Ich habe mit Gustave lange Spaziergänge gemacht«, sagte er.
»Gustave haßt Spaziergänge.«
»Aber du weißt doch, wenn ich mit mir selbst ins reine kommen will, klare Gedanken fassen, muß ich einfach laufen.«
»Und er trottete neben dir her? Armer Gustave.«
»Wenn du's nicht glaubst, frag ihn doch!«
Nein, sie glaubte Alexander nicht, er glaubte ihr nicht. Sie war häßlich in jener Zeit. Sie wurde wieder dick. Weißes, weiches Fleisch. Hätte am liebsten beim Baden ein Hemd angelassen, wie einst Helma, nicht aus Prüderie, sondern aus Ekel vor sich selbst.
Sie verließ die Wohnung nicht mehr. Sie zog sich zurück, wenn Freunde kamen.
»Was ist mit Sophie?«
»Sie ist krank.«
Ärzte an ihrem Bett. Behutsame Hände, behutsame Augen. Nichts Organisches. Nerven. Psychosomatische Störungen.
Alexander schlief auf der Couch in seinem Atelier.
Eines Nachts erwachte sie und sah ihn in ihrem Zimmer sitzen. Er murmelte Leises, das sie nicht verstand. Es klang wie Gebete.
In der Nacht darauf kam er wieder, und sie fragte: »Was tust du hier?«
Er verstummte und blieb lange still.
»Was habe ich falsch gemacht?« fragte er dann. »Was habe ich an dir falsch gemacht? Warum willst du nicht mehr leben, Sophie?«

»Aber ich will doch leben, ich will doch mit dir leben. Ich weiß nur nicht mehr, wie.«
Am Morgen packte er einen Koffer für sie beide. Er mietete einen Wagen. Er badete Sophie, half ihr beim Anziehen, er bürstete ihr Haar.
»Niemand weiß, daß wir wegfahren. Niemand weiß wohin«, sagte er.
»Aber deine Ausstellung?«
»Gustave wird allein damit fertig. Ich brauche nicht dabeizusein.«
»Du hast so viele Kinder«, sagte Sophie, »deine Bilder.«
Er nahm ihre Hand und legte sie vor seine Augen.
»Ist es das, was dir fehlt?« fragte er. »Ein Kind?«
»Ja«, sagte sie, »ja.«
Aber Jessica wurde erst zwei Jahre später geboren, als Sophie aufgehört hatte, sich nach einem Kind zu sehnen.

Sophie und Alexander erreichten den Landrover.
Chris saß im Schatten des Wagens auf der Erde. Er stand auf, bewegte die Schultern, sein Khakihemd hatte große dunkle Schweißflecken.
Er sah sie beide an und schüttelte nur stumm den Kopf.
Sie warteten auf Amos.
Und schließlich kam er, mit diesem mühelosen leichten Trabschritt.
Er hob seine Hand von weitem.
»Er hat etwas gefunden«, sagte Chris.
Amos zeigte ihnen, was er gefunden hatte: ein Stück Würfelzucker.
»Wo?«
»Etwa zwei Kilometer von hier.«

Sie fuhren hin.
Nahe der Piste, im Unterholz, hatte er das Stück Zucker gefunden. Und nicht weit davon war eine Feuerschneise in den Wald geschlagen.

15

Pierre und Nelson lagen unter dem Schirm eines wilden Feigenbaumes. Er trug keine Früchte mehr, denn dazu war er zu alt. Der Stamm war hohl, und Wasser hatte sich darin gesammelt, das dunkelgrün schimmerte wie die Achate, die Pierre einmal gesammelt hatte. Schöne, große, runde Achate, keiner weniger als ein englisches Pfund schwer. Auf der flachen matten Unterseite war jeder Stein mit Datum und Angaben über den Fundort und das Karatgewicht versehen.

»Ich möchte wissen, wer die Sammlung heute hat«, sagte Pierre. »Es ist komisch, Nelson, aber irgendwann kommt der Zeitpunkt, wo man um den Verlust eines Besitzes trauert. Ich hätte die Steine damals verschenken sollen, nicht einfach zurücklassen.«

»Du hast vieles zurückgelassen in dem Haus in den Ngong-Hügeln.«

»Ja, Alter«, sagte Pierre, »da hast du recht, meine ganze Jugend. Wie jung ich war, als Anna-Marie mich zum erstenmal mit in ihr Haus nahm. Sie war so schön und so begehrenswert, eine Frau von fünfunddreißig und ich ein Spund von fünfundzwanzig. Ich wußte plötzlich nicht mehr, was ein Mann zu tun hat, wenn er mit einer solchen Frau endlich allein ist. Stell's dir doch bloß vor, fünfundzwanzig war ich und in einer Garage auf Mauritius aufgewachsen. Weißt du, Garagen in Mauritius sind noch ein bißchen schmutziger als anderswo, und meine Mutter kümmerte sich nur darum, ob meine Ohren sauber waren. Saubere Fingernägel hatte sie längst als hoffnungslos aufgegeben. Anna-Marie zeigte mir das Bad und sagte: ›Du willst dich sicher frisch machen.‹ Und ich stand da, umgeben von glitzernden Spiegeln, und dachte, ich hab doch eben erst geduscht, doch erst vor drei Stunden, bevor ich sie im Norfolk getroffen habe. Und weißt du, was ich dann getan habe? Ich hab ein heißes Bad genommen, mit Unmengen von einem groben bernsteinfarbenen Badesalz, und bin prompt eingeschlafen.«

»Na klar«, sagte Nelson, »und die Memsahib rief um Hilfe, weil sie glaubte, du seiest ertrunken.«

Er war wie Pierre in Kisuaheli zurückgefallen, das sie zwanzig Jahre lang miteinander in Ostafrika gesprochen hatten.

»Anna-Marie brachte mir bei, wie man sich proper kleidet und wie man proper ißt, und daß man nicht unbedingt rülpst oder spuckt.«

»Du wurdest ein richtiger Gentleman.«

»Und sie war es auch, die mir meine ersten Safarikunden besorgte, blutleere adlige Vettern und Cousinen, die beim Anblick eines marodierenden Elefanten höchstens sagten: ›Oh, isn't he naughty?‹ Oder: ›Mais, il n'est pas brave . . .‹«

»Du hättest sie heiraten sollen«, sagte Nelson. »Sie war eine brave, wenn auch ein bißchen verrückte Frau.«

»Sicher hätte ich das«, sagte Pierre, »aber als ich es wollte, wollte Anna-Marie nicht mehr.«

»Das war ja auch nach Sophie«, sagte Nelson.

»War es so schlimm mit mir damals?« Pierre wollte

lachen, aber er gab's schnell auf. »Tu mir noch ein bißchen Salbe drauf«, sagte er.
Nelson richtete sich auf. Er hob vorsichtig den Leinenstreifen ab, der auf Pierres Kehle lag. Aus der Metallkiste, die all ihre Besitztümer, und das waren sehr prosaische Vorräte, enthielt, nahm er das Glas mit der dunkelroten Paste, das Geschenk der Batawana aus dem Third Bridge Camp. Aus Marulafruchtfleisch, Baumharz und wilden Kräutern hatte Noko sie gebraut.
»Hilft tatsächlich«, sagte Pierre, »mußt du doch zugeben. Meine Stimme klingt fast normal, und das Sprechen tut auch kaum weh.«
Nelson grunzte und erneuerte den Umschlag auf Pierres Hals.
»Einen solchen Zauber hättest du dir auch einfallen lassen können. Schließlich hast du sogar einen Medizinmann in der Familie.«
»Ich halte mehr von der Behandlung in einer Klinik.«
»Ach, Alter, du weißt doch, was sie da tun würden. Mich aufschneiden und wieder zunähen und dann sagen: zu spät. Gib mir einen Schluck Whisky.«
»Aber nur zum Gurgeln«, sagte Nelson.
»Nur zum Gurgeln.« Und Pierre hielt sein Versprechen.
»Sauf du dir wenigstens noch einen an«, sagte er, »hab das Gefühl, du mußt noch eine ganze Zeitlang mein Geschwafel anhören.«
Nelson trank. Er saß so, daß Pierre nur sein Profil sehen konnte. Wenn man davon absah, daß die Haut schwarz war und darüber das Haar gekräuselt wie eben nur bei einem Wakamba, dann hätte Pierre sich vorstellen können, daß sein Vater so ein Profil besaß. Denn Nelsons Nase war nicht etwa flach und breit, sondern sehr ge-

rade und schmal. Und seine Lippen waren nicht voller als die vieler Südländer. Pierre hatte seinen Vater nicht gekannt, und seine Mutter sagte von ihm nur, er war ein Filou. Warum sie sich dann überhaupt mit ihm eingelassen hatte, war natürlich eine andere Frage.

Aber Nelson als seinen Vater zu betrachten war auch absurd, denn schließlich war er nur knapp zehn Jahre älter als Pierre.

»Die Sonne geht unter, Nelson, du kannst ruhig schneller trinken. Weißt du noch, wie's war, wenn ich auf der Terrasse des Norfolk saß und du im Landrover auf der anderen Straßenseite? War ja noch kein Uhuru, und du durftest noch nicht als Gast auf die Terrasse, aber wir haben manche Flasche miteinander geleert, was?«

»Ja, das haben wir«, sagte Nelson. »Dein Whisky war auch immer mein Whisky.«

»Komisch, ich hab mir immer vorgestellt, nach Uhuru gehen wir beide mal zusammen aus, und wir treten in den Diningroom vom Old Norfolk, und da kann dich niemand mehr zurückweisen. Aber das wolltest du nie.«

»Bin ich ein Affe«, fragte Nelson, »der alles nachmacht?«

»Nein, das warst du nie.«

»Ich wußte, daß du das tun wolltest, Bwana, und das war mir genug. Ich wollte nicht wie alle anderen zum Affen werden, verstehst du das?«

»Ja, das verstehe ich.«

»Wenn wir nicht auf den Honeyguide gestoßen wären, dann wären wir jetzt auf dem Weg nach Johannesburg.«

»Wenn wir nicht auf den Honigvogel gestoßen wären, dann wäre unsere Spurstange noch ganz. Aber auf dem Flug nach Johannesburg wären wir auch nicht, das

weißt du doch, Nelson. Ich habe es nur wegen Sophie gesagt. Und du mußt auch zugeben, es war's wert, dem Honigvogel zu folgen. Hast du es jemals vorher getan?«
»Nein«, sagte Nelson.
»Na, siehst du.« Pierre schloß die Augen. Die untergehende Sonne blendete ihn.
Sie hatten am Morgen zuvor auf dem Weg nach Maun angehalten, um auszutreten. Und während sie das taten, schwirrte plötzlich ein kleiner, grünbrauner Vogel über ihren Köpfen. Sie waren an das Gezwitscher vieler Vögel im Busch gewöhnt, aber dieses war fordernd, herausfordernd.
Der Vogel flatterte zum Landrover und blieb mit schwirrenden Flügeln wie eine Lerche über dem Kühler stehen. Dann fuhr Nelson an, wollte auf die Piste zurück, aber Pierre bedeutete ihm, dem Vogel zu folgen. Und so fuhren sie querfeldein, immer dem Honigvogel nach. Bis die Spurstange brach.
Sie gingen zu Fuß weiter, von Neugier, Jagdfieber – was immer es war, gepackt.
Sie fanden den hohlen Feigenbaum, unter dem sie jetzt lagen, das Wasser darin und weiter oben im hohlen Stamm das Nest der wilden Bienen.
Nelson zog ein paar Strümpfe über die Hände, band sich ein Taschentuch vors Gesicht. Dann löste er das Nest aus und trug es in die offene freie Grassteppe, den Vogel schwirrend über seinem Kopf; kein Kaiser war jemals durch einen Adler so gekrönt worden. Nelson kehrte schließlich zurück, allein dann, mit honigverschmierten Lippen und einem Brocken Honigwaben in der Schale seiner Hände.
»Das kannst du zu dir nehmen«, sagte er, und wirklich, den Honig behielt Pierre bei sich. Er ging runter wie

früher die ersten Martinis am Abend nach der Rückkehr aus dem Busch, wenn Anna-Marie mit dem silbernen Tablett vor dem lodernden Kamin auf ihn wartete.

Nur an jenem Abend, als er Sophie und Alexander mitgebracht hatte, war Anna-Marie nicht erschienen, hatte sich auch nicht für eine Sekunde sehen lassen.
Aber Pierre hatte es erst gemerkt, als er sein Bett leer fand und wußte, sie schlief in einem der Gästezimmer, die sonst ihrer zahlreichen blaublütigen Verwandtschaft zur Verfügung standen.
Am Tag darauf hatte sie zum erstenmal davon gesprochen, nach Hause zurückkehren zu wollen, nach Paris. Seine schöne, schlanke, blonde Anna-Marie, die so exquisit sein konnte wie eine persische Miniatur und fluchen konnte wie ein Kameltreiber. »Mais vous savez, Pierre«, sagte sie dann, »man muß stets wissen, was sich wann gehört.«
Und deshalb verließ Anna-Marie ihn, als er versuchte, zwischen einer Unzahl von weißen und gelben und braunen Schenkeln Sophie zu vergessen, die er nie besessen hatte.

»Es wäre besser, du würdest jetzt ein bißchen schlafen«, sagte Nelson. »Es ist schon sehr spät, und wissen wir denn, ob nicht morgen früh jemand vorbeikommt, der uns nach Maun mitnehmen kann?«
»Untersteh dich, mich zu wecken«, sagte Pierre. »Untersteh dich, irgendeinen Wagen anzuhalten. Ich will meine letzten Tage friedvoll in diesem gottverdammten herrlichen Busch verbringen.«

Nelson wachte über Pierres Schlaf, und seine Gedanken wanderten zurück bis zu jenem Tag, als er mit Fünfzehn aus seinem Dorf aufgebrochen war. Er tat es nicht freiwillig. Er hatte zuvor seinen Vater begraben, seine Mutter, seine drei Geschwister. Er begrub auch den Medizinmann des Dorfes, der sein Onkel gewesen war. Nelson verstreute die Asche der Hütte seines Vaters, und er tat den Fluch, daß niemals mehr hier eine menschliche Ansiedlung entstehen sollte.

Dann machte er sich auf und ging, in ein Bündel zwei Maiskolben geschnürt und sonst nichts.

Er wanderte viele Tage lang gen Südosten, in den Nächten ruhte er in Bäumen aus oder in Höhlen, die von Tieren verwaist waren; in einem Termitenhügel zum Beispiel, den er verlassen wähnte, als die Ameisen in der Nacht zurückkehrten und ihn überfielen. Seine Arme und Beine schwollen im Laufe des nächsten Tages von den Bissen und Stichen auf ihren doppelten Umfang an, und Nelson mußte kühlende Erleichterung in einem Fluß suchen, obwohl er sah, daß es da auch Krokodile gab.

Dann wanderte er weiter, und eines Tages gelangte er nach Nairobi. Es war eine wüste und eine wundervolle Stadt zugleich, mit dem Abstand von fünfundvierzig Jahren konnte er das nun beurteilen.

Nelson trieb sich unter seinesgleichen herum, bot Früchte auf dem Markt feil, der schon damals von den Indern beherrscht wurde. Und er bekam manchen Stockschlag und manchen Stoß eben von diesen Indern. Der junge Nelson suchte immer nach jemandem, der seine Sprache redete, aber er fand nur ganz wenige. Auf diese Weise lernte er, daß es unzählige Sprachen gab. Dazu gab es unterschiedliche Religionen, und es gab unterschiedliche Gesetze, nach denen man dies tun durfte und jenes nicht; wenn man es trotzdem tat, landete man unweigerlich im Gefängnis.

Nelson landete oft dort, und daher stammte seine Abneigung gegen Häuser und kleine Zimmer im besonderen. Er sehnte sich nach der Hütte zurück, in der er gelebt hatte, bis er fünfzehn wurde. Drei Jahre lang stahl und klaubte er sich seinen Lebensunterhalt auf dem Markt von Nairobi zusammen.

Dann lernte er eines Tages einen Mann kennen, der mit traurigen Augen sagte: »Ich bin der Richter, Junge. Und es tut mir verdammt leid, dich verurteilen zu müssen. Aber du kannst nicht einfach Hühner stehlen, wenn du darauf Appetit hast. – Ich muß dich acht Tage einbuchten, aber dann komm zu mir. Hier hast du meine Adresse.«

Nelson konnte nicht lesen und nicht schreiben, und er mußte immer wieder den Zettel vorweisen, bis er endlich das Haus und den Mann fand.

Der Richter hieß ihn willkommen und forderte ihn auf, sich zu setzen, auf einer Terrasse, von der man weit, weit ins Land schauen konnte. Seine Frau brachte Getränke und Speisen, so wie Nelsons Mutter seinem Vater die Kalebassen und die Platten aus den grünen steifen Blättern der Bananenstauden gebracht hatte.

Zum erstenmal in seinem Leben kostete Nelson Sandwiches, weißes, weiches Brot, das mit weißem, weichem Hühnerfleisch belegt war.

Der Richter wollte alles von ihm wissen, wo er herkam, wer sein Stamm war, seine Sippe, seine Eltern.

Aber Nelson konnte nur antworten, daß er aus einem Dorf stammte, das nächtens überfallen worden war. Die Angreifer hatte er nicht gesehen, denn seine Mutter

hatte ihn in eine Getreidehütte geschoben und verlangt, daß er keinen Laut von sich gäbe.
An seinen Namen erinnerte er sich nicht. Der Richter schätzte ihn auf fünfzehn.
»Und wie nennt man dich auf dem Markt?« fragte der Richter.
»Boy. Wie alle anderen auch.«
»Wie wär's, wenn wir ihn Nelson riefen?« fragte der Richter seine Frau.
Und danach hieß er Nelson.
Später las Nelson über Nelson nach, und er war's zufrieden, so genannt zu werden.
Er lernte Englisch, lernte lesen und schreiben. Erst da wunderte er sich, daß der Richter sich in seiner eigenen Sprache mit ihm unterhalten konnte.
»Das ist Zufall«, sagte der Richter, »ich war ein paarmal im Norden, in deinem Stammesgebiet. Da hab ich ein paar Brocken aufgeschnappt. Aber Kisuaheli ist leichter. Damit kommst du jedenfalls an der ganzen Ostküste durch.«
Damit hatte der Richter, wie mit so vielem, recht, denn als er pensioniert wurde und nach ›Good old England‹, wie seine Frau es nannte, zurückkehrte, fand Nelson bald eine andere Stelle.
Wie zuvor beim Richter hatte er den Garten zu versorgen. Diesmal bei einem deutschen Arzt, und noch Jahre später sagte Nelson: »Ich hab nie einen Menschen vorher und nachher so schuften gesehen wie ihn. Du konntest ihn immer rufen, mitten in der Nacht und mitten in einem Unwetter, er kam.«
Dieser Arzt nahm Nelson eines Tages mit aus der Stadt, dorthin, wo es noch Steppen gab, Wälder, die unberührt von Menschenhand standen, Herden von Büffeln

und Antilopen und Zebras so weit das Auge reichte. In die Serengeti.
In der Nacht, nachdem er das gesehen hatte, weinte Nelson ratlos. Er wollte bei den Tieren bleiben und im Busch, er wollte sein Feuer anzünden und seine Hütte bauen, wo es ihm beliebte.
Am Morgen kam ein junger Mann ins Camp. Er hieß Pierre, und er hatte vier verrottete Reifen an seinem Landrover. Die Felgen waren schon verbogen. Der Arzt versprach, Reifen senden zu lassen, und ließ Nelson bei Pierre zurück. Sie jagten ein Warzenschwein und brieten das Fleisch über dem offenen Feuer.
Pierre ließ Nelson auch von seinem Whisky trinken. Hieß ihn den Goldbraunklaren nicht einfach herunterschlucken, sondern auskosten. »Du mußt die Zunge in deinem Mund bewegen.« Und er tat's.
Danach blieb Nelson bei Pierre.

Nelson wandte den Kopf und konnte deutlich nur die weiße Bandage um den Hals von Pierre sehen.
So viele Jahre, dachte Nelson, und doch in einem Wassertropfen einzufangen, der sich nur zögernd von einem Grashalm löst.
Nein, nicht wie Regen waren die Jahre, sondern wie dieser eine Tropfen Tau, im Spiegel der Ewigkeit.

Pierre konnte nicht mehr sprechen, als er erwachte. Sein Hemd war blutverkrustet, beide Männer nahmen es nur als Nebensächlichkeit wahr.
Pierre verlangte mit Gebärden nach Papier und Bleistift. Er schrieb ungelenk, als sei er des Schreibens auch nicht

mehr mächtig: ›Begrab mich unter dem alten Feigenbaum.‹

Nelson hielt Pierre, während die letzten Stunden in wildem Aufbäumen und immer schwächer werdenden Zuckungen vergingen.

Dann war's, ja, es war wirklich so, als stünde die Sonne still und als hörte der Busch selbst zu atmen auf.

Nelson begrub Pierre unter dem alten Feigenbaum.

16

Es war hell, und es war warm.
Es wurde heller, und es wurde wärmer.
Das Licht wurde zur Grelle und die Wärme zur Hitze.
Jessica saß in der Astgabelung des Marulabaums, und ihre Beine schmerzten in den Knie- und Fußgelenken.
Ihre Arme schmerzten in den Ellenbogen, denn sie hielt sie angewinkelt, ihre Hände um einen dünnen Ast vor sich gefaltet.
Sie war müde, aber die Helligkeit und die Hitze ließen sie nicht schlafen, und das war gut so. Denn im Busch darf man nicht eine Minute lang die Kontrolle über sich verlieren.
Über dem Teich waberte die Hitze.
Jessica sah die Tiere im Schatten des Buschs. Sie wagten sich nicht in den Glast des Mittags.
Jessica sah Farben, die sie nie zuvor gesehen hatte. Sie sah Formen, die sie nie zuvor bemerkt hatte.
Sie zog Lianen um sich, zog grünes Geranke fest um sich. Spann sich in einen Kokon. Sie döste in Kühle und Schatten vor sich hin.
Plötzlich war es fast dunkel.
Der Tag war vergangen, ehe sie es richtig bemerkt hatte.
Sie sah einen Vogel, einen der blausilbernen Stare.
Sie versuchte vorsichtig, seine Stimme nachzuahmen.

Er antwortete ihr.
Sie war glücklich.
Sie verspürte keinen Hunger, keinen Durst, sie sah Grün um sich her und silbernes Schwarz, sie sah Vögel und Tiere, die niemand mit Flügeln ausgestattet hat. Und doch flogen die Impalas in weiten Sprüngen.
»Du stehst in einer schönen Welt«, sagte sie zu ihrem Marulabaum. »Na klar, du weißt das nicht. Ein Baum kann ja nicht denken.«
Jessica hangelte sich an ihrem Seil aus der Astgabel hinab. Sie näherte sich vorsichtig dem Wasserloch. Sie wollte die Tiere nicht stören.
Warzenschweine soffen und suhlten sich, zwei Zebras teilten mit ihren Hufen Schläge an Gnus aus, die duldsam zurückwichen; nur in ihren rollenden Augen konnte man Furcht und Protest lesen.
Und dann, obwohl Jessica sicher war, daß sie lautlos näherglitt, waren alle Tiere wie ein Spuk verschwunden. Sie watete ins Wasser, tauchte ganz darin unter. Dann trank sie, und als sie ans Ufer zurückkehrte, spürte sie die vielen unsichtbaren Augen der Tiere auf sich.
»Ich danke euch«, sagte sie und ging zu ihrem Baum zurück. Bevor sie hinaufstieg, machte sie hundert Freiübungen, wie Alexander es sie gelehrt hatte. Dann zog sie sich an und kletterte in ihr Nest in der Astgabel. Die Lianen waren stark und geschmeidig genug, damit band sie sich selbst fest. Sie rieb dankbar ihre Wange an der Rinde des Baums, denn in dieser Nacht würde sie schlafen dürfen.

Das Feuer im Third Bridge Camp war heruntergebrannt.

»Chris ist noch nicht zurück«, sagte Sophie. »Es ist schon elf Uhr.«
»Gib mir noch einen Tee«, bat Alexander. Er trank den Tee ungesüßt, bitter.
Jessica ist weg, dachte er und er dachte es so, als schriebe er es nieder. Er sah die Buchstaben vor seinen Augen. Alexander Wegs Tochter ist weg!
Klang wie ein Pseudonym. Weg. Der Weg wird seinen Weg schon machen. Der Weg wird seinen Weg schon gehen.
Er war seinen Weg gegangen, aber er war nie angelangt.
»Warum nicht, Sophie?«
»Was meinst du?«
»Warum sind wir nie angelangt?«
Sie schwieg.
»Als alles anfing, Sophie, war es da nicht schön?«
»Ich wünschte, Chris wäre zurück.«
»Ich auch.«
»Du hättest mit ihm fahren sollen.«
»Ich wollte dich nicht allein lassen.«
»Noch einen Tee, Alexander?«
»Wann haben wir das letztemal zusammen Champagner getrunken? An das erste Mal, ja, daran erinnere ich mich noch genau. Es war im Hotel des Ursulines. Alles begann doch im Hotel des Ursulines. Vor sechzehn Jahren.«

Ja, begonnen hatte es, als die Tür des Hotels zu den heiligen Ursulinen aufgesprungen und ein junger Mann hereingestürmt war, der die Arme ausbreitete und rief: »Ich hab's geschafft! Hört ihr – ich hab's geschafft!«
»Mais, c'est formidable!« Die Concierge trat rasch hin-

ter ihrem Pult hervor. Der junge Mann packte sie, wirbelte sie herum, als sei sie noch die leichtfüßige Gisèle, die sie vor fünf Kindern und acht Enkeln gewesen war. Er küßte sie auf beide Wangen.
»Ich hab ein Bild verkauft! Ich hab mein erstes Bild verkauft!«
Der Koch eilte aus seiner rußigen Küche herbei, die Zimmermädchen polterten die Treppe herunter, und der Hausdiener Marcel ritt auf dem Besen, mit dem er normalerweise das Foyer kehrte.
»Monsieur Alexander hat ein Bild verkauft!« rief Gisèle, und sie alle umringten ihn, schüttelten ihm die Hände, küßten ihn auf die Wangen, klopften ihm auf die Schulter; zwei indische Gäste duckten sich unter dem Gelächter und Gelärme.
»Monsieur Alexander hat's geschafft!«
»Oh, quelle chance!«
»C'est magnifique!«
»Jeden Centime bekommen Sie jetzt zurück, Madame Gisèle«, rief Alexander. »Und ein Festessen werden wir veranstalten, mit Champagner und Austern!«
Er zog einen Scheck hervor, und der ging von Hand zu Hand.
»Tausend Dollar«, wisperte Gisèle.
»Eintausend amerikanische Dollar!« bestätigte Marcel ehrfürchtig und bekreuzigte sich.
Alexander leckte den Scheck ab und klatschte ihn Marcel auf die Stirn. »Tanz, Marcel, tanz, wie du nie vorher in deinem Leben getanzt hast!« Denn Eintänzer war er gewesen, der Marcel, im flotten Paris der jungen Coco Chanel.
Alexander spielte auf dem Klavier neben den Palmen und sang: »C'est magnifique!«

Die beiden indischen Gäste glitten verschreckt hinter das raschelnde Grün.
Marcel mit dem Scheck auf der Stirn und der dickfüßigen Gisèle im Arm tanzte, ihre Röcke flogen, seine Beine schlenkerten wie ohne Gelenke, und Alexander lachte, als wollte er nie mehr aufhören.
Dann verstummte sein Lachen. Die letzten Klänge von ›C'est magnifique‹ verliefen sich, und als ob die Finger nun selbst die Tasten suchten, spielten sie ›Those falling leaves‹.
Wie Blätter im Herbst waren die Haare des Mädchens, das plötzlich dort oben auf der Treppe stand, und wie späte Sonnennachmittage im Herbst waren ihre Augen, von einem schwärzlichen Blau.
Das Mädchen schaute ihn ernsthaft und fragend an. Marcel kam und legte den Scheck auf das Klavier, sagte mit einem Blick nach oben leise: »Mademoiselle Sophie.«
Gisèle kehrte hinter ihr Pult zurück, das andere Personal verschwand in die Küche, die indischen Gäste entwichen aus dem Foyer.
Sophie kam die Treppe herunter, und Alexander konnte deutlich das Gleiten ihres Rockes auf den langen Schenkeln hören.
Sie trug ein schwarzes Tailleur, und weiße Spitzen umgaben ihren Hals. Sie sah auf eine seltsame Weise altmodisch und vor allem ganz anders aus als alle Mädchen, die er kannte.
»Wer bist du?« fragte er.
»Ich bin Sophie Duplessis.«
»Wo kommst du her?«
»Aus Kapstadt.«
Mit den hohen Absätzen war sie kaum kleiner als er.

Wenn er sich vorbeugte, hätte er ihre Augen mit seinen Lippen berühren können.
»Was tust du hier?« fragte er, nahm ihre rechte Hand, zog den Handschuh aus und sah, daß sie keinen Ring trug.
»Ich will lernen«, sagte sie.
»Was?« fragte er.
»Alles.«
»Eine Jungfrau vom Kap der Guten Hoffnung.«
Sie lächelte. »Ich muß jetzt gehen.«
Ihm fiel nichts ein, womit er sie hätte zurückhalten können. Er ließ sie gehen, blieb stehen und schaute ihr nach, bis Gisèle sagte: »Ein solches Mädchen sollte nicht in unserem Hotel wohnen.«
»Nein, das sollte es nicht.«
»Mademoiselle bewohnt das Zimmer neben Ihnen, mit ihrer Freundin. Also seien Sie heute nacht diskret.«
»Heute nacht bringe ich niemand mit.«
Gisèle kicherte.
»Sei still!« fuhr er sie an.
»Sie ist noch ein Kind«, sagte Gisèle, »und sie ist nichts für Sie.«
Das geschah am zweiten Samstag im Oktober jenes Jahres, und Alexander Weg hatte sein erstes Bild auf seiner ersten Ausstellung in Paris verkauft.
Er lag auf seinem Bett im Hotel des Ursulines und dachte an Sophie. Er dachte daran, daß er noch nie ein solches Mädchen kennengelernt hatte. Er dachte daran, wie sie auf der Treppe gestanden hatte und wie sie heruntergekommen war und mit ihm gesprochen hatte.
Schließlich stand er auf, ging zu Gisèle und lieh sich noch ein letztes Mal 100 Franc von ihr, denn erst morgen wollte er den Scheck auf die Bank geben, sich noch

vierundzwanzig Stunden lang an seinem Anblick erfreuen.
Er kaufte einen Strauß Moosrosen und band ihn an Sophies Zimmertür.
»Ein widerlicher Kerl«, sagte Helma in diesem Zimmer, »sich so aufzuführen – nur weil er plötzlich berühmt ist! Jede Nacht bringt er Mädchen mit ins Hotel.«
»Woher weißt du das?« fragte Sophie.
»Hast du es denn nicht gehört?«
Sophie zog sich aus, hängte sorgfältig ihr Kostüm in den Schrank, wusch sich in der Nische, die durch einen Vorhang vom Zimmer abgeteilt war. Sie war müde, das Konzert hatte sie erregt und erschöpft.
Helma lag schon im Bett, den Magen an Weinbergschnecken verdorben, von denen sie unbedingt zwei Dutzend hatte vertilgen müssen.
»Und daß du auch noch seine Blumen annimmst!«
»Du weißt doch, wie gern ich Moosrosen mag.«
»Wenn das dein Vater wüßte . . .«
»Ach, hör endlich auf«, sagte Sophie.
»Wenn du auf den Kerl reinfällst, sind wir geschiedene Leute.«
»Warum soll er nicht lustig sein? Warum soll er sich nicht amüsieren?« Wie alt mochte er sein? Sein Haar war schon hier und da grau, und seine Augen kannten das Leben.
»Er ist ein minderwertiges Subjekt«, sagte Helma. Ihr Atem kam stoßweise.
»Heulst du?«
»Ach was, ich versuche zu schlafen«, sagte die rauhe Stimme, die ebensowenig wie die apfelrunden Wangen und die strohblonden Haare die burische Abstammung verleugneten. »Wenn der Kerl doch endlich still wäre!«

»Laß ihn doch lachen. Und wenn es dich beruhigt, heute abend hat er nur Madame Gisèle und Marcel bei sich.«
»Wetten, daß der auch irgendein Weibsstück für sich da hat?«
»Aber das ist doch seine Sache. Worüber regst du dich auf?« Sophie lachte. »Du bist wirklich komisch, du gebrauchst Worte, die wir eigentlich nur aus dem Lexikon kennen sollten. Aber wenn du badest, behältst du noch immer dein Hemd an.«
»Verdammt, sei endlich still.« Jetzt heulte Helma wirklich, und Sophie setzte sich zu ihr aufs Bett. Sie strich ihr über das blonde, gekrauste Haar und sagte: »Wir ziehen morgen in ein anderes Hotel, wenn dich das beruhigt.«
Aber am Morgen kam Alexander, während die beiden Mädchen frühstückten, und er sagte: »Ich habe einen Wagen organisiert, ich möchte Ihnen den Wald von Rambouillet zeigen, Sophie. Lieben Sie Herbstzeitlose?«
Helma drängte sich dazwischen und rief: »Lassen Sie doch endlich meine Freundin in Ruhe!«
Sophie stand auf, nahm ihre Wildlederjacke, ihre Handschuhe und die Handtasche und sagte: »Geh bitte heute mittag allein essen, Helma.«
Unten im Wagen lachten sie, und Alexander fuhr Sophie mit der Hand ins Haar.
Sie sah ihn an, und wieder fiel ihr auf, wie lebendig sein Gesicht war, wie empfindsam seine Schläfen. »Alexander Weg«, sagte sie, und verlegen, weil sie seinen Namen einfach hatte aussprechen müssen, setzte sie hinzu: »Klingt wie ein Pseudonym.«
»Nicht wahr? Gustave meint aber, es ist ein einprägsamer Name für einen Maler.«

»Wo kommen Sie her?«
»Von nirgendwo.« Alexander lachte.
Sie fuhren nach Rambouillet. Sie durchstreiften den Wald, ruhten sich unter einem Ahornbaum aus.
Alexander drehte sich auf den Rücken und legte seine Hand auf Sophies Bauch. Er konnte ihr Herz überall spüren, wo immer er sie auch berührte.
»Aber du?« fragte er. »Wo kommst du her?«
»Von einer Farm.«
Sie lagen unter einem Ahornbaum in Rambouillet, und neben ihnen dufteten Pilze, die sie gesammelt hatten; Alexander kannte sich damit aus, es waren Goldröhrlinge und Steinpilze und schwärzliche Kremplinge.
»Einem Bauernhof also?«
»Nein. Von einer Weinfarm.«
»Mhm«, machte er.
»Unsere Farm liegt in der Nähe von Stellenbosch, mein Urgroßvater hat sie gegründet. Wir stellen einen recht annehmbaren Sherry her.«
»Und woher hast du die Schwielen?« Alexander beugte sich über ihre Hand, strich über die hornigen Erhebungen unterhalb ihrer Finger.
»Wir haben vier Pferde, ich kümmere mich um sie. Und dann habe ich einen Gemüsegarten.«
»Und deine Eltern?«
»Meine Mutter ist tot. Sie starb, als ich geboren wurde. Mein Vater, ja, mit meinem Vater verstehe ich mich jetzt sehr gut.«
»Und warum hast du gesagt, du kommst aus Kapstadt?«
»Wir haben dort ein Stadthaus.« Sophie errötete.
Alexander wollte lachen, aber er sagte statt dessen: »Jetzt wird es Zeit, daß wir was zwischen die Rippen kriegen.«

Er stand auf, ging zum Wagen, holte einen Korb hervor, in dem Brot, Butter und Schinken waren, Champagner, Gläser, Teller und Besteck, sogar eine kleine Pfanne.
»Kannst du Feuerholz suchen?«
»Natürlich«, sagte Sophie.
Sie brachte ihm trockenes Reisig, und dann kurze dicke Äste und schließlich einen Klotz Holz, den sie kaum schleppen konnte.
Er putzte die Pilze, briet sie in der Pfanne und schnitt Schinkenwürfel darunter. Sophie brachte ihm ein grünes Kraut, das sie als wilde Petersilie bezeichnete, und tatsächlich schmeckte es genauso.
»Das ist fast wie zu Hause«, sagte sie, »wir nennen es ein Braaie-Fleisch, auf offenem Feuer Gegrilltes, während der Tag zu Ende geht und sich die Nacht wie eine schützende schwarze Hand über das Land legt.«
»Schützend?« fragte er skeptisch. »Eine schwarze Hand? Heißt es nicht, ihr habt Angst vor den Schwarzen?«
»Als meine Mutter starb, hat Kirmes' Frau mich genährt. Und Luela ist schwärzer als die schwärzeste Nacht«, sagte Sophie ruhig. Aber zum erstenmal hörte er, daß ihre Stimme nicht nur weich war.
»Verzeih«, sagte er, »ich kenne Afrika überhaupt nicht, und was du mir davon erzählst, werde ich dir glauben.«
»Afrika ist nicht nur ein Land«, sagte sie, »es ist viele Länder und es ist viele Sprachen und es ist viele Völker, und manche sind so sehr voneinander verschieden wie ein Eskimo von einem Engländer.«
Er legte seine Hand auf ihr Knie und spürte die Wärme ihrer Haut durch den dünnen weichen Strumpf.
Sophie lächelte ihn an, aber das Feuer ließ das schwärz-

liche Blau ihrer Augen schillern. Mit einemmal war sie ihm fremd, und er fürchtete sich beinahe vor ihr.
»Ich möchte dich malen, gleich morgen«, sagte er.
Aber sie schüttelte den Kopf, und er wußte, daß ihre Verneinung endgültig war.
Er goß den Champagner in die Gläser, und Sophie trank mit der Gier eines Kindes, das durstig ist.
Alexander hatte nicht wenige Mädchen gehabt, bevor er Sophie kennenlernte. Die Mädchen wollten von ihm gemalt werden, und zum Dank dafür gingen sie mit ihm ins Bett.
Sophie war die erste, die sagte: »Nein, bitte, male mich nie.«
Sie wollte etwas anderes von ihm: lernen. Mit ihm, durch ihn und von ihm, Europa in sich aufsaugen, das sie nicht kannte; den alten Kontinent, seine Geschichte, seine Vergangenheit, seine Gegenwart und seine Zukunft. Weihnachten beteten sie in Notre Dame.
Endlose Diskussionen, endlose Spaziergänge, Wanderungen in und um Paris. Betrachtungen in Museen, Theaterbesuche und Konzerte und Ballettabende und die langen Nächte im Hotel des Ursulines.
Jeder im Hotel wußte, daß sie mit Alexander das Bett teilte, und Gisèle schwor: »Wenn Sie Sophie verderben, kratze ich Ihnen die Augen aus.«
Er liebte Sophie, ihre sanfte Stimme und ihre Zügellosigkeit, die sich in Gebärden äußerte, die sie nur mit ihm erfand. Er liebte ihr Haar, das nach Farn duftete, und ihre Haut, die noch nach Schulmädchenseife roch. Sie war neunzehn Jahre alt, und, was das wichtigste war, sie brachte ihm ein Vertrauen entgegen wie nie ein Mensch zuvor.
Wenn sie von Afrika erzählte, wurde er ganz still und

spürte, wie alles in ihm lauschte, weil er alles sehen konnte, was sie beschrieb. Und Sehnsucht sprang auf, nach den Weiten, die sie schilderte, so grün und fruchtbar in den Zeiten des Regens. Wenn die Trockenzeit einsetzte, verdorrte das Gras, aber es wurde nicht fahl und nicht braun, es verwandelte sich in ein goldwogendes Meer.

Von den Flammenbäumen sprach Sophie und von den Jacaranda-Alleen, die in der Blütezeit wie blaue Adern Durban und Pretoria durchziehen. Sie schilderte die kehligen Stimmen von Kirmes und Luela, ihr explosives Lachen, dem niemand widerstehen konnte.

Und dann gab es noch etwas, das sie häufiger erwähnte: den Marulabaum.

Der Name faszinierte Alexander, ohne daß er hätte sagen können, warum.

»Was bedeutet Marula?« fragte er.

»Ich weiß es nicht«, sagte sie, »ich weiß nur, daß er für mich der afrikanischste aller Bäume ist. Schattenspender in der Mittagshitze. Seine Früchte sind süß und sauer zugleich, so erfrischend, wenn du stundenlang gefahren oder marschiert bist. Luela macht Gelee aus den Früchten, und ich kann es auch schon. In Kirmes' Kraal keltert man Wein draus, und manchmal haben die Leute dort große Not, denn die Elefanten lieben diese Früchte ganz besonders und natürlich auch den Most. Sie kommen und trampeln alles nieder in der Nacht, nur um an die Früchte oder an den Most zu gelangen. Und weißt du, als Kind, wenn ich fort wollte von zu Hause, dann habe ich immer gedacht, wenn ich es eines Tages tue, dann suche ich mir einen Marulabaum, darin baue ich mir ein Haus und verstecke mich bis an das Ende meiner Tage.«

»Warum?« fragte er.
»Ach«, sagte sie, »du weißt doch, was man als Kind für Probleme hat. Das ist so lange her. Ich erinnere mich gar nicht mehr. Du brauchst auch meinen Vater nicht kennenzulernen, wir leben ja schließlich nicht mehr im Mittelalter.«
Sophies Schultern waren nackt, und Alexander sah, daß sie sich in den Mulden ein wenig röteten. Sie saß auf seinem Bett, und der Rock ihres schwarzen Cocktailkleides bedeckte ihre Knie. Es war noch kaum eine Stunde her, da war dieser Rock in wildem Tanz geflogen, in einer spanischen Bar im Quartier Latin, wo die Gitarre von El Mano niemanden vor dem Morgengrauen gehen ließ.
Er beugte sich über Sophie und sah in diese Augen, die er nicht immer ergründen konnte. »Ich möchte mit dir nach Afrika fahren.«
»Wirklich?«
»Deswegen brauchst du doch nicht zu weinen. Du sollst nie mehr weinen, hörst du?«
»Ich hole jetzt die Zeitungen«, sagte Sophie, schon wieder lächelnd. »Hast du keinen Hunger?«
»Hunger wie ein Wolf. Aber ich will nicht, daß du jetzt gehst.«
»Ich komme ja wieder. Ich will jetzt nur ein bißchen allein sein.«
In der Halle saß Gustave. Sophie erkannte ihn nach Alexanders Beschreibung. Er trug den schwarzen Ledermantel mit dem buschigen Pelzkragen, den Ebenholzstock mit der abgegriffenen Elfenbeinkrücke.
»Mademoiselle Duplessis?«
»Oui, Monsieur.«
»Ich darf Sie begleiten?«

Er ging neben ihr her, sie kaufte Zeitungen, sie kaufte Croissants, sie kaufte eine einzelne rote Rose.
»Sie zerstören Alexanders Begabung«, sagte er, »Sie verführen Alexander zur Sentimentalität. Sie sind schädlich für ihn, Mademoiselle. Eines Tages wird er Sie dafür verantwortlich machen. Sie sind ihm zu früh begegnet.«
»Oh, halten Sie den Mund«, sagte Sophie, »bitte, lassen Sie mich in Ruhe!«
»Sie wollen Alexander heiraten und Kinder von ihm kriegen. Sie werden ihn domestizieren, wie alle Frauen ihre Männer domestizieren. Aber eines Tages werden Sie darunter leiden. Eines Tages werden Sie deswegen seinen Haß zu spüren bekommen.«
»Halten Sie doch den Mund!« Sophie flüchtete in ein Bistro.
Die Gesichter der Mädchen dort waren wie aus geschmolzenem Wachs nach der langen Nacht. An den Tischen zählten sie ihr Geld, und ihre jungen Stenze steckten es ein. Die Mädchen tranken einen Pernod zum Einschlafen oder auch zum Aufwachen, je nachdem, ob ihre Schicht zu Ende war oder gerade begann.
Sophie bestellte Cognac und Kaffee, ließ beides unberührt, rauchte, bis ihre Mundhöhle ausgedörrt war.
Als sie zu Alexander zurückkam, wußte er schon, was geschehen war; im Hotel des Ursulines blieb nichts verborgen.
»Meine Liebste«, sagte er, »meine Liebste. Nein, Gustave kann uns nichts anhaben. Ich gehe gleich zu ihm. Ich werde ihm sagen, daß wir nach Afrika fahren.« Er lachte und umarmte sie. »Ich kann es gar nicht erwarten, dich zu heiraten, meine Sophie, meine Jungfrau vom Kap der Guten Hoffnung, die keine Jungfrau mehr

ist, aber immer meine Frau bleiben wird. Ich will dich in Afrika heiraten. In Kapstadt. Mit dem Segen deines Vaters.«

»Wir waren so voller Hoffnung«, sagte Alexander und starrte in das Feuer des Camps. »Wir waren so voller Lebensmut. Es ist nur sechzehn Jahre her, aber manchmal kommt es mir vor, als wäre es in einem anderen Leben geschehen.«

Er stand auf, lief ruhelos um das Feuer, immer im Kreis.

»Ich wünschte, Chris wäre zurück. Wo bleibt er nur so lange?« sagte Sophie.

Amos und Noko ließen hinter dem Messzelt ihre gläsernen Melodien erklingen, die sie ihren Bögen mit den Grassehnen entlockten.

»Sag ihnen, sie sollen aufhören.«

»Ja, Sophie.«

»Nein, laß sie weiterspielen. Jessica hat ihnen so gern gelauscht.«

Eine halbe Nacht, einen ganzen Tag und wieder eine halbe Nacht war das Kind jetzt weg.

»Jessica lebt«, sagte Alexander. »Ich weiß es. Jessica lebt.«

17

Jessica schlief, behütet, umarmt von dem Geäst des Marulabaums.
Das Sirren der Grillen verwandelte sich in Gesumm von Bienen, das Gekreisch aufgeschreckter Trompeterhornraben in den Warnruf der Eichelhäher.
Auf dem Venusberg war sie wieder und wieder im Siebengebirge. Sie ritt auf einem Esel zum Drachenfels hinauf, und Alexander kriegte fast einen Herzschlag, weil er das störrische Vieh schubsen und ziehen mußte, damit es überhaupt einen faulen Huf vor den anderen setzte.
Das heisere »Chochchochchoch« der Löwen, mit dem sie ihren Jagdruf ausklingen lassen, wurde zum Brunstruf der Hirsche, die sie in einem Tal in der tiefsten Eifel eines Nachts belauscht und beobachtet hatten.
Schön war das gewesen, weil Alexander so oft gesagt hatte: »Siehst du, Jessica, das ist meine Heimat. Wenn man fort war, weit weg, wie ich so oft, dann weiß man sie erst wieder richtig zu schätzen.«
Und Sophie lernte deutsch, saß stundenlang mit roten Ohren, repetierte Verben, Substantive, Adjektive.
»Sophie, ist hier auch deine Heimat?« fragte Jessica.
»Ja, Baby, überall wo du bist und wo Alexander ist, da ist mein Zuhause.«

»Bleiben wir jetzt für immer hier?«
»Ja, wir bleiben hier.« Und kurz darauf: »Jessica, geh in dein Zimmer.«
»Ja, Sophie.«
Jessica verkroch sich in ihr Zimmer, Ringo lag schon unter der Bettdecke, nur die schwarze Schnauze guckte heraus.
Und das Gepolter eines umstürzenden Baumes in der Nähe ihres Marulabaumes verwandelte sich in das Gepolter, mit dem Alexander das Haus durchstreifte.
»Es sind die Nerven, verstehst du, Ringo?« sagte Jessica. »Ein Maler hat viel, viel dünnere Nerven als jeder andere Mensch. Sonst könnte er ja gar nicht so malen, wie Alexander malt.«
Dann war es wieder still im Haus.
Und Sophie kam und sagte: »Du kannst wieder herunterkommen, Baby, Alexander schläft jetzt.«
Dann saßen Sophie und sie in der blau-weiß gekachelten Küche, und selbst im Sommer zündete Sophie das Herdfeuer an. Oft ließ sie die blinkende Ofenklappe auf, und sie sahen den Flammen zu, die ihre Gestalt noch häufiger wechseln als Wolken.
Und Sophie erzählte Märchen aus ihrer Kindheit.

»Ich wünschte, ich wüßte, was du Jessica aus deiner Kindheit erzählt hast«, sagte Alexander, nur sechs Kilometer von dem träumenden Kind entfernt, im Third Bridge Camp.
»Nichts. Was gibt es da zu erzählen?«
»Kinder stellen Fragen.«
»Jessica fragt dich.«
»Ist das auch meine Schuld?«

»Du bist ihr Vater. Ich nehme an, es ist nur natürlich.«
»Dein Vater liebte dich nicht. Wirfst du mir vor, daß ich Jessica zu sehr liebe?«

Der erste Tag ihres Lebens, an den Sophie sich klar erinnern konnte, war ein Regentag. Es war auch der erste Tag in ihrem Leben, an dem sie ihren Vater leibhaftig sehen sollte.
Sie saß am Fenster, und die Blüten des Jacarandabaums schienen im Regen immer mehr zu verblassen, als spüle das Wasser die violette Bläue aus ihren Kelchen. Die Sonne hatte sich in dem bleigrauen, bleischweren Himmel versteckt.
»Heute kommt dein Vater zurück«, sagte Luela. Sie entblößte glucksend ihre starken weißen Zähne, ließ ihre hellrosa Zunge sehen. Luela war dick, und ihre schwarze Haut fühlte sich stets heiß an; wenn man noch klein war und oft alleingelassen, brauchte man viel Wärme.
Im ganzen Haus spürte man an diesem Tag, daß etwas Ungewöhnliches geschehen würde, obwohl nichts zu hören war und niemand zu sehen.
Sophie war vier Jahre alt, ihr Vater nur ein Bild, das Foto eines bärtigen Mannes auf einem Felsen neben einem Wasserfall.
Den Wasserfall kannte Sophie gut, er gehörte zur Weinfarm. In dem kleinen steinernen Becken, in den er fiel und für Sekunden zu einem durchsichtigen grünen Spiegel wurde, hatte Sophie unter Luelas Aufsicht oft herumgeplanscht und schließlich schwimmen gelernt.
Ihren Vater kannte Sophie überhaupt nicht. Nach dem Tod ihrer Mutter, an dem sie schuld war, hatte er die

Farm verlassen und war nach Europa gereist. Und erst an diesem Tag würde er zurückkommen.
Die Erwartung kroch unsichtbar wie ein Fabeltier aus ihren Märchenbüchern durchs Haus, stumm, bis plötzlich um zwölf Uhr wilder Lärm entstand.
Die Hunde jagten bellend vors Haus, ein Wagen hielt, die Messingglocke, die vor hundert Jahren die Sklaven zusammengerufen hatte, läutete.
Kirmes und all die Angestellten der Farm rannten herbei, und ihre hellen und dunklen Stimmen mischten sich zu einem auf- und abschwellenden Freudenchor.
Aus dem Wagen, es war eine große glänzend-schwarze Limousine, stieg ein Mann ohne Bart. Sein braunes Haar war kurz geschnitten, seine Augen waren grau, und Sophie fühlte sich unter ihrem Blick immer kleiner werden.
Luelas Hände schoben sie nach vorn, sie trug ihr weißes Sonntagskleid, Lackschuhe und blaue Schleifen im Haar. Aber vor den grauen Augen hatte sie eine solche Angst, daß sie zu weinen anfing.
Und ihr Vater sagte: »Ich bin doch zu früh gekommen.«
Es dauerte drei Jahre, bis er Sophie zum erstenmal auf das Pony Jock hob, es dauerte drei Jahre und sieben Wochen, bis er sie zum erstenmal ins Bett brachte, ihr einen Gutenachtkuß gab und bei ihr sitzen blieb, bis sie eingeschlafen war.
Und bis heute wußte Sophie nicht, ob er das damals nur tat, weil sie von Jock gestürzt war und ebenso hätte tot sein können.
Liebe in ihrem Leben war bis dahin Luela gewesen, Zuneigung Kirmes, und was sie mit ihrem Vater verband, konnte sie bis heute nicht nennen.

»Ich habe Jessica nichts aus meiner Kindheit erzählt«, sagte Sophie jetzt, einunddreißig Jahre später. »Nein, höchstens Zulumärchen oder Luelas Märchen.«
Alexander setzte sich endlich hin, starrte in das Lagerfeuer, das Amos und Noko auf seine Bitte hin neu angefacht hatten. »Ich möchte wirklich wissen, wo Chris bleibt? Es ist Mitternacht.«
»Es ist eins«, sagte Sophie.
»Na gut, eins.« Alexander stellte seine Armbanduhr, ließ dann seine Fingergelenke knacken.
»Tu das doch bitte nicht«, sagte sie, »morgen wirst du wieder Schmerzen haben.«
»Hast du Jessica – von Paris erzählt?«
»Ja – manches«, sagte Sophie.
»Warum zögerst du?«
Sie antwortete nicht.
»Als ich an jenem Morgen zu Gustave ging, um ihm zu sagen, daß wir heiraten werden, warum bist du da fortgegangen? Warum? Du hast es mir nie gesagt. Nie. Ich verstehe bis heute den Grund nicht?«
»Ich war meinem Vater im Weg«, sagte Sophie. Ihre Stimme klang schwer, als sei sie schlaftrunken.
»Und mir wolltest du nicht auch im Weg sein?«
Sie antwortete wieder nicht.
»Sophie?«
»Es ist so lange her«, sagte sie mit dieser mühsamen Stimme. »Es fällt mir so schwer, mich daran zu erinnern.«

Aber Alexander erinnerte sich genau.
Gustave hauste in einem Zimmer seines Hauses, das man nicht durchqueren konnte, ohne sich an Möbel-

stücken zu stoßen; sein Geschmack schien erschöpft, wenn er sich nicht um Bilder kümmerte.
Er saß hinter einem Schreibtisch, der eine Gräßlichkeit in schwarzem Lack und Goldbronze war, und seine Augen, tief gebettet in ihre mongolenfaltigen Lider, sahen Alexander ausdruckslos an. »Du hast zwei Flugkarten bestellt, so.« Gustave hob sein Glas, es enthielt Wasserklares; es mochte Wodka sein, von dem er sich ernährte, wie man sich erzählte, denn niemand hatte Gustave je normal essen oder gar speisen gesehen. »Nach Afrika willst du?«
»Ja.«
»Mit diesem Mädchen natürlich.«
»Ja, mit Sophie.«
»Schön genug ist sie und sicher gut im Bett.«
»Sprechen Sie nicht so von ihr.«
»Aha, die Liebe.« Gustave hob die Hand. »Spring mir nicht gleich an die Kehle. Sicher denkst du, ich verstehe überhaupt nichts davon, Krüppel, der ich bin? Aber ich sage dir eines, Alexander Weg, du hast deinen Weg noch nicht gemacht. Du hast nur ein paar Bilder verkauft.«
»Und fabelhafte Kritiken bekommen.«
»Kritiken.« Gustave hüstelte. »Kaufen etwa Kritiker deine Bilder?«
»Nein, natürlich nicht.«
»In London solltest du eine Ausstellung haben, und dann in New York. Reizt dich das nicht?«
»Wenn ich aus Afrika zurückkomme.«
»Falls du zurückkommst –«
»Ich komme zurück!«
»Dann kennt dich hier niemand mehr.«
»Glauben Sie das wirklich?«
»Ich weiß es«, sagte Gustave.

»Ich war sieben Jahre lang nicht draußen«, sagte Alexander. »Außer Paris und ein bißchen Umgebung kenne ich nichts.«
»Du bist rastlos?«
»Ja, ich möchte losrennen, auf der Stelle. Ich muß weg, weil ich nicht weiß, was ich sonst versäume.«
»Und wirst du malen?«
»Natürlich.«
»Dich nicht von diesem Mädchen abhalten lassen?«
»Natürlich nicht.«
»Was wirst du mit deinen Bildern tun?«
»Sie Ihnen senden.«
»Mir wäre es lieber, du gingst nach London und New York.«
»Aber ich bin entschlossen, mit Sophie nach Afrika zu gehen.«
»Dann brauchst du mir auch deine Bilder nicht zu schicken.«
»Warum nicht?«
»Weil ich es mir nicht leisten kann, die sentimentalen Pinseleien eines Halbidioten auszustellen.«
»Sie stellen mich nur aus, weil Sie Geld an mir verdienen wollen?«
»So ist es«, sagte Gustave.
»Das glaube ich Ihnen nicht!«
»Glaub, was du willst, und tu, was du willst.«
Alexander stürmte hinaus.
Gustave trank sein Glas langsam und in kleinen Schlukken leer. Es enthielt Wodka, der ihn ebensowenig wie ein anderer hochprozentiger Alkohol in ein Stadium der Trunkenheit zu versetzen mochte; das einzige, was der Alkohol bei ihm bewirkte, war, daß er nicht ständig fror.

Er verließ sein Zimmer, das Glas in der Hand, und wanderte an den grünen Wänden entlang, an denen Alexanders Bilder hingen.
Sie waren gut, aber sie konnten besser sein. Der Junge hatte noch zu wenig erlebt. Er wußte nicht, wie es war, wenn man am Boden lag und nicht mehr hochkam. Er wußte nicht, wie es war, so tief im Schlamm zu stecken, daß man am Gestank des Todes fast erstickte. Das mußte Alexander Weg noch lernen.

Und Alexander lernte es.
Still war es im Hotel des Ursulines, wie immer am Mittag. Die Patronin strickte hinter ihrem Pult einen der endlosen Schals für ihre Enkel.
»Gisèle, ich fliege mit Mademoiselle Sophie nach Afrika«, sagte Alexander.
»So.« Sie schaute nicht auf.
»Ich habe zwei Flüge gebucht. Morgen kann ich die Tickets abholen. Und in vier Tagen sind wir schon hoch in der Luft. Sind Sie schon mal geflogen, Gisèle?«
»Nein.«
»Laus über die Leber gelaufen? Hat Marcel Sie geärgert?«
»Sie ist weg«, sagte Gisèle.
»Weg?« Er verstand nicht.
»Fort«, sagte Gisèle. »Sie ist fort. Soll ich es Ihnen aufschreiben? Mademoiselle Sophie Duplessis ist fort!«
»Warum?«
»Weiß ich, was zwischen Ihnen vorgefallen ist?«
»Nichts«, sagte er. »Ich war in der Galerie, bei Monsieur Gustave.«
»Mademoiselle Sophie sagte, Sie werden nach Amerika

fliegen. Und sie hat auch gesagt, Sie sollen sie vergessen.«
»Wir wissen nichts«, sagten Marcel, der Koch und die Zimmermädchen. »Mademoiselle hat ihre Koffer gepackt und ein Taxi genommen.«
»Wohin?«
»Sie ist weg.«
In seinem Zimmer roch es noch nach Sophies Parfüm ›Vent vert‹, grüner Wind. Sanfter grüner Wind, der in Marulabäumen rauscht.

Und wiederum sechzehn Jahre später:
»Sophie, hast du jemals Jessica von Marulabäumen erzählt?«
Sophie schwieg.
»Sag's mir jetzt, warum bist du damals fort? Wegen Gustave?«
»Auch wegen Gustave.«
»Und ich flog nach New York.«
»Ja, du flogst nach New York, Alexander. Der alte Gustave war so glücklich. Und du auch. Du hast den Reportern erzählt, du könntest die ganze Welt umarmen.«
»Ich hab's nicht getan«, sagte Alexander, »ich hab niemanden umarmt. Es war ein Alptraum, als du weg warst und niemand mehr da war, der mit mir sprach, richtig sprach im Hotel des Ursulines, Gisèle nicht, und Marcel nicht, selbst die Inder drückten sich davor.«
»Aber du flogst nach New York!«
»Ja, natürlich. Was sollte ich sonst tun?« fragte Alexander.

18

Es war jetzt zwei Uhr in der Nacht und Chris aus der Khwai River Lodge von Ker und Downey noch immer nicht zurück, wo er Unterstützung für ihre Suche nach Jessica holen wollte.

»Er hätte nach Maun fahren sollen«, sagte Sophie.

»Der Junge weiß, was er tut«, sagte Alexander.

»Trotzdem hätte Chris nach Maun fahren sollen. Da gibt es Polizei, da muß es Hubschrauber geben.«

»Möchtest du noch Tee, Sophie?«

»Ja, bitte.«

Alexander ging hinter das Messzelt. Er zündete den Spritkocher an, den sie sonst nur bei Picknicks benutzten. Das Wasser siedete bald, und er goß starken Earl Grey auf. Er fügte eine Prise Salz und eine Prise Zucker hinzu – wie einst Margot. Hatte Sophie nicht manchmal Ähnlichkeit mit Margot? Hatten nicht alle Frauen, die vom Leben enttäuscht waren, Ähnlichkeit miteinander? Er rieb sich die Stirn, die Wangen.

Hatte er Sophie wirklich so enttäuscht?

Wußte sie denn nicht, hatte sie es denn niemals erkannt, daß sie die einzige Frau war, die er liebte?

Warum bist du dann nach Amerika gegangen?

Er zuckte zusammen, aber Sophie stand ja gar nicht neben ihm. Er trug das Teetablett zu ihr ans Feuer.

Ihre Augen waren dunkel und schillernd.
»Weißt du«, sagte er, »ich habe dir eigentlich nie erzählt, wie es damals in Amerika war. Ich flog nach New York, und weißt du warum? Ich dachte, schließlich und endlich warst du nichts weiter als die verwöhnte Tochter eines reichen Vaters.«

Natürlich war Alexander nun nach New York geflogen. Jetzt kam's doch gar nicht mehr drauf an. Nur darauf, daß die silberne Taschenflasche stets wohlgefüllt war. Dafür sorgte ein Mädchen namens Vera, lächelnd, ohne überflüssige Worte. Ja, sprach sie überhaupt mit ihm in diesen Tagen? Wußte er nicht. Hörte ja nichts. War ja auch egal. Hatte Vera aus alten Paris-Tagen wieder aufgegabelt, Vera mit dem Puppenfimmel.
Ich bin blau, besoffen. Na und? Große Künstler saufen immer.
»Ha«, sagte er, »ich bin ein großer Maler!«
»Das interessiert mich nicht, Mister«, sagte der Taxichauffeur, »den Wagen vollkotzen lasse ich mir deswegen noch lange nicht.« Das war auf der Fahrt durch Manhattan.
»Mein Mann hat den Flug nicht vertragen«, sagte Vera. »Natürlich kommen wir für den Schaden auf.«
»Dein Mann, he, wieso?« protestierte Alexander.
Vera schob ihn in einen hellerleuchteten Eingang, jemand anderes nahm ihn am Arm, er war in einem Lift, in einem Zimmer, Musik, Champagner aus Florida, Klimaanlage. Im Bad schlug er der Länge nach hin, aber im Fallen sah er sein Gesicht noch im Spiegel, und er schämte sich.
Im Village wurde am nächsten Tag Alexanders Ausstel-

lung eröffnet; acht Bilder von achtundzwanzig in Paris waren übriggeblieben, und nach zwei Stunden und zwanzig Minuten waren sie verkauft.
»Das soll dir mal jemand nachmachen«, sagte Vera. »Acht Bilder in zwei Stunden und zwanzig Minuten zu verkaufen!«
Er tastete zur linken Brusttasche, aber dann fiel es ihm ein, er hatte die Silberflasche im Hotel gelassen.
Er war nüchtern. Stocknüchtern. Zum erstenmal seit mindestens acht Tagen. Und die acht Tage waren ein dunkles Loch, aus dem er nun mühsam herauskroch. Seine Beine schmerzten, seine Arme. In seinen Eingeweiden brannte es, seine Finger zuckten.
»Trink doch ein Glas«, sagte Vera.
Er wandte sich stumm ab, ging zum Ausgang.
»Sandy, wo willst du denn hin?«
Er gab ihr keine Antwort. Auf der Straße blieb er stehen. Sah Schneematsch, sah unglaublichen Schmutz in den Rinnsteinen, sah einen Mann heranhumpeln in einem langen Mantel, der gegen magere Waden schwappte, nackte Knöchel in ausgelatschten Schuhen freiließ; in der Linken trug er einen Stock, mit dem er Undefinierbares aus der Gosse pickte, in einen Sack abstreifte, den er in der Rechten trug. Alles an ihm war von der graubraunen Farbe der Armut, nur seine Handflächen leuchteten rosig hell.
Ein Neger. Armes Schwein.
Los, geh rüber und gib ihm ein paar Dollar, ein paar Dollar weniger für dich zum Versaufen.
Während Alexander noch zusah, den Mann beobachtete, kamen zwei Jugendliche heran, nicht weniger schäbig gekleidet als der Neger, aber ihre Gesichter waren weiß und nur von der Kälte grau gefärbt.

Sie entrissen dem Neger den Sack, entwanden ihm den Stock, doch ehe der Stock noch auf den Kopf des Negers heruntersausen konnte, war Alexander dazwischen.

Er wußte nicht, wie er es anstellte, aber die beiden jungen Leute krümmten sich bald auf dem Boden, und der Neger rannte mit Stock und Sack davon.

»Fein hast du das gemacht, ganz großartig«, sagte Vera später im Hotel, »und natürlich überhaupt nicht mitgekriegt, daß du dabei fotografiert wurdest. Schau dir das an: Deutscher Maler schlägt wehrlose amerikanische Jugendliche im Village zusammen.«

»Ich habe den Fotografen nicht gesehen.«

»Er kam, um deine Bilder für die Tribune zu fotografieren.«

»Wer hat ihm den Text gegeben?«

»Natürlich die beiden Burschen. Du hast dir ja einfach ein Taxi genommen und bist abgehauen. Und statt jetzt eine Pressekonferenz zu geben und zu erklären, wie es wirklich war, packst du!«

Alexander unterbrach das Kofferpacken nicht.

»Sandy, laß dir doch raten!« Sie umschlang seine Taille. »Bitte.«

»Laß mich los«, sagte er. »Du sollst mich loslassen.«

»Du weißt, daß ich doch nur das Beste für dich will!«

»Ich kenn dich ja überhaupt nicht.«

»Wo willst du denn jetzt hin, Sandy?«

»Das geht dich nichts an.« Er legte Geld auf den Tisch. Dazu die Schecks aus dem Verkauf seiner Bilder. Und die Flugkarten.

Vera sagte: »Ich will dein Geld nicht. Ich will dich.«

»Ich weiß ja nicht mal deinen Nachnamen.«

»Schneider«, sagte sie und wurde rot.

Er lachte und ging.
Alexander wanderte durch New York, seinen Lärm, seine Größe, seine himmelstrebende Unersättlichkeit.
Er fand die Grand Central Station, deponierte seinen Koffer in einem Schließfach.
Er sah die Fifth Avenue, die Frauen, die schlanker und schöner schienen als anderswo, leuchtende Blüten, pelzverbrämt in der Kälte dieses Januars, durch die er ging wie durch Glas.
Er stand vor dem *Plaza;* hier kehrten sie alle ein, die Großen dieser Welt, zu denen er nie gehören würde.
Konnte er überhaupt malen? War nicht alles ein bizarrer Traum?
Er hatte Hunger, doch als er an einem Stand vorbeikam, der Hamburger feilbot, merkte er, daß er nicht einmal mehr einen Dollar in der Tasche hatte.
Er trank Wasser an einem Hydranten, das nach Rost schmeckte.
In der Achtundvierzigsten Straße sah er eine Schlange vor einem italienischen Restaurant stehen.
Die Männer, die geduldig dort warteten, sahen so aus, daß er sein Englisch probierte, ohne Angst vor seinem Akzent.
»What gives?«
»Man, looking for a job, that's what gives.«
»A job?«
»They need waiters.«
Er stellte sich in die Schlange. Er war besser gekleidet als alle vor ihm. Er fuhr sich mit der Hand übers Kinn, es war noch glatt.
Er wartete. Er stampfte mit den Füßen auf, wegen der Kälte, wie die Männer vor ihm.
Sie rauchten.

Er hatte keine Zigaretten mehr. Er sah ihnen zu, wie sie rauchten, sah ihre Gier, die einzige, die sie befriedigen konnten, und seither rauchte er nie wieder.
Er dachte an Afrika, hier in der Kälte Amerikas, Afrika, das Sophie ihm mit ihren Worten gemalt hatte, als könnte es einmal seine Heimat sein.
»Hey, man, it's your turn.« Der hinter ihm Stehende stieß ihn an, und Alexander stolperte über die Stufe, die in das Restaurant führte.
Emilio war um die fünfunddreißig, vor ihm stand eine Karaffe mit Wein, in seinem Mundwinkel hing eine Zigarre, naß zerbissen.
»Name?«
»Alexander Weg.«
»Nationality?«
»German.«
Die Augen verengten sich.
»You in the war?«
»Ich war zu jung.«
»Waiter?«
»Ja, ich war schon mal Kellner.«
»Sprachen?«
»Englisch, Französisch, Deutsch.«
»You start on a day's basis. Okay?«
»Okay«, sagte Alexander.
Am selben Abend noch schleppte er volle und leere Teller zwischen Restaurant und Küche hin und her, der Geruch von Knoblauch, Basilikum und in Öl gesottener Pasta hüllte ihn ein.
Um zwei Uhr nachts machte Emilio Kasse, zog Alexander fünfunddreißig Cents von seinem Zwei-Dollar-Lohn ab, weil er sich bei einer Rechnung vertan hatte.
»Hast du ein Zimmer?«

»Nein«, sagte Alexander.
»Sleep in kitchen.«
Er schlief in der Küche neben dem Herd. Der Herd war groß und schwarz und rußig, und als er längst abgeschaltet war, verbreitete er noch wohltuende Wärme. Alexander schlief auf einer durchgelegenen Matratze, die Emilio ihn aus einem Verschlag ziehen ließ. Als Decken dienten ihm Tischtücher, die am anderen Morgen in die Wäscherei wandern würden.
Um sechs Uhr scheuchte Emilios Frau ihn auf, sie rückte mit Scheuertüchern und chlorgesättigtem Wasser dem Schmutz in der Küche zu Leibe.
Josephina schimpfte ohne Unterlaß und ließ Alexander die Gläser zweimal polieren, ehe er sie auf die Mittagstische stellen durfte.
Als er seinen zweiten Tageslohn erhielt, zwei Dollar und fünfzig Cent, war er versucht, Gustave zu telegrafieren und ihn um Geld für den Rückflug zu bitten.
Aber Alexander hatte noch nie jemanden außer Gisèle angepumpt, und selbst das Versprechen, Bilder zu liefern, schien ihm zu unsicher.
Wußte er denn, ob er überhaupt wieder malen würde?
Er löste seinen Koffer in der Grand Central Station aus.
Er kaufte sich in einem der Drugstores, die die ganze Nacht aufhaben, zwei Blöcke mit kräftigem gelbem Papier und zwei Dutzend verschiedene Blei-, Tusche- und Farbstifte.
Er würde wieder anfangen mit ganz simplen Skizzen. Mit Studien. Emilios kleine zarte Ohren zum Beispiel, die nicht zu seinem speckfaltigen Nacken paßten und in einem Kranz von angegrautem gekräuseltem Haar saßen wie in einem Nest.
Alexander wurde übel, als er nachts am Küchentisch

saß, den leeren gelben Block vor sich. Kalter Schweiß brach ihm aus, und es dauerte lange, bis er seine linke Hand so in der Kontrolle hatte, daß sie überhaupt den Bleistift hielt, dann die ersten Linien zog.

Aber er brachte die Ohren in ihrem Nest zustande.

Alexander lag mit klopfendem Herzen auf seiner Matratze, und immer, wenn er einschlafen wollte, war ihm, als sacke er durch den groben Holzboden, der nach dem Chlorwasser roch, mit dem er geschrubbt wurde. Er war froh, wenn um sechs Uhr morgens Emilios Frau kam und ihn wieder zänkisch aufscheuchte.

Manches verstand er, anderes reimte er sich zusammen. Sie stammte aus einem Dorf in den Abruzzen. Sie mochte die Deutschen nicht. Aber sie waren fleißig, sie waren sauber, deswegen ließ sie Emilio gewähren, als er ihn, den Deutschen, anstellte.

Sie hatte große Männerhände, mit langen, dunkelrot gemalten Fingernägeln. Wenn sie ein Huhn rupfte und es von seinen Innereien befreite, sah es aus, als wollten die Hände selbst das Huhn verschlingen.

Er malte Josephines Hände im Huhn und Emilios zerknautschte Zigarre, das stets gefüllte Weinglas und seine Handfertigkeit, mit der er Pizza buk.

Emilio entdeckte eines Tages die Skizzenblöcke, er brach in ein großes Lamento aus, das eher nach Wehklagen klang.

»Mein Freund, mein Freund!« Er lief zu Alexander, der gerade die Tische im Restaurant deckte, packte seine Hände, hob sie nah an seine Augen, stellte sich auf die Fußspitzen, stieß ihm Knoblauch- und Zigarrenatem ins Gesicht und verkündete: »Du bist ein Künstler! Ein echter Maler. Mamma mia!«

Von da an behandelte er Alexander mit einem Respekt,

als sei das Verhältnis von Patron und Kellner ins Gegenteil verkehrt.
Emilio bestand darauf, daß Josephina ein Zimmer in der eigenen Wohnung freimachte, er überwachte höchstpersönlich das Tünchen der Wände, das Aufhängen neuer Vorhänge. Sie waren schwarz; in das Atelier eines Malers gehörten schwarze Vorhänge, so hatte er es in einem Film gesehen. Und im Triumph führte er Alexander seinen fünf Kindern vor.
Beinahe unterwürfig bat er, daß Alexander Rötelzeichnungen von seinen Bambini anfertigte, der älteste war fünfzehn Jahre alt und zehn Kilo schwerer als Emilio.
»Ins Restaurant werde ich deine Bilder hängen. Ganz New York wird kommen und sie bewundern.«
»Laß mich, Emilio«, sagte Alexander, »laß mich draußen.«
»Wo?«
»Draußen!«
»Aber alle werden zu Emilio kommen und deine Bilder bestaunen. Und sie werden kaufen, kaufen, kaufen!«
»Das will ich nicht. Ich muß noch mehr lernen.«
»Du bist verrückt. Was willst du warten, wenn das Glück schon auf der Schwelle hockt? Du wirst berühmt, ich schwöre es! Im *Plaza* wirst du wohnen, im Twenty-One speisen, alle werden an deinen Tisch kommen und deinen Ruhm preisen. Und eines Tages wirst du den alten grauen Emilio nicht mehr kennen.«
»Doch!«
»Doch?«
»Ja, ich vergesse nichts.«
Aber er hatte Sophie vergessen. Vergessen ihr Gesicht. Ihr Haar war wie Herbstlaub, ihre Augen wie Herbstzeitlose. Das sagte sich so leicht daher.

Aber was sonst? Woran erinnerte er sich sonst?
»Deswegen liebst du sie«, sagte Emilio, mit dem er über Sophie sprach.
»Aber ich kann sie mir nicht mehr vorstellen. Wie ging sie? Wie sprach sie?«
Alexander schrieb Sophie jeden Tag und sandte keinen einzigen Brief ab.
Wohin auch? Auf ihres Vaters Weinfarm? In das Kapstadter Haus?
Was sollte ein Mädchen wie sie mit Briefen eines Mannes anfangen, der sich selbst noch nicht kannte, der plötzlich wieder auf der Suche war, nach etwas, das er nicht zu nennen wußte?
»Jeder hat sein Problem«, sagte Emilio, »if I only had other eyes, dann könnte ich glatt für einen Yankee durchgehen.«
Aber die Weichheit seiner braunen italienischen Augen ließ sich nie verleugnen.
»Warum bist du nicht zufrieden?« fragte Alexander. »Du machst eine Menge Geld, du hast eine hübsche Frau, fünf gesunde Kinder. Du lebst in einem Land der unbegrenzten Möglichkeiten.«
»Glaubst du«, sagte Emilio, »aber ich bin nicht hart genug.«
Alexander entwarf die Speisekarten, beriet Emilio bei der Innenausstattung des Restaurants. Die Plastikblumen verschwanden, das Madonnenbild im Winkel, von rosa Wolken umkränzt. Er bekam zwei Dollar mehr pro Woche. Und sogar Josephina wachte streng darüber, daß die Kinder ihn nicht störten, in den wenigen Stunden seiner Freizeit, wenn er malte.
Bis sie das Bild von ihren Händen entdeckte.
Da sagte sie: »You go!«

Und so stand Alexander im März, es war widerlich kalt und naß, wieder mit seinem Koffer auf der Straße.
Er ging nach Harlem, das er nur aus Büchern kannte. Er bezog ein Zimmer, und in der ersten Nacht wurde ihm unter dem Bett weg sein Koffer gestohlen.
Es tat ihm nur leid um das Bild von Josephinas Händen.
»Was wollen Sie eigentlich hier?« fragte ihn seine Zimmerwirtin. »Sie, ein Weißer?«
»Ich weiß es nicht«, sagte er, »Erfahrungen sammeln. Ich bin Maler.«
Sie war hellhäutig, und ihr Haar war glattgezogen, wieder waren es nur die Augen, wie bei Emilio, die ihre Abstammung verrieten.
»Was wollen Sie malen, den Schmutz, den Gestank?«
»Die Lebendigkeit eurer Kinder«, sagte er.
»Was ist daran Besonderes?« fragte sie. »Kinder sind immer lebendig, es sei denn, sie verhungern.«
»Sterben hier Kinder?« fragte er.
»Gehen Sie doch und sehen Sie selbst!«
Er ging und sah, Schmutz, Gewalt, Haß, Unvermögen, Verdummung, Lethargie und wieder Haß, Gewalt und Schmutz, Schmutz, Schmutz.
»Warum wehrt ihr euch nicht? Warum steht ihr nicht auf?«
»You are crazy, man!« war die Antwort.
Vier junge Neger schlugen ihn zusammen, als er sich mit Straßenzeichnungen einen schnellen Dollar zu verdienen hoffte.
Er wachte in einem weißen Zimmer in einem weißen Krankenhaus in der Bronx auf.
»Der Doktor kommt sofort«, sagte die Schwester.
Der Doktor fragte ihn: »Haben Sie jetzt genug?«
»Wovon?«

»Sie haben ziemlich viel geredet nachts.«
»Ich muß raus aus dieser Stadt«, sagte Alexander.
»Es ist nicht nur diese Stadt«, sagte der Arzt. »Was meinen Sie, was überall los ist, seit alle Boys zu Hause sind?«
Er verstand die Bemerkung nicht, bis er wieder auf den Beinen war und versuchte, einen Job zu finden.
Es gab keinen Krieg mehr, in den die Söhne dieses riesigen Kontinents geschickt werden konnten.
Eisenhower, nun zum zweitenmal zum Präsidenten gewählt, hatte sein Versprechen gehalten. Der Krieg in Korea war zu Ende, der Aufstand in Ungarn ohne Amerika zugunsten des Ostens entschieden, der Suezkonflikt vergessen, die Interventionen im Libanon 1958 ebenfalls.
Die Boys waren ›at home‹.
»Sorry, man. You better go back to where you came from«, war die stereotype Antwort.
Aber wohin sollte Alexander denn zurückkehren?
Also on the road. Go on the road. Tausende taten es, viele, wie Kerouac es in seinem Roman beschrieb.
Es war nicht das gleiche wie auf die Walze gehen. O nein, ganz und gar nicht.
Weil er immer rasiert war und ein frisches Hemd anhatte, fand er noch Jobs, mal als Aushilfstankwart, mal zum Rasenmähen, mal als Chauffeur.
»He is quite nice, this Alexander«, das reichte ihn weiter, das bedeutete warme Mahlzeiten, ein sauberes Zimmer, einen lift mit einem Auto, manchmal.
Und doch geriet er an kaputte Typen, wie man das damals noch nannte.
»You take it or leave it«, sagte Joe. »It is your decision, man!«

Eines fiel Alexander damals schon auf, der häufige Gebrauch des Wortes ›man‹, so als müßten sich alle Männer Amerikas ständig bestätigen, daß sie überhaupt Männer seien.
In Los Angeles traf er Joe, der war ein Baum von einem Kerl.
»Ich bin Geologe. Aber frag mich nicht, wo sie mich brauchen in diesem verdammten Land. Niemand schaut nach vorn. Bloß vor ihren Weibern haben alle Angst und vor der großen Bombe. Ich bin eine Null, verstehst du? I am a stunt!«
Joe sprang für Hollywoodstars bei riskanten Szenen ein, damit nicht mal deren Make-up angekratzt würde. Und das ließ ihm nichts übrig als Dollars und mit den Dollars das Gift. Es waren harte Drogen.
»Wenn du ganz unten bist, wenn du nicht mehr weiter weißt, dann hilft dir das besser als die Pulle«, sagte Joe.
Alexander hatte aufgehört zu trinken, als er Vera verließ. Er hatte aufgehört zu rauchen, als er in der Schlange von Emilios Restaurant gestanden hatte.
»Mit der Spritze im Bauch kannst du alles, *man.* Da kannst du malen. Solltest mal die Farben sehen. Phantastisch. But you take it or leave it, man.«
Malen.
MALEN.
Einmal die Spritze versuchen, einmal der Versuchung erliegen, über den Horizont zu schauen, in die Tiefen und Höhen jenseits zu sehen, das einzusetzen, was über den normalen Empfindungen liegt.
Alexander ließ sich von Joe eine Spritze geben.
Bald gehörte er zu den Fixern, wie sie sich selbst nannten.
»You take it or leave it«, sagte Jo.

Aber das war nicht die Wahrheit. Wenn man einmal anfing, kam man nicht mehr davon los.
Alexander kroch in einem Boardinghouse unter, dem eine Frau vorstand wie Gisèle dem Hotel des Ursulines, das nur noch durch seine Träume schwebte.
»Was wollt ihr eigentlich?« fragte Alexander. »Oh, what a beautiful country! Was ist mit euch los? Warum seid ihr nicht glücklich?«
»Was ist mit Ihnen los, Mister? Gehen Sie schlafen!«
Er lag wach. Was ist mit mir los? Ich will zurück. Aber wohin?
»Weiß doch nicht.« Er weinte wie ein Kind. Angst vor der Dunkelheit, Angst vor Kälte. Angst vor irgend jemandem, der sein Zimmer betreten könnte.
Niemand betrat es – nur Joe.
»Man, you need a shot!«
Alexander schrie, als Joe ihm die Injektion gab.
Danach war er lange weg. Ausgelöscht. Als er aufwachte, sagte er: »Ich habe doch achtundvierzig Bilder gemalt. Achtundvierzigmal Amerika.«
Aber da war niemand, der ihm zuhörte. Bilder und Geld waren weg.
Alexander bekam noch einmal einen Job zum Rasenmähen, aber die Frau, die ihn vergab, sagte: »Na, hoffentlich halten Sie überhaupt durch?«
Er hielt durch, mit klappernden Zähnen und Schüttelfrost, aber er redete sich ein, daß das von der schwülen Hitze dieses Junis käme.
Doch er wußte, es war die Spritze, er wußte, sein Körper gierte nach dem Gift, nach der Betäubung. Er besaß wieder acht Dollar. Joe würde ihm dafür einen Shot geben.
Er suchte Joe in Dustin's Bar, in der er normalerweise

herumhing, wenn keine Filmaufnahmen waren; wo er die Reden über sein kaputtes Leben schwang und dieses Land, das jeden Mann kaputtmachte, weil es keine Gnade kannte.

Joe war nicht da.

»Sie haben ihn geschnappt«, sagte die Serviererin.

»Wer denn?«

»Die Cops natürlich, wer sonst?«

»Ich brauche was«, sagte Alexander. »Ich brauche Stoff.«

Sie drückte ihn auf die Bank nieder, die rechts vom Tresen die Wand entlanglief. Sie brachte ihm ein großes Glas Eiswasser und hielt es, bis er es leer getrunken hatte.

Zum erstenmal sah er sie sich genauer an und bemerkte, daß sie unter der Schminke ein gutes anständiges Gesicht hatte. Sie trug eine gestärkte weiße Bluse, und wenn sie die Arme bewegte, konnte er sehen, daß sie Achselblätter eingeheftet hatte. Wie seine Mutter.

»Weißt du nicht, wohin?« fragte sie.

Er schüttelte den Kopf.

»Aber du hast doch ein Zimmer? Na ja, ich sehe schon, du brauchst jemanden zum Reden, stimmt's? Wenn du wartest, kannst du mit zu mir kommen. Kriegst auch was Anständiges zu essen. Ich heiße Sheila.«

Er konnte gar nichts anderes tun als warten, er fürchtete, umzukippen, wenn er aufstand. Bei jeder unvorsichtigen Kopfbewegung war es ihm, als löse sich alles um ihn her auf. Als würde er selbst sich auflösen.

Er erstickte fast an der Angst, aber er äußerte sie nicht mit einem Wort.

Um sechs Uhr wurde Sheila von Dustin abgelöst.

Sie war größer als Alexander, viel kräftiger, und sie

führte ihn so, daß er tatsächlich bis in ihr Zimmer kam, das zwei Straßenzüge entfernt lag und vier Treppen hinauf. Es war ein einfaches Zimmer, in dem es bäuerlich nach Grünzeug roch.
»Hier riecht es nach Äpfeln«, sagte er.
Sheila lachte. »Schau, oben auf dem Schrank liegen sie. Wo ich herkomme, haben wir immer die Äpfel und Birnen für den Winter auf unseren Schränken aufbewahrt. Zum Nachreifen, weißt du? – Leg dich ruhig hin«, sagte sie und drückte seine Schultern auf die Liege zurück, die mit einem grobgewebten bunten Tuch bedeckt war.
Sie verschwand für ein paar Minuten, und als sie wiederkam, war ihr Gesicht klar und rein. Sie hatte sich umgezogen, trug ein kariertes Baumwollhemd und Jeans.
»Jetzt kriegst du zuerst etwas zu trinken«, sagte sie.
»Keinen Alkohol!«
»Natürlich nicht. Man kann nicht einen Teufel mit einem zweiten austreiben.«
Sie gab ihm gekühlten Grapefruitsaft zu trinken. Dann wusch sie ihm Gesicht und Hände. »Jetzt machst du die Augen zu und döst ein bißchen, während ich uns was zu essen mache.«
»Warum tust du das alles für mich?«
»Weil du allein bist und ich auch.« Sie lachte.
Grüne Äpfel auf dem Schrank und ein Bauernmädchen mitten in Los Angeles. Er hatte wirklich Glück.
Als Alexander erwachte, war der Tisch gedeckt, und würziger Fleischgeruch erfüllte das kleine Zimmer.
Sheila zog die Vorhänge zu, sperrte das nackte Licht der Straßenreklamen aus. Sie half Alexander sich aufzurichten und zeigte ihm, wo es ins Bad ging.
Ihm war immer noch übel, und er hatte immer noch

Schwindelanfälle. Er duschte heiß und kalt, danach ging es etwas besser.
Und auch das Essen half, heißes, würziges Chili con carne mit roten Bohnen. Er konnte nach einigen vergeblichen Versuchen sogar selbst die Gabel zum Mund führen.
Sheila saß ihm gegenüber, und wann immer er aufschaute, lächelte sie ihn an.
»Du müßtest einen Mann haben und ein halbes Dutzend Kinder.«
»Eine Tochter habe ich schon«, sagte sie.
»Was hast du?« Er hatte sie für höchstens achtzehn, neunzehn gehalten.
»Oh, ich weiß«, sagte sie, »aber ich bin siebenundzwanzig, und ich bin Witwe. Nigel ist in Korea gefallen. – Nimm noch Salat.« Sie schob ihm die Schüssel zu.
»Du kannst so einfach darüber reden?«
»Jetzt schon, am Anfang nicht. Aber es ist schon so lange her. Und dann war ich ja auch nur ein Jahr mit ihm verheiratet, und davon sieben Monate allein. Ich meine, so richtig habe ich ihn gar nicht gekannt. Nigel war beim Film, oh, nichts Besonderes. Nur Beleuchter. Er kam mit einem Filmteam mal zu uns raus auf die Farm. Und dann um Urlaub zu machen, und da haben wir gleich geheiratet.«
»Wo ist deine Tochter?«
»Bei meiner Mutter auf der Farm.«
»Und warum bist du in Los Angeles?«
»Das ist ja das Komische, nach Nigels Tod hielt ich es auf der Farm nicht mehr aus. Nur Mutter und das Kind, und niemand sonst. Ich kam hierher, weil Nigel sein ganzes Leben hier verbracht hatte. Und ich hatte die verrückte Idee, alles sei nur ein Irrtum, er sei gar nicht

tot. Eines Tages würde ich ihm wieder begegnen, in der Straßenbahn, na, halt irgendwo. Und dann bei Dustin, in der Bar. Es war Nigels Bar, weißt du, wo er abends immer ein oder zwei Glas trank, so hatte er es mir erzählt. Und deswegen fing ich dort an zu arbeiten. Dustin hatte vorher nie eine Kellnerin, zuerst war er dagegen, aber schließlich merkte er, daß es das Geschäft hob, und da behielt er mich.«
»Du siehst scheußlich aus, wenn du geschminkt bist.«
Sheila lachte. »Ich weiß. Das ist meine Tarnkappe, verstehst du?«
»Aber warum bleibst du immer noch hier?«
»Ich warte auf Nigels Bruder. Er kommt bald aus dem Krankenhaus. Er war auch in Korea und sehr schwer verwundet. Wir haben uns in den letzten Jahren sehr häufig geschrieben.« Sie errötete und sah noch jünger aus. »Vielleicht habe ich bald wieder einen Mann, und vielleicht kriege ich dann wirklich ein halbes Dutzend Kinder. Aber du – was ist mit dir? Wie bist du hier gelandet?«
Alexander erzählte es ihr. Zum erstenmal seit Monaten sprach er Sophies Namen aus. Er versuchte, sie zu beschreiben, aber das gelang ihm immer noch nicht.
»Wenn du deine Sophie so lieb hast, warum bist du ihr dann nicht nachgefahren?«
»Ich hatte plötzlich Angst.«
»Wovor?«
»Nicht zu genügen, nicht gut genug zu sein. Angst auch vor der Entscheidung. Sophie ist kein Mädchen, mit dem man einfach zusammenlebt.«
»Und jetzt?«
»Und jetzt?« Er streckte die Hände vor. Sie zitterten wieder. »Ich bin doch kaputt.«

»Hast du Geld?«
»Nein.«
»Ich kann dir genug für eine Flugkarte leihen. Wenn du in Paris bist und ein Bild verkauft hast, schickst du es mir zurück.«
»Einfach so?«
»Einfach so.« Sheila lachte. »Du bist vielleicht im Moment kaputt, aber du fängst dich schon wieder. Und du bist bestimmt kein Nassauer.« Sheila räumte den Tisch ab, goß starken schwarzen Tee auf.
»Nimm viel Zucker«, sagte sie, »dann schläfst du gut.«
»Hier?« fragte er.
»Ich ziehe mir den Lehnstuhl aus.«
Sie gab ihm eine neue Zahnbürste und einen Pyjama.
»Nigel war so groß wie du«, sagte sie.
Sie trug ein langes weißes Leinennachthemd, und ihr Haar war zu einem Zopf geflochten. Als sie das Licht ausmachte, konnte er quer durchs Zimmer nur das helle Oval ihres Gesichtes sehen.
Am anderen Morgen sagte er: »Das war eine der besten Nächte meines Lebens.«
Sheila trug schon wieder ihre Make-up-Maske und die weiße Bluse mit den Schweißblättern. Dustin's Bar machte um elf Uhr auf, es war jetzt halb elf.
»Dein Frühstück ist fertig«, sagte sie und gab Alexander als erstes eine Tasse starken Kaffee.
»Du kannst hierbleiben, so lange du willst. Ich möchte dich nur um eines bitten.«
»Ja?«
»Komm nicht mehr in die Bar. Auch wenn Joe nicht da ist, es gibt andere wie ihn.«
»Stimmt es eigentlich, daß Joe Geologe ist und in seinem Fach keine Arbeit findet?«

»Das mag stimmen. Jeder hat hier doch so eine Geschichte. Denn irgendwann schaffen sie nicht das, was sie wollen, und dann geben sie auf, gehen unter. Wir sind ein Land der unbegrenzten Möglichkeiten und eben auch der unbegrenzten Möglichkeiten, vor die Hunde zu gehen.«

»So war das in Amerika?« fragte Sophie. »Aber du bist nicht vor die Hunde gegangen.«
Sie trank Tee, der längst kalt geworden war.
»So war das«, sagte Alexander. »He, ich glaube, da kommt Chris!«
Aber es waren nicht die Scheinwerfer des Landrovers, die übers Camp huschten, sondern Wetterleuchten, und wenige Minuten später mußten sie vor pula Schutz suchen, dem Regen, den die Batawana mit Inbrunst verehren.
Sie wußten beide mit einem Gefühl der Hoffnungslosigkeit, daß die Chancen, Jessica zu finden, nun noch geringer geworden waren.
Tu was, wollte Sophie schreien.
Aber sie sagte nichts.
Tu was, wollte Alexander sagen, aber er schwieg.
Der Himmel schickte mit seinem Regen die Rechnung für alles, was sie sich und dem Kind angetan hatten.

19

Als der Regen begann, war Chris gerade dabei, das rechte Vorderrad des Landrovers zu wechseln. In Minutenschnelle war der Boden so weich, daß der Wagenheber seitlich wegzurutschen begann. Der Wagen senkte sich.

»Oh, damn it all«, fluchte Chris. Er zerrte die schwere Eisenkiste mit den Ersatzteilen aus dem Rover, stemmte sie gegen den Wagenheber. Er pumpte den Heber um vier Löcher höher. Der Wagen hob sich wieder.

Der Regen lief Chris jetzt übers Gesicht in die Augen, und er konnte kaum sehen, was er tat. Das Licht der Handlampe flackerte. Auch wieder Schlamperei. Niemand in Maun hatte neue Batterien nachgefüllt. Um alles mußte er sich selbst kümmern.

Vorsichtig hob er das Rad auf die Schrauben. Es hielt. Er fingerte die Muttern aus der Brusttasche seines Buschhemds, zog sie auf, schraubte sie halb fest, schaute nach dem Wagenheber, sah, daß er noch hielt, und zog mit einem Ruck alle Schrauben fest an.

Als er Wagenheber, Ersatzteilkiste und das Rad mit dem Platten verstaut hatte, wieder hinter dem Lenkrad saß, dachte er zum erstenmal, mußte es denken, obwohl er es nicht wollte: Es würde zu spät sein. Alles würde zu spät sein. In einem solchen Regen würden sie Jessica nie finden. In einem solchen Regen konnte man von niemandem verlangen, auch nicht von den Großwildjägern in der Khwai River Lodge, sich selbst oder ihre schwarzen Tracker, die Spurensucher, in Gefahr zu bringen. Im Regen, dem gewaltigen pula der Batawana, war alles möglich. Nach der Sage der Batawana war im pula die Welt schon einmal untergegangen und neu geboren worden.

Heute nacht würde nur Jessicas Welt untergehen.

Nur!

Er lachte, aber Tränen stiegen ihm in die Augen, wegen ihrer aller Ohnmacht.

Er fuhr, daß der Schlamm von der Piste hochspritzte und gegen die Seitenfenster klatschte. Er ließ sie offen, und als er in der Khwai River Lodge ankam, war sein Gesicht schlammverschmiert.

Er hielt vor dem Haupthaus, dem Büro, aber dort waren alle Lichter aus. Doch in der ersten Cottage, in der meistens Angestellte des Camps untergebracht waren, brannte Licht. Er lief hinüber. Sein Kommen mußte gehört worden sein, denn die Tür der Cottage öffnete sich, ehe er sie erreichte.

In der Tür stand Mary, seine Mary aus Victoria Falls. Verblüfft trat er auf sie zu.

Statt einer Begrüßung sagte sie: »Was willst du denn hier? Und wie siehst du aus? Du siehst nicht gerade so aus, als wärst du eingeladen!«

»Eingeladen? Wozu?«

»Zu der Hochzeit doch! Deshalb bin ich ja hier!« Und dann, noch einmal, mit schmalen Augen: »Was willst du hier?«

»Mann«, sagte er und trat ins Haus, »Mary – ich brauche Hilfe.«

Und gleich darauf, als er wieder den Regen hörte und wußte, daß er in dieser Nacht überhaupt nichts mehr machen konnte, als die Ohnmacht ihn wieder anschwappte, kam auch die Wut, und er fragte gereizt: »Wie kommst du hierher? Was ist das für eine blöde Hochzeit? Wer hat dich hergebracht? Ein Kerl doch, wie?« Und fügte hinzu: »Warum bist du nicht in Victoria Falls und verkaufst Andenken?«
»Ich bin eingeladen«, sagte sie, »Bruce hat mich mitgenommen.« Das war ihr Chef. »Komm.« Sie nahm Chris' Hand, führte ihn ins Bad. Er sah als erstes einen Rasierapparat.
»Wem gehört der?« fragte er und steckte seinen Kopf wieder in den Hauptraum hinaus.
Mary saß in einem der Korbsessel, die Knie eng zusammen, das Kinn geradeaus gerichtet.
»Damit rasiere ich meine Beine und meine Achselhöhlen«, sagte sie.
Chris schloß die Tür. Er ließ Wasser ins Becken laufen, stöpselte zu, als es endlich warm wurde. Er fror jämmerlich. Er zog sich mit schnatternden Zähnen aus. Ein Fieberanfall hätte ihm gerade noch gefehlt.
Er mußte im Bad gedöst haben, denn plötzlich fragte Mary, halb über ihn gebeugt: »Bist du immer noch nicht fertig?« Sie trug eine goldene Bluse, die sehr dünn war, und er konnte ihre Brustwarzen durchschimmern sehen.
»Ich hab kein Wechselzeug«, sagte er. Und dann: »Ich muß mit einem auf dem Camp sprechen. Bei uns ist ein Mädchen verschwunden, Jessica, und ich bin hergekommen, um Hilfe zu holen.«
»Jessica?« fragte Mary. »Wie alt?«
»Zwölf Jahre.« Er lachte halb erheitert, halb wütend.

»Wenn du es genau wissen willst – zwölf Jahre und drei Monate.«
Ihre Nase wurde schmal, und die Spitze weiß, dann sagte Mary: »Ich hol dir Wechselsachen. Brians Größe wird dir passen.«
Sie ließ Chris zehn Minuten Zeit, darüber nachzugrübeln, wer nun Brian war. Dann brachte sie ihm eine tadellos gebügelte Khakihose, die noch ein bißchen feucht vom Waschen war, ein frisches Khakihemd, dem nicht ein einziger Knopf fehlte, und ein gelb-blau gewürfeltes Halstuch.
»Für was ist das?« fragte Chris.
»Möchtest du lieber eine Krawatte?« fragte Mary.
»Hol mir bitte jemanden, mit dem ich reden kann!«
Chris zog sich um, er knüpfte sogar mit ungeschickten Fingern das Halstuch.
Dann endlich kam Mary zurück, und mit ihr Brian Olavse.
Der war mittelgroß und braungebrannt, wie es sich für einen Großwildjäger gehört. Er strahlte Ruhe und Gelassenheit aus, wenn man nicht darauf achtete, daß entweder er oder der Türrahmen zu schwanken schien. Er rauchte, Zigaretten Marke ›Hunter‹, das Paket steckte gut sichtbar in seiner Brusttasche.
»Old chap, nice to see you.«
Chris sagte nichts.
»Was gibt's?« Eine klare, Befehle gewohnte Stimme, die Antwort verlangte.
»Go and screw yourself, but not Mary!« Und zu ihr: »Ist das der einzige, den du herbringen konntest?«
»Ja«, sagte sie.
»Na schön. Aus meinem Camp ist ein Kind verschwunden, ein zwölfjähriges Mädchen, Mister Olavse, Sir,

und weil Jonathan uns keinen zweiten Landrover zur Verfügung stellt, müssen wir Ihre Hilfe in Anspruch nehmen. Sonst brauchten wir die nicht. Aber können Sie sich vielleicht vorstellen, daß man sich um ein Kind mitten im Busch Sorgen macht?«
»I see«, sagte Olavse. Er nickte gewichtig. Es sah aus, als ahme er das gewichtige Nicken der Büffel nach, die außer ihrem Gehirn im Kopf auch noch ein Gehörn obendrauf tragen.
»Aber mein lieber Chris, die Vorschriften sehen vor, daß niemand sich nach Einbruch der Dunkelheit im Reservat fortbewegt, unter Benutzung der Scheinwerfer irgendeines Fahrzeuges.«
»Kiss my ass«, sagte Chris.
»I beg your pardon?« fragte Olavse.
»Er hat es nicht so gemeint«, sagte Mary. »Chris sagt viele Dinge, die er nicht so meint.« Sie rieb ihr Gesicht, und plötzlich waren ihre blauen Augen blaßgrau. Sie hatte ihre Haftschalen herausgerieben.
»Du brauchst nicht zu heulen, Baby«, sagte Chris. »Ich verstehe ja, wenn jemand besoffen ist. Ich bin es selbst oft genug, du wirst dich noch dran gewöhnen müssen. Ich fahre jetzt zurück. Sie wissen Bescheid, Olavse. Bei Tagesanbruch erwarten wir Sie. Wenn nicht, ist es Ihre Sache. Aber ich hoffe, Sie werden kommen. Und nicht allein.«
»Wenn das Kind bis jetzt überlebt hat, wird's auch morgen früh noch reichen«, sagte Olavse. »Und Sie täten gut daran, eine Nachricht für Tim beim Airfield zu hinterlassen.«
»Yes, Sir«, sagte Chris.
»Okay.« Olavse nickte, zündete sich eine frische Zigarette an. »Kommst du mit, Mary?«

Sie zögerte.
Sah viel kleiner und verwundbarer aus ohne Haftschalen.
»Nein, ich bleibe hier«, sagte sie, und Olavse ging.
»Warum bleibst du hier?« fragte Chris.
»Du kannst doch bei dem Regen nicht zurückfahren!«
»Zieh das Ding aus«, sagte er.
»Was?«
»Die verdammte Bluse.«
»Was soll das?«
»Bitte, zieh diese Goldbluse aus. Denn sie paßt nicht zu dir.«
»Das ist schon besser«, sagte sie und lächelte. Ohne die Haftschalen waren ihre Augen nicht so glänzend und nicht so leuchtend, aber viel, viel liebenswerter.
Sie zog die Bluse aus.
»Chris, heirate mich«, sagte sie nachher, als sie neben ihm lag, in ihrer langen, glatten Nacktheit.
»Ja«, sagte er.
»Laß uns nicht auf den Besuch deiner Mutter aus Sidney warten.«
»Ja«, sagte er.
»Ich will wissen, wohin ich gehöre.«
»Ja.«
»Es ist doch das einzige, was wichtig ist.«
»Sicher.«
»Ein Mann und eine Frau.«
Chris sah die beiden anderen vor sich, Alexander und Sophie, und er wußte, was immer mit dem Kind geschah, und was immer mit dem einzelnen geschah, dem Mann oder der Frau, da war nichts, was sie trennen konnte. Konnte er Mary je so lieben?
»Halt mich fest«, sagte Mary.

»Ja«, sagte er, »ja, spürst du denn nicht, wie ich dich festhalte? Vielleicht heute nur ein paar Minuten und morgen nur ein paar Minuten und vielleicht wieder in einem Monat nur ein paar Minuten. Aber ich werd dir in Zukunft alle Briefe schicken, die ich an dich schreibe, und dir alles sagen, was ich denke, und vielleicht wird das alles zusammen besser sein.«

Er hob den Kopf. Der Regen schien nachzulassen.

Herr, dachte er, halb verschämt, weil er nie betete, bitte, schütze Jessica.

Fünf Minuten später fuhr er nach Moremi zurück.

20

»Willst du dich nicht hinlegen?« fragte Alexander. Sophie war mit ihm in sein Zelt gekommen, als der Regen begann.
Und sie saß jetzt da, klein und schmal, kaum größer als Jessica, schien ihm.
»Ich möchte wissen, wie es weiterging«, sagte Sophie. »Warum kamst du schließlich wirklich aus Amerika zurück?«
»Ich habe es dir so oft erzählt.«
Sie schüttelte den Kopf, sah auf ihre Hände, die, ebenso klein und kindlich wie die von Jessica, in ihrem Schoß lagen.
»Gustave hat mich gesucht«, sagte Alexander. »Und endlich auch gefunden. Und er suchte mich schließlich nicht meinetwegen, sondern deinetwegen, Sophie. Für dich.«
Und er dachte: Was ist das für eine Nacht, in der alles gesagt werden muß, in der Rechenschaft abgelegt werden muß über eine Vergangenheit, an die ich nicht denken will, an ein Leben, das ich hinter mir glaubte. Aber ich habe dieses Leben nie bewältigt – nicht zusammen mit Sophie. Ist es die Nacht des Bekenntnisses, und werden wir beide uns die Wahrheit sagen? Ist Jessica deshalb fort?

Mit einemmal überkam ihn eine große Ruhe. Er war fest davon überzeugt, daß Jessica lebte, daß sie sie finden würden.
Er nahm Sophies Hände in seine Hände, hielt sie, rieb sie, bis sie warm wurden.
»Wir werden Jessica finden«, sagte er.
Sie blickte zu ihm auf. »Im Regen?«
»Morgen werden wir sie finden. Im Regen bleiben die wilden Tiere in ihrem Unterschlupf.«
Leben regte sich wieder in ihren Augen. »Du hast recht«, sagte sie leise.
»Wir werden sie finden, wie Gustave mich fand – und so wie ich dadurch zu dir zurückfand.«
»Laß uns nicht mehr davon sprechen. Es ist so lange her.«
»Du wolltest es noch einmal hören.«
Tränen blinkten in ihren Augen. »Ich wollte hören, wie unser Leben war. Ich wollte hören, wie du es gesehen hast. Ich will wissen, wann wir Fehler gemacht haben, und wenn wir Fehler gemacht haben, warum wir nie darüber sprachen.«
Sie wußte es, aber sie konnte es ihm noch immer nicht gestehen. Aber sie hoffte, daß im Laufe dieses langen Berichtes über ein langes Leben er ihr irgendeinen Hinweis geben würde, ein Zeichen, und daß sie dann sagen konnte: *So war es. Das habe ich getan. Ich habe für dich getötet. Unseren Sohn.*

Gustave hatte damals eines Nachmittags in dem grünbespannten Sessel unter den Palmen des Hotels des Ursulines gesessen, den Stock mit der Elfenbeinkrücke gegen die Knie gelehnt. Die weißen langen Hände, die selbst

im Sommer keine Farbe annahmen, zuckten, obwohl er es zu verbergen trachtete.
Gisèle sah auf ihn herab, und sie zog ihr Umschlagtuch enger um sich.
»Er ist also verschollen«, sagte sie, »Ihr Büblein ist verschollen.«
»Seit sieben Monaten habe ich keine Nachricht von Monsieur Weg.«
»Soll ich zu weinen anfangen?« Gisèle lachte, aber als sie den Ausdruck von Gustaves Augen sah, war sie rasch wieder still. »Daß er fortgegangen ist, daran sind doch Sie selbst schuld.«
»Er sollte vorankommen, nicht vor die Hunde gehen. Er hatte großes Talent. Wenn er hiergeblieben wäre –«
»Er wollte ja gar nicht hierbleiben. Er wollte mit Mademoiselle Sophie nach Afrika. Aber das haben Sie verhindert.«
»Sie haben also keine Nachricht von ihm, Madame?«
»Nein.«
»Und wenn Sie etwas von ihm wüßten, würden Sie es mir nicht sagen?«
»So ist es, Monsieur.«
»Ich ließe es mir etwas kosten.«
»Stehen Sie lieber auf und machen Sie, daß Sie rauskommen, ehe ich Marcel rufe.«
Gustave erhob sich, es überraschte Gisèle, daß er beinahe ebenso groß war wie sie. Noch kurz zuvor war er ihr wie ein Zwerg erschienen.
»Ich wünsche einen guten Tag, Madame.«
»Au revoir, Monsieur.«
Gisèle kehrte hinter ihr Pult zurück, von wo aus sie seit dreißig Jahren das Leben wie aus zweiter Hand erlebte. Die Freuden und die Nöte der Gäste des Hotels, die

Liebesszenen, die Prügeleien, die Ehebrüche und die Entjungferungen. Einmal hatte sie einem Selbstmörder die Augen geschlossen.
Sie schauderte, griff erleichtert nach dem Telefon, als es läutete.
Sie erkannte Sophies Stimme sofort. »Wie geht es Ihnen, mein Kind?« fragte sie sanft.
»Es geht mir gut, Madame Gisèle. Und Ihnen?«
»Auch, meine Liebe. Auch mir geht es gut.«
»Gibt es etwas Neues?«
»Nein, mein Kind, nein, es gibt nichts Neues.«
»Sie haben nichts gehört? Kein Wort?«
»Nichts, mein Kind.«
»Alexander ist jetzt sieben Monate fort.«
»Ja.«
»Wann kommen Sie mich in Bonmarché besuchen, Madame Gisèle?«
»Morgen, ma petite.«
»Bestimmt?«
»Morgen habe ich doch meinen freien Tag.«
»Ich bin so froh. Sie sind doch die einzige, mit der ich über ihn sprechen kann.«
»Vielleicht wäre es besser, Sie würden nicht mehr über ihn sprechen. Vielleicht wäre es besser, Sie würden nicht einmal mehr an ihn denken.«
»Warum sagen Sie das? Wissen Sie doch etwas Neues? Ist ihm etwas passiert?«
»Nein, mon enfant, ich weiß nichts Neues. Nur – Monsieur Gustave war hier, und ich denke, er wird Sie niemals in Ruhe lassen. Monsieur Weg nicht und Sie auch nicht.«
»Au revoir, Madame Gisèle.«

Gustave wanderte durch sein Haus, ein einsamer alter Mann. Er wanderte durch die Zimmer, deren graue Wände leer geblieben waren, seit Alexander nach Amerika gegangen war.
Gustave hatte ihn selbst dorthin geschickt. Aber er hatte nicht voraussehen können, daß er kein Wort von ihm hören würde, nicht ein einziges.
Er setzte sich an seinen Schreibtisch, beschloß, an Janos zu schreiben, einen Agenten der New Yorker Kunstszene.
Er trank Wodka und entwarf den Brief in Englisch. Es fiel ihm leicht, sein Talent für Sprachen war stets sehr ausgeprägt gewesen.
Das hatte ihn schließlich auch bei Kriegsausbruch als Dolmetscher ins Außenministerium nach Paris gebracht. Und als die Deutschen die Stadt besetzten, wurde er bei einer Razzia in einem Restaurant verhaftet. Er dinierte dort mit einem Mädchen, das blind war und dessen Hände nicht wußten, daß Männer normalerweise gerade Rücken haben.
Er wurde nach Deutschland deportiert und arbeitete bald in einer kleinen Fabrik im Rheinland, die Verbandmull herstellte.
Neben ihm am Packtisch arbeitete eine Frau, die Else Weg hieß. Sie war klein und zierlich, sie war flink, und sie lächelte oft. Während sie die Mullbinden in weißes Papier wickelte, sang sie leise vor sich hin.
Sie bat Gustave, ihr Französisch beizubringen. Er lernte von ihr seltsame Ausdrücke des rheinischen Dialekts. Sie schien seinen verwachsenen Rücken nicht zu bemerken. Sie sagte: »Warum tragen Sie Ihr Haar nicht ein bißchen länger? Sie haben doch so schönes braunes Haar.«

Weihnachten kam, und Else Weg lud ihn zum Essen am Heiligen Abend ein.
Er bekam Lagerausgang bis elf Uhr. Sie hatte eine Tanne mit gelben Strohsternen und weißen Rosen aus Mull geschmückt.
Sie hatte eine Pastete gebacken, die köstlich schmeckte, auch wenn sie vermutlich zum größten Teil aus altbakkenem Brot bestand.
Ihr Mann war in Rußland, ihr zehnjähriger Sohn Axel bei den Schwiegereltern in Düsseldorf, die sie selbst nicht besuchen konnte, da sie wegen der Kriegswichtigkeit des Betriebes, in dem sie arbeitete, keinen Urlaub bekommen hatte.
Else Weg war eine Frau, die das Wenige, was sie besaß, mit Gustave teilte, der nichts sein eigen nannte. Die Einfachheit, die Selbstverständlichkeit, mit der dies geschah, würde er nie vergessen.
Und wenn er sich jemals einen eigenen Sohn gewünscht hatte, dann wäre es der ihre gewesen, der so viele Jahre später zu ihm nach Paris kam. Alexander Weg.
Und während Gustave den Brief an Janos, den Agenten in New York, schrieb, um ihn mit der Suche nach Alexander zu beauftragen, wußte er, warum er Alexander liebte wie einen eigenen Sohn, was ihn zu ihm hinzog, was ihn an ihn band, enger als zuweilen einen Mann an eine Frau: Gustave kam aus reichem Elternhaus und hatte alle Chancen. Alexander kam aus dem Nichts. Er hatte keine einzige Chance, wenn da nicht einer kam, der sie ihm gab. Gustave war häßlich, und damit verminderten sich seine Chancen im Glücksspiel des Lebens, Alexander war ein gutaussehender Junge, und wenn das Eigenschaftswort »schön« auf einen Mann überhaupt anwendbar war, ohne seine Männlichkeit zu

verletzen, dann auf ihn. Alexander hatte Talent, Gustave keins. Alexander hatte keine Erfahrungen, Gustave so viele. Gustave kannte die Menschen, kannte die Welt, er haßte sie. Alexander kannte niemanden, wußte nichts von der Welt, und deshalb liebte er sie. Und um Alexander vor den Enttäuschungen zu bewahren, die bei seiner Sensibilität in Aufruhr, Protest, Ohnmacht und schließlich in den Verlust des Talents umschlagen konnten, mußte Gustave ihn beschützen.
Zum erstenmal seit langer Zeit lächelte er, wie er Alexander später anvertraute, als er den Brief an Janos schrieb, denn zum erstenmal waren ihm seine Motive wirklich klargeworden.

Aber Gustave hörte nichts auf seinen Brief. Nicht einmal Janos antwortete.
Alexander war mitten in dem von Gustave befürchteten Kampf mit sich und seiner Umwelt. Weil er Dinge aussprach, die niemand sonst zu denken wagte, weil er in einen Sog geriet, in eine noch unsichtbare Strömung, die erst ein halbes Dutzend Jahre später die etablierte Gesellschaft erreichen sollte, die Felsen der Prosperität annagend, des geheuchelten Anstands und der vorgespiegelten Gerechtigkeit, in der diese Gesellschaft lebte.
Ein Mädchen namens Sheila, das ihr Make-up als Maske trug, hatte ihn aus seiner Lethargie herausgerissen, ihm über die Folgen seines Rauschgiftmißbrauchs hinweggeholfen.
Er war wieder »auf der Welt«, wie er sagte. Er hätte es leicht gehabt. Plötzlich gelang ihm alles, was er malen wollte, plötzlich waren Agenten da, Mäzene, die sich um ihn scharten.

Aber er wollte nicht für Geld malen, das sich dann wiederum in eleganten Hotelsuiten, in Maßanzügen und handgefertigten Seidenhemden verflüchtigte. Er wollte keinen Cadillac und nicht die Mädchen, die so schön und so leicht zu haben waren. Er wollte das Geld, aber für andere Zwecke.
Ihm genügte daher auch ein möbliertes Zimmer mit dem nötigen Licht. Ihm genügten zwei Paar Jeans und eine Flanellhose und ein Blazer. Ihm genügten zwei Paar Schuhe und was sonst noch zum »leichten Gepäck« gehörte. Er fuhr in Bussen und Dritter-Klasse-Zügen oder per Anhalter übers Land.
In New York ließ er ein Sperrkonto einrichten, auf das die Honorare für seine neuen Bilder eingezahlt wurden. Es schwoll rasch an.
Für sich selbst nahm er nur das Nötigste.
Sein Agent war ein Ungar, in der Bronx aufgewachsen, mit Schläue und Charme und einer seltsamen Ehrlichkeit, die sich in halben Sätzen äußerte, auf die man ihn nie festnageln konnte.
»Hör zu, Janos«, sagte Alexander. »Ich brauche sechs Kinder.«
»Das sollte dir nicht schwerfallen.« Janos grinste.
»Sechs Kinder, die Talent haben, aber kein Geld«, sagte Alexander.
Sie saßen bei Emilio in einem Alkoven, sie tranken offenen Rosé und aßen einfache Pasta mit Tomatensoße.
»Also gut. Du brauchst sechs Kinder.«
»Ich will, daß Geld für sie angelegt wird. In einem Trustfonds. Sie sollen die Ausbildung erhalten, die ihrem Talent und ihren Anlagen entspricht. Und es sollen Kinder der verschiedensten Rassen sein.«
»Willst du mich zu einem Kindermädchen machen?«

fragte Janos und strich sich, den Ratlosen spielend, über das pechschwarze Haar.
»Du mußt dich darum kümmern, denn ich bleibe nicht immer hier. Und du tust es ja schließlich nicht umsonst, Janos.«
Das war die Sprache, die Janos, die die Amerikaner verstanden. »Und noch eines, Janos. Niemand darf jemals von dem Fonds erfahren. Wenn du auch nur einen Ton an die Presse weitergibst, sind wir geschiedene Leute.«
»Für *Life* wäre das ein gefundenes Fressen. Und erst für *Time*!«
»Na klar«, sagte Alexander.
»Es würde deine Preise heben.«
»Sicher. Aber man würde sich gleichzeitig fragen, warum tut ausgerechnet ein Deutscher das? Der muß doch Dreck am Stecken haben.«
»Dazu bist du zu jung.«
»Sagst du.«
»Warum willst du nicht wirklich groß werden, Alexander?« Janos fragte es ganz ernst.
»Weil ich die Begleitumstände nicht will. Das Drumherum.«
»Und was willst du statt dessen?«
»Ich träume von einem Haus, das in einem Garten steht, und die Aussicht aus jedem Fenster ist besser als alles zusammen, was ich jemals malen könnte.«
Alexander traf sich mit den Elenden des reichen Landes Amerika, er kam mit Schwarzen zusammen, mit Puertorikanern und mit Iren, die ihren Traum von der Heimkehr in Wohlstand auf die grüne Insel noch nicht begraben hatten. Er diskutierte mit Harvardstudenten und mit Arbeitslosen. Er malte Gesichter und Landschaften und Visionen, in denen er dieses blühende

Land seine eigene fruchtbare Erde aufkratzen sah, um darunter nichts als unfruchtbares Gestein zu finden.
Er nahm an einem der ersten Fackelzüge für die Bürgerrechte der Schwarzen teil und verbrachte prompt zwei Nächte im Gefängnis.
Janos löste ihn aus und brachte ihn zu Emilio, der Josephina dem Restaurant fernhielt, solange Alexander dort war.
Alexander wurde in den Zeitungen verrissen. Ihm, einem Deutschen, sollte man – ausgerechnet in Amerika! – das Streben nach einer wahren Demokratie abnehmen? Man verdächtigte ihn, Kommunist zu sein.
»Bist du nicht, wissen wir«, sagte Janos in seinem ungarischen Englisch. »Und wer weiß, eines Tages wird man sagen, du bist Faschist. Du stehst in der Mitte, aber dauert nicht mehr lange, dann gibt es keinen Platz mehr für Mitte. Es wird Zeit, daß du kommst zu Besinnung. Du mußt Paris anrufen. Man hat sich von dort bei mir erkundigt.« Und er gab ihm Gustaves Telefonnummer in Paris.
In Paris war es sechs Uhr früh, aber Gustaves Stimme klang hellwach.
»Weißt du, daß es Oktober ist, und seit neun Monaten haben wir nichts von dir gehört?«
»Ja, ich weiß.«
»Du mußt zurückkommen.«
»Noch nicht.«
»Es ist wegen Sophie.«
»Ist sie zurück?«
»Sie war immer hier.«
»Aber –«
»Komm mit dem nächsten Flugzeug. Sophie braucht dich.«

Er ging zu Janos und Emilio zurück. Sie sahen ihn mit ihren braunen, feuchtschimmernden Augen an, die sie einander so ähnlich sein ließen.
»Ich muß zurück nach Paris«, sagte er.
»Wann?« fragte Janos.
»Sofort.«
»Es geht um eine Frau«, sagte Emilio.
»Ja, um meine Frau.«
»Du bist verheiratet?« fragten beide verblüfft.
»Noch nicht. Aber bald.«
Zum erstenmal gab Alexander selbst das Geld, das er verdient hatte, mit vollen Händen aus. Er flog Erster Klasse nach Paris. Und für Sophie kaufte er zuvor noch in New York einen Solitär, in einem jener kleinen jüdischen Juwelierläden, deren Besitzer man auch mitten in der Nacht herausklingeln kann.
»Zum Glück soll's gereichen. Scheen soll Ihr Leben sein, und in Frieden sollen Sie es verbringen. Shalom.«
Mit dem Wort ›Friede‹ kehrte Alexander zu Sophie zurück.

Gustave holte ihn am Flughafen Orly ab.
»Wo ist Sophie?«
»Sie war sehr krank«, sagte Gustave, »du wirst sie verändert finden.«
»Wo ist sie? Ich muß zu ihr.«
»Sie ist in Bonmarché, bei Gisèles Schwester, wo sie seit deiner Abreise gelebt und gewartet hat.«
Es regnete, und es gab Verkehrsstauungen, und sie brauchten beinahe drei Stunden, ehe sie Bonmarché erreichten.
Es war elf Uhr abends, das Haus lag erleuchtet da.

»Ich habe die alten Frauen informiert, daß du eintriffst«, sagte Gustave. »Es erschien mir ratsam, Sophie durch sie darauf vorzubereiten.«
Hunde bellten, als sie sich dem roten Haus näherten, wurden schnell zum Schweigen gebracht.
Gisèle öffnete die Tür, nickte, sagte nicht guten Abend.
»Kommen Sie«, sagte sie zu Alexander und stieg vor ihm die Treppe hinauf.
Sie klopfte an eine Tür, ließ ihn eintreten.
Er sah nur Sophies Gesicht in den Kissen, winzig wie das eines Kindes.
Sah ihre Hand, die sich vorschob und dann in seine kroch, eine dünne, kalte Hand.
Ihre Augen waren groß und weit, aber ohne Ausdruck.
»Da bist du«, sagte sie. »Du bist da.«
»Was ist mit dir, Sophie? Was ist geschehen?«
»Ich war krank.«
»Du bist so dünn geworden, Sophie.«
»Du auch.«
»Ich habe dir so viele Briefe geschrieben. Aber ich habe sie nie abgesandt.«
»Warum nicht?«
»Ich hatte nicht den Mut.«
»Du keinen Mut?«
Er legte ihre Hand über seine Augen. »Ich kannte mich selbst nicht.«
»Kennst du dich jetzt?«
»Ich weiß nur eines, Sophie.«
»Ja?«
Er sah sie an. »Ich will mit dir leben. Nur mit dir.«
»Bist du sicher?«
»Ich bin ganz sicher.«
»Dann bin ich es auch.«

Sie lächelte auf eine wundersame Weise, so, als sei sie längst nicht mehr daran gewöhnt.
Er löschte das Licht. Er saß an ihrem Bett und hielt ihre Hand, bis er wieder, endlich wieder, ihr Herz darin schlagen spürte. Saß dort, bis sie eingeschlafen war. Saß dort bis zum Morgen.
Beim Erwachen weinte Sophie.
»Ich träume nicht mehr«, sagte sie.
»Unser Leben wird schöner sein als alle Träume. Ich verspreche es«, sagte er, »und du sollst nie mehr weinen, nie mehr, hörst du?«

21

Alexander hatte ihre Flüge nach Afrika gebucht.
Dieser Erdteil traf Alexander, wie ihn nichts zuvor getroffen hatte, auch nicht Amerika. Er bekam Migräne mit Sehstörungen, als wollten sich seine Augen gegen die Fülle, das Maßlose schützen, das er in diesem Kontinent zu sehen begehrte.
Farben, Farben, Farben. Erde so rot, als sei sie getränkt mit frischem Blut, Sonnenuntergänge, als täten sich violette und gelbe Höllen auf, und gleich darauf das Blau der Nacht so kalt von Sternen, als kündigte sich eine neue Eiszeit an.
Grün, fleischig und staubig, pulsierend seine Farbe verändernd wie strömendes Wasser. Und dann das Land selbst und seine Menschen, auf den verschiedensten Ebenen und Stufen der Kultur und Zivilisation stehend. Alexander verbrachte Stunden um Stunden auf dem Markt in Accra. Er sah die Früchte, noch perlend vom Tau, kaum eine Stunde später runzelig in der Hitze der Sonne, er beobachtete die Kinder, wie sie kreischend und lärmend zwischen den Ständen herumsprangen oder auch müde auf bunten Tüchern lagen, neben den Waren, die ihre Väter und Mütter feilboten. Er sah Frauen, die im Schatten von rostigen Wellblechdächern ihre Säuglinge nährten, alte Männer, die junge um sich

sammelten, um ihnen die überlieferte Geschichte ihres Stammes in Gesten und Worten zu erzählen. Er folgte jungen Mädchen, um die Bewegung ihrer langen, glatten braunen Glieder mit den Augen einzufangen, er feilschte um einen Aschantihelm, der über und über mit Kaurimuscheln bestickt war, um die Gebärden des Feilschens sich für immer einzuprägen.
Er starrte in die Sonne Afrikas, die unvergleichliche, er lief durch die plötzlichen, tropischen Regenschauer, bis er das Gefühl hatte, seine Haut müsse unter dem harten Tropfenfall platzen.
Sophie blieb im Hotel. Sie hatte eine schwere Lungenentzündung gehabt, so hatten Gustave und Gisèle es Alexander erzählt. Sophie wollte nicht davon sprechen. Sie war immer noch sehr mager und schwach, sie durfte sich keinesfalls der Sonne und den jähen Temperaturschwankungen der Tropen aussetzen.
Sophie stand morgens früh mit Alexander auf, duschte oder badete wie er, zog sich an, frühstückte mit ihm, doch wenn er ausging, wenn sich die Tür hinter ihm schloß, trieb es sie unweigerlich zum Bett zurück.
Sie schloß die Vorhänge, streifte sich das Laken über den Kopf und lag mit wildklopfendem Herzen, die Augen fest zugepreßt, auf den Traum wartend, die Stimme, die sie oft so sanft und oft so fordernd rief. Mamie. Aber nicht mehr als Splitter ihrer Träume wurden ihr gewährt. Es gab keine blauen Inseln mehr, auf denen sie sich ausruhen konnte. Und doch zog es sie immer wieder wie eine Süchtige in die Nähe ihrer Träume zurück. In diesen Tagen erlebte sie ihre Umwelt nur durch Alexanders Mund und Augen, lauschte ihm, sah mit ihm. Er war so zärtlich mit ihr, so aufmerksam. Manchmal hätte sie ihn am liebsten angeschrien: Hör auf. Laß es

sein. Rüttel mich. Tu irgendwas, aber behandele mich nicht, als sei ich ein Krüppel!
Aber ich bin doch ein seelischer Krüppel, dachte sie dann.
Und wer hat dich verkrüppelt? Du selbst. Und du bleibst verkrüppelt, bis du Alexander die Wahrheit gesagt hast.
In diesen Tagen hatte auch Alexander seine erste Depression, die weder er noch Sophie als solche erkannten. Er kehrte schon am frühen Nachmittag ins Hotel zurück, gab kein Überraschtsein zu erkennen, Sophie im Bett zu finden. Er setzte sich ans Fenster, starrte. Aber er ließ die Vorhänge zu.
»Ist dir nicht gut?« fragte sie.
»Doch«, sagte er.
»Warum bist du schon so früh zurück?«
»Weiß nicht. – Ich werde es nie schaffen«, sagte er plötzlich. Seine Stimme war so verändert, daß sie zusammenzuckte, sich umsah, ob noch jemand anderer sich im Raum befände.
»Du wirst es schon schaffen«, sagte Sophie und wußte nicht, was er meinte, »du schaffst doch alles, was du willst.«
Er kam zum Bett, sie zog seinen Kopf zu sich herab.
»Du darfst mich nie verlassen«, sagte er, »versprichst du mir das?«
»Ja«, sagte sie, »ja, ich verspreche es.«

Und dann war Ghana vorbei, Accra mit seinen wilden Farben, sie waren wieder in der Luft, diesmal auf dem letzten Stück ihres Weges in den Süden Afrikas. Es war ein klarer lichter Tag, und unter ihnen die Unendlich-

keiten von Wüste, Steppe, Savanne, Urwald und die Kralfeuer, winzige Rauchopfer an die Ahnen, die über Afrika wachen.
»Ich fürchte mich vor deinem Vater«, sagte Alexander.
»Du hast nichts zu befürchten«, sagte Sophie.
Und dann Jo'burg und das Old Vic Hotel, keine Zeit für Erwartung und Ängste. Wieder zu viele, zu jähe und unmittelbare Eindrücke. Auf den Zimmerfluren rutschten schwarze Boys, die manchmal graue Haare hatten, auf den Knien, schmutzige Lappenpolster darüber, um das grüne Linoleum zu wienern.
Sophie garte unter dem siedend heißen Wasser im Bad einen Hummer, weil Alexander nicht im Speisesaal essen wollte, der mit lärmender Weihnachtsfröhlichkeit nach englischem Zuschnitt erfüllt war; mit dem Geruch von Plumpudding und gebratenen Truthähnen, mit dem läppischen Schmuck von Konfetti und Luftschlangen und den Narrenhüten. Die internationale Kritik hielt es später für sein bestes Bild – Weihnachten in einem fremden Land.
Unten auf der Kerkstreet zog eine Prozession vorbei. Vorneweg zwei Missionsschwestern, hintendran zwei Missionsschwestern, dazwischen ihre Schutzbefohlenen, Waisenkinder von Minenarbeitern im grauen Festtagsstaat, der den Glanz ihrer schwarzen Haut, das Weiße ihrer Augen und Zähne nicht zähmte. Sie machten ihre eigene Musik, mit Flöten und Trommeln; wildtanzend, zuckend unter den Schlägen dieser ureigenen Musik, ein Mädchen in einem gelben Anzug, eine schwarzgelbe Flamme. Christus wurde auch geboren für die Pennywhistlers.
Sophie war eifersüchtig, als sie die Skizze sah, die Alexander von dem Mädchen in dem gelben Anzug zeichne-

te. Es war ein Bild reiner Sinnenlust, voll erregender Erotik.
Sie hatten ihren ersten Streit.
In der Nacht streifte er allein durch die verödeten Straßen Johannesburgs. Er wußte, daß er von Sophie nichts sehen würde als die Flut ihres herbstfarbenen Haares auf dem Kissen, ihren Rücken unter dem Laken.
Am Tag darauf fuhren sie im Landrover, den Sophies Vater mit Kirmes geschickt hatte, hinaus zur Farm Sunrise, die Duplessis im Buschveld besaß.
Die Stille des Busch, die gar keine ist, die das Blut zum Singen bringt, die unberührte Natur – das war schließlich Alexanders größtes Erlebnis. Der Busch ließ ihn alles vergessen, was vorher war. Er wußte in dieser Stunde, daß er nie mehr von Afrika loskommen würde. Und er erkannte auch Afrika in Sophie, das Geheimnisvolle, Rätselhafte, das er bisher nicht entschlüsseln konnte. Von nun an war Afrika für ihn Sophie – und Sophie Afrika.
Sie ließ den Wagen anhalten, um Alexander einen Mistkäfer zu zeigen. Ein schildpatt- und grünschillerndes Insekt von der Größe eines Maikäfers, das einen Ball aus Dung und roter Erde vor sich herrollte, immer wieder versuchte, die pfirsichgroße, zurückfallende Kugel die Straßenböschung hinaufzurollen, niemals aufgebend.
»Das ist es, was du in Afrika haben mußt«, sagte Sophie, »Ausdauer.« Es war das erste Mal, das sie so sprach, und Alexander wußte, ihr Land, Afrika, hatte Sophie ihre Selbstsicherheit zurückgegeben.
Er malte den Mistkäfer und schenkte das Bild John Maria Duplessis. Der schaute es an, hing es über den Kamin in der Bibliothek und sagte: »Es macht mich stolz, daß du meine Tochter heiraten willst, Alexander Weg.«

22

Alexander schwieg. Sophie hatte seiner Erzählung stumm gelauscht, auf das Stichwort gewartet, das sie befreien würde, aber es war nicht gefallen. Sophie hatte auch gesprochen – stumm mit ihm gesprochen, stumm seine Erzählung kommentierend, stumm ihm mitteilend, wie es war, von ihrer Seite aus gesehen, aber kein Wort war über ihre Lippen gekommen.

Der Regen ließ nach, nahm zu, es war ein ewiges Auf und Ab, und sie beide dachten an Jessica und sprachen doch nicht über sie, weil sie wußten, daß sie zur Ohnmacht verdammt waren, bis Chris zurückkam und Hilfe brachte, bis er ein Wunder mitbrachte wie ein Stück aus der Bibel.

Die Nacht war fast vorbei, und nichts war geschehen. Doch.

»Wir sind auf Safari«, sagte Alexander.

Sophie blickte ihn verständnislos an.

»Hier, im Zelt, sind wir auf Safari.«

Hatte er heimlich getrunken?

»Wir sind auf Safari in den Dschungel unserer Ehe.«

Sie schlug die Hände vors Gesicht.

»Ich werde dir alles erzählen«, sagte sie zwischen den Fingern hindurch.

»Was willst du mir erzählen?«

»Wie es war. Wie es wirklich war, alles.«
»Aber das habe ich doch schon getan«, sagte er verblüfft.
»Du hast es für mich getan, ich werde es für dich tun.«
»Quäl dich doch jetzt nicht, Sophie«, sagte er, und sie hörte die Angst in seiner Stimme. Er wollte es nicht hören. Er wollte das nicht hören, was sie von Anfang an getrennt hatte. Er wollte das Bekenntnis ihrer Schuld nicht hören, weil er es ahnte. Ahnen mußte. Denn der Verdacht war da gewesen. So früh, so bald.

In der ersten Nacht auf der Farm Sunrise hatte Alexander die Schwangerschaftsstreifen entdeckt.
Sophie hatte sich nicht des Lichts erwehrt, das er anlassen wollte, nicht der Wildheit, mit der er ihren Körper nahm.
Er sah die dünnen weißen Streifen, die strahlenförmig von ihrem Nabel ausgingen, sah sie wie ein Spinnennetz ihre Hüften umziehen. Er hatte nie zuvor so etwas gesehen und wußte doch sofort, was es war.
Er wich zurück, wagte nicht einmal mehr, mit der Hand sie zu berühren.
Sophie öffnete die Augen, und die waren von diesem schillernden Dunkel, das er zum erstenmal bemerkt hatte im Wald von Rambouillet. In den Winkeln ihrer Lider schien sich Lächeln einzunisten, denn die Haut an ihren Schläfen kräuselte sich.
»Was ist?« fragte sie mit ihrer Nachtstimme, die niemals der am Tage glich.
»Von wem war's?« fragte er.
Sie lag ganz still.
»Von wem?«

Sie zog das Bettuch nicht über sich, blieb einfach liegen. Er packte ihre Handgelenke, so daß sie sich nicht rühren konnte, selbst wenn sie es gewollt hätte. »Von wem?«
»Ich hab dich nie gefragt, was du in Amerika gemacht hast.«
»Nichts«, sagte er, »nichts. Ich wollte etwas werden, es zu etwas bringen, ich wollte, daß du vergessen kannst, wie ich weggegangen bin ohne auch nur zu versuchen, dich zu finden. Ich wollte zurückkommen, die ganze Zeit. Warum hast du das getan? Warum konntest du nicht warten? Warum hast du mit irgendeinem Kerl geschlafen und dir ein Kind machen lassen?« Und er schlug sie rechts und links ins Gesicht.
Er stand auf, zog sich an.
Sie sah ihm zu, ohne ein einziges Wort. Denn jetzt, in diesem Augenblick, war es zu spät, zu bekennen.
Er verließ das Zimmer, sie hörte, wie er das Haus verließ.
Im Dunkel des Hofs antwortete ihm Kirmes.
Kirmes führte ihn zu den Ställen, sie konnte das Schnauben von Pjotr hören, dem roten Hengst.
Sophie lag ganz still. Ihre Wangen brannten von seinen Schlägen.
Sie hatte ihn nicht verraten, so redete sie sich ein, den Jungen, der sie Mamie nannte. Er gehörte weiterhin allein ihr. Es war nicht mehr so leicht, ihn herbeizurufen, wie in den ersten Wochen, nachdem sie ihn verloren hatte. Selten nur noch kam er zu ihr im Traum, eher hörte sie ihn wispern, Mamie, wenn sie nicht allein war. So wie er sich in dem roten Haus in Bonmarché zurechtgefunden hatte, so fühlte er sich auch hier auf der Farm wohl. Sie sah ihn mit den Welpen der Spaniels spielen, die gerade sechs Wochen alt waren, sie sah ihn

furchtlos eine schwarze Mamba betrachten, ehe Kirmes sie erschlug. Abends, wenn sie sich zum Aperitif in der Bibliothek einfanden, in der das Kaminfeuer brannte, wenn die Nacht fiel, spürte sie ihn nah neben sich und wußte, daß er wie sie das Spiel der Flammen liebte, ihre Schatten und Helle. Inzwischen hatte sie auch einen Namen für ihn gefunden, denn er glich ihrem Großvater James. Sie nannte ihn Jamie.

Er lachte, als sie ihn das erstemal so rief, und sagte: ›Bis auf einen einzigen Buchstaben sind wir eins. Du und ich, Mamie.‹

Er freute sich, und das machte sie stolz und glücklich, denn sie konnte so wenig für ihn tun. Sie konnte ja noch nicht einmal richtig mit ihm sprechen, ihm antworten. Sie vermochte ihn nur zu rufen und, wenn sie ihn sah, ihm zuzuhören.

Und dann wäre es auch gefährlich gewesen, mit ihm zu sprechen, denn zu leicht hätte sie ihn den anderen verraten. Sie wußte, obwohl er dies nie von ihr forderte, daß er das nicht wollte, ja, daß er sie dann womöglich für immer verlassen hätte.

Sophie stand auf und nahm ein heißes Bad, er sah ihr zu. Vor ihm hatte sie die weißen Streifen nie versteckt. ›Das ist, weil du mich geboren hast‹, sagte er, und seine kleinen Hände streichelten sie zärtlich.

Sie warf die Körperschminke weg, mit der sie die Streifen vor Alexander verborgen hatte. Die brauchte sie jetzt nie mehr.

Aber sie würde ihm auch nie verraten, wer Jamie war. Jetzt nicht mehr. Nicht, nachdem er ihr durch seine Worte und Schläge bestätigt hatte, daß er ihr doch nicht glauben würde.

Alexander war wie betrunken vom Haß und vom Zorn und von dem Wissen, daß er Sophie natürlich heiraten würde. Jetzt erst recht. Er ritt Pjotr, hielt sich zuerst an den Weg, der vom Gatter der Farm bis zum Haus führte, wich dann auf die Wildpfade aus, die das Veld durchzogen.

Er ließ sich von Pjotr tragen, ließ sich von seinem Galopp durchschütteln, packte seine Mähne, lag auf seinem Rücken, als er wie in Raserei ausbrach.

Schaumflocken flogen Alexander ins Gesicht, schweißnaß war das Fell, sein Schweiß mischte sich mit dem des Pferdes.

Immer noch Haß und Zorn und Liebe. Und dann keuchende Erschöpfung. Das Tier blieb unter einer Dornakazie stehen, nibbelte an grünem Gras, das darunter wuchs. Warf wütend den Kopf zurück, als Alexander an den Zügeln zog. Fraß, soff aus einem Bach, scheute vor grünen Augen in einem Busch, Schatten, die über ein offenes Halbrund jagten, dumpfer Hufklang, der bald verstummte.

Zebras waren es und Gnus.

»Bring mich nach Hause«, sagte Alexander.

Pjotr warf ihn ab.

Alexander schlug mit dem Kopf auf, war ein paar Minuten lang weg, dann wieder da, sah den Himmel kreisend über sich, lautlos das Veld um sich her.

Pjotr stand ein paar Schritte entfernt, mit wiegendem Kopf.

Alexander erhob sich, Schmerzen im ganzen Körper, kurz bei Atem, nahm die Zügel des Tieres, schaffte den Schwung in den Sattel nicht, führte es nach Hause.

Kirmes wartete mit Decken im Hof, rieb den roten Hengst ab.

»Ich habe einen Grog gemacht in der Küche«, sagte er.
»Danke«, sagte Alexander, »aber ich trinke ihn nur, wenn du mir Gesellschaft leistest.«
Kirmes sah zum Mond auf, der dünnen weißen Sichel, als müsse er sich von dort die Erlaubnis holen. »Es ist eine kalte Nacht«, sagte er, »obwohl wir in der Sonne des Sommers leben.«
Wann schlief Kirmes je? Tagsüber sah man ihn im Haus, bei den Ställen, den Geräteschuppen, nachts hielt er Wache.
»Wann schläfst du?«
»In meinem Alter genügen vier Stunden.«
»Aber wann?«
»Wenn ich gegessen und getrunken habe.«
»Also wirst du nach dem Grog schlafen?«
»Wer weiß?« Kirmes blinzelte listig. »Wer weiß? Es ist nicht gut, darüber zu sprechen, denn nur im Schlaf kann ein Mann überrascht werden.«
»Nicht nur im Schlaf«, sagte Alexander, und der Zorn stieg wieder hoch, bitter und Übelkeit erregend.
Er ging rasch ins Haus.
In der Küche brannte der große schwarze gußeiserne Herd, den Luela den neumodischen elektrischen Herden vorzog.
Und nicht nur sie, sondern auch der Koch Putna, der die Hauptmahlzeiten auf Sunrise bereitete, auch Mondgesicht genannt, denn irgendwann mal war unter seinen Vorfahren ein Chinese oder Malaie gewesen. Er stammte aus Kapstadt, aus dem Distrikt, von dem man sagt, daß er die schönsten Mädchen Afrikas hervorbringt, Geschöpfe mit zartgelber Haut, von den Dichtern mit Lotusblumen und Teerosen verglichen.
In einem Glaskrug auf kleiner Spiritusflamme simmerte

der Grog. Zinnbecher standen bereit. Alexander goß sich ein.
Kirmes zog seinen schweren, khakifarbenen Mantel aus, den er nachts trug, er nahm die wollene Mütze vom Kopf, entblößte den kahlgeschorenen Schädel.
»Setz dich doch«, sagte Alexander.
»Gern.« Kirmes tat es. »Hat Pjotr Sie abgeworfen?« fragte er Alexander.
»Natürlich.«
Kirmes lachte glucksend. »Nur Miss Sophie wirft er nie ab.«
»Natürlich.«
Kirmes schaute rasch auf, wie ein dünner Nebel schob sich ein Schleier über seine Augen. »Miss Sophies Mutter starb, als sie geboren wurde.«
»Ich weiß.«
»Sie wissen nichts. Nichts von diesem Kind, nichts von dieser jungen Frau.«
»Dann klär mich auf.«
»Das will ich gerne tun, aber Sie sollten mit Ihrem Herzen zuhören, nicht mit Ihrem Verstand.«
Der Grog stieg Alexander zu Kopf. Nicht umsonst hatte er seit vielen Monaten keinen Alkohol mehr geschmeckt, und dies hier war purer Brandy vom Kap, KWV, mit Nelken und Zimt und dem Honig wilder Bienen gewürzt.
»Und einer Prise Dagga«, sagte Kirmes, als habe er Alexanders Gedanken erraten.
»Dagga?«
»In Maßen genossen stärkt und erhellt es die Sinne.«
Alexander schob das Glas von sich. »Nicht bei mir.«
Kirmes lachte glucksend, leise. »Sie haben Angst?«
»Ja.«

»Die Angst vergiftet unser Leben, Master. Und das Mißtrauen. Sie mißtrauen Miss Sophie.«
»Du wolltest mir von ihr erzählen.«
»Sie sagten, Sie wüßten schon alles.«
»Ich liebe Sophie. Stimmt es, daß es dieses Wort in eurer Sprache nicht gibt?«
»Es gibt andere Worte. Es gibt wahrere. Solche, die man greifen kann, tun kann.«
»Kirmes, erzähl mir von Sophie.«
»Miss Sophie war ein einsames Kind. Sie ist eine einsame Frau.«
»Ist das alles?«
»Das ist alles«, hatte Kirmes gesagt.

»Sophie, wach auf!« Alexander berührte ihre Schulter. Sophie war im Sitzen auf dem Feldbett eingeschlafen.
»Ich höre einen Wagen.«
Es war Chris.
»Die Leute von Ker und Downey kommen zur Frühstückszeit mit drei Landrovern«, sagte Chris. Er war klatschnaß, er konnte sich kaum noch auf den Füßen halten. Es war fünf Uhr morgens.
»Warum erst dann?« fragte Alexander, der Chris zu dem heruntergebrannten Feuer folgte.
Chris hockte sich hin, den Rücken der schwachen Glut zugekehrt. »Beim ersten Tageslicht fahren sie aus der Khwai River Lodge ab.« Der Regen hatte das Feuer fast gelöscht, die Batawana schliefen. »Der Manager meinte auch, wir sollten die Polizei in Maun einschalten.«
»Nutzt das was?« fragte Alexander.
Chris hob die Schultern.
»Ich hab Nachricht auf dem Flugfeld beim Savuti Camp

gelassen. Tim fliegt ein. Er ist ein guter Mann. Ich hab auch den Sprit geprüft. Tim kann genug niedrige Runden über dem Reservat ziehen.«

»Ein Hubschrauber wäre besser«, sagte Alexander.

»Warum nehmen sie keinen Hubschrauber?« fragte Sophie.

»Weil's keinen in Maun gibt zur Zeit, und weil sie keinen reinlassen aus Rhodesien. Ich hab's über Funk versucht.«

»Es geht doch um ein Kind«, sagte Sophie.

»Mrs. Weg, die sagen in Maun, es geht um ein südafrikanisches Kind. Um ein weißes südafrikanisches Kind.«

»Jessica hat einen deutschen Paß, wie ihr Vater.«

»Aber man kennt Mr. Weg in Maun. Man weiß, daß er in Südafrika ansässig ist. Er ist ein deutscher Maler, aber in der Südafrikanischen Republik ansässig, verstehen Sie?«

»Ja, jetzt verstehe ich«, sagte Sophie leise und ging mit hängenden Schultern zum Zelt zurück.

»Ausgerechnet an mir lassen sie ihren neuen Rassendünkel aus, die Kaffern!«

»Ich mag solche Worte nicht, Mr. Weg, das wissen Sie.« Chris zog seine Schultern ein, aber seine jungen Augen waren sehr hart.

»Ausgerechnet an mir«, fuhr Alexander fort, als hätte Chris überhaupt nichts gesagt. »An mir und meinem Kind. Und in Amerika habe ich Kinder studieren lassen, auf meine Kosten, so lange ich es konnte, schwarze Kinder, Malerei, und in Israel –«

»Ach, bitte, Mr. Weg, das interessiert doch hier keinen einzigen Botswana. Die wollen doch nur sehen, daß Sie in Südafrika leben. Punkt. Was Sie tun, ist denen egal.

Sie könnten Christus selbst sein, und wenn Sie eine weiße Haut hätten und in Südafrika wohnten, würde es Ihnen genauso gehen, wie es Ihnen als Mr. Weg geht.«
»Und warum geht es dir nicht so?«
»Ich bin Australier. Mich halten die nicht für einen Kolonialisten oder einen Sympathisanten der Kolonialisten.«
»Und das bin ich?«
»Mr. Weg, ich bin zu jung, um alles richtig beurteilen zu können. Aber Ihre Ideale, die Sie mal gehabt haben, kriegen Sie selbst nicht mehr richtig in den Griff. Auf der einen Seite wollen Sie Freiheit für alle, auf der anderen Seite Schutz aller vor allen. Das geht nicht. Da sind die sturen Buren konsequenter. Die sagen, Freiheit nur im Rahmen der Selbständigkeit der schwarzen Bantu-Staaten, und damit Punkt. Gleichheit in den weißen Homelands gibt es nicht. Punkt. Wenn die Buren dem folgten, was die Amis von ihnen wollen, one man one vote, dann schneiden ihnen morgen die Schwarzen, an die Mehrheit gelangt in einem dann völlig schwarzen Parlament, die Kehle durch.«
»Geh ins Bett, Chris, morgen ist ein langer Tag.«
»Sie sind ein Zyniker, Mr. Weg, Sir.«
»Schon gut, Chris.«

Alexander ging Sophie nach. Er setzte sich auf Jessicas Bett, während sie sich auszog, als sei er nicht da.
Sie kroch unter die Decke, winkelte ihren Arm an, legte die Hand auf ihre Augen.
»Ich bin so müde«, sagte sie, »ich möchte schlafen. Ein einziges Mal so lange schlafen, bis ich ganz von alleine aufwache.«

Er zog ihre Hand von den Augen. Sie hatten einen fiebrigen Glanz und wirkten doch seltsam leblos.
»Ich weiß nicht mehr, wann ich es dir zum letztenmal gesagt habe, aber ich liebe dich. Und ich kann nicht ohne dich leben.«
»Nicht ohne mich, aber auch nicht mit mir. Und wenn Jessica nicht zurückkommt, was ist dann?«
»Dann werden wir allein miteinander sein.«
»Und uns zerfleischen, wie wir es aus so vielen nichtigen Gründen getan haben?«
»Glaubst du das wirklich?«
»Ich will es nicht glauben, aber was bleibt mir anderes übrig? Man lebt von der Erfahrung, die man macht, man überträgt sie in die Zukunft.«
»Das Kind, das du in Paris verloren hast, war unser Kind«, sagte er. »Heute weiß ich es.«
Sie sah ihn sprachlos an. Dann verzerrte sich ihr Gesicht, Angst war darin, Erlösung, Schuld, Reue und wieder Angst, und dann brach es aus ihr heraus: »Nein, nein, nein!«
»Doch«, sagte er, »es war unser Kind, und ich will keine Erklärung, jetzt nicht, ich will nie eine Erklärung, denn wenn du getan hast, was ich glaube, dann mußtest du es tun, weil du mich liebtest. Und ich liebe dich dafür um so mehr.«
Sie begann zu weinen.
»Ich gehe jetzt«, sagte er. »Ich nehme den Landrover, und ich werde unsere Tochter finden. Ich werde das Kind finden, das wir nicht verlieren werden.«
»Bleib hier«, flüsterte Sophie. »Ich will dich nicht verlieren, nicht auch dich noch.«
»Ich muß gehen«, sagte Alexander, »und du weißt, warum.«

Das Motorengeräusch des Landrovers verklang.
Sophie warf ihren Nachtmantel über, verließ das Zelt.
Sie ging wieder zum Lagerfeuer, zog Äste auf die Glut.
Sie sah einen Skorpion aus einem Spalt kriechen, dem Feuer entgegen.
Amos und Noko kamen aus ihrem Zelt, hockten sich neben Sophie nieder.
Amos begann zu zeichnen. Deutlich hob sich aus dem sandigen Boden Jessicas Gesicht ihr entgegen.
»Wenn er einen Marulabaum findet . . .«, sagte Sophie.
Amos malte einen Baum und Elefanten, die ihn umringten.
»Sind die Früchte schon reif?« fragte Sophie.
»Ja, Missus«, sagte Amos. Er sah sie aufmerksam und forschend an.
»Wenn Jessica einen Marulabaum gefunden hat, wird sie leben«, sagte Sophie.
»Ja, Missus.«
»Nicht wahr, ihr spürt es doch auch, Jessica lebt noch, und Alexander wird sie finden?«
Die beiden Batawana nickten stumm.
Dann sprang Noko auf, holte das Transistorradio, ließ die Senderscheibe kreisen, bis er endlich Musik fand.
Trommeln und Flöten und Zupfinstrumente, Musik aus dem schwarzen Bauch Afrikas.
Und er begann zu tanzen.
Er tanzte ein Kind, ein kleines Mädchen, er tanzte ein junges Mädchen und einen jungen Mann, der es umwirbt, er tanzte die Hochzeit und die Riten des neuen Lebens.
Er beschwor Jessicas Leben auf seine Weise.
Später, als er stehenblieb, keuchend, aber mit dem glücklichen Gesichtsausdruck eines Menschen, der alles

gegeben hat, was in ihm ist, nahm Sophie seine Hände und legte sie an ihre Wangen.
»Danke«, sagte sie, »danke.«
Und Noko setzte sich still neben sie, wie Amos neben ihr saß.
Er schaltete das Radio aus, und sie lauschten wieder der Nacht. Den Grillen und Hyänen, dem Regen, der nur noch von den Bäumen fiel.

Der Landrover durchbrach den Busch. Das Gefährt walzte keuchend und ratternd, beinahe zitternd wie die Flanken eines überforderten Pferdes, tote Äste, Gestrüpp und Dorngebüsch nieder.
Alexander ließ den Suchscheinwerfer kreisen. Da waren Mahagonibäume, Mopani und ein Baobab, da waren Schirmakazien und Tomboti, doch nicht ein einziger Marulabaum.
»Ich bin nicht mal sicher, ob die Früchte schon reif sind«, sagte Chris. »Ich bin nicht mal sicher, ob es hier überhaupt welche gibt.«
»Sicher gibt's welche«, sagte Alexander. »Bei den Lions' Kopjes haben wir doch welche gesehen.«
»Ja, da, aber hier? Ist doch alles bloß Mopani.«
»Wir werden einen Marulabaum finden.«

Sie hielten am Rand des Teiches, den Chris ihnen am allerersten Tag nach ihrer Ankunft in Moremi gezeigt hatte.
Rund um das stille Wasser war der Boden von Tierspuren bedeckt. Das jenseitige Ufer war wie eine grüne undurchdringliche Wand.

»I'll be damned«, sagte Chris, »da drüben steht tatsächlich ein Marulabaum.« Er richtete den Suchscheinwerfer auf die dunkle Krone eines riesigen Baumes. Ganz deutlich konnten sie im Laub die reifen Früchte erkennen.
»Das ist ein gutes Omen«, sagte Alexander.
»Aber hin können wir nicht«, sagte Chris. »Da drüben kommen wir nicht durch.«
»Doch«, sagte Alexander. »Ich wate durchs Wasser. Ich will Sophie wenigstens ein paar Früchte mitbringen.« Er stieg aus.
»Mir wäre es lieber, Sie täten es nicht«, sagte Chris. »Was ist, wenn Sie auch noch verschwinden?«
Aber Alexander achtete nicht auf ihn.

Jessica konnte nicht sehen, was Alexander tat, aber die Stimmen vernahm sie so genau, als sprächen sie direkt neben ihr. Während des Abends war sie höher in den Marulabaum geklettert, denn sie hatte in der Ferne Elefanten gehört.
»Jetzt wollen Sie das Bier doch nicht, wie?« Das war Chris' Stimme.
»Nein, danke«, sagte Alexander, »ich trinke lieber einen Schluck Wasser.«
Jessica hörte, wie Alexander trank.
»Eiskalt, aber herrlich«, rief Alexander.
Jessicas Herz setzte einen Schlag lang aus, als sie hörte, wie jemand vom anderen Ufer des Teiches zu ihrer Seite herüberwatete. Sie hörte, wie er sich fluchend einen Weg durch das Unterholz bahnte. Es war Alexander. Schließlich vernahm sie sein rasches Atmen direkt unter sich.

Jessica machte sich noch kleiner in ihrem Haus aus Lianen, Laub und Ästen, in den schützenden Armen des Marulabaumes.
Sie hörte das Knirschen eines Astes. Alexander stieg in den Baum.
»Die Früchte sind sagenhaft gut!« rief er, und sie konnte hören, wie er sie mit Genuß verspeiste.
Jessica hielt den Atem an. Freude und Angst fochten einen unentschiedenen Kampf in ihrem Herzen.
Erst als Alexander wieder vom Baum kletterte, sah sie für Sekunden seinen linken Fuß. Sie hätte am liebsten gerufen, hier bin ich, aber wie konnte sie wissen, ob sie ihr Ziel erreicht und die beiden durch ihre Flucht und durch die gemeinsame Angst wieder versöhnt hatte?
Alexander entfernte sich durch das Unterholz zum Teich hin. Dann platschte es wieder, und Jessica hörte Chris sagen: »Hier, trocknen Sie sich ab.«
Die Türen des Landrovers knallten, dann dröhnte der Motor auf, und im Rückwärtsgang setzte der Wagen ins Unterholz jenseits des Teichs zurück.
Jessica sah noch das Licht der Scheinwerfer, und dann fiel die Dunkelheit wieder herab. Und mit ihr die Stille des Buschs.
Vorsichtig ließ sich Jessica am Stamm des Marulabaums herunter, bis zum untersten Ast. Sie hielt ihr Gesicht ganz nah an die feuchte, kühle Rinde.
Und sie roch ihn, roch Alexander, diesen unverwechselbaren Geruch seiner Haut, seines Rasierwassers, diesen herben Geruch, den sie seit den ersten Tagen ihrer Kindheit kannte – den Geruch ihres Vaters. Und da begann sie zu weinen, wie eben nur ein Kind weinen kann.
Sie hörte erst auf, als sie die Elefanten vernahm, die sich zielbewußt dem Marulabaum näherten.

23

Die Herde der Elefanten hatte einen langen Weg zurückgelegt, der sich nicht nach Tagen, sondern nur nach Wochen messen ließ.
Die Herde hatte an den Ufern des Sambesi geweidet und sich in sicherer Entfernung von den Victoriafällen gehalten und den Behausungen der Menschen, die sie nicht fürchteten, denen sie aber seit jeher instinktiv aus dem Weg gingen.
Sie waren vom Sambesi nach Südwesten ausgeschert, hatten in den klaren Wassern des Okavango gebadet, und sieben Kühe hatten dort, in dem satten Weidegebiet bei Chobe, Junge geworfen.
Die Kleintiere hielten sich immer nah neben ihren Müttern. Auf dem langen Weg suchten sie auch häufig Schutz unter den mächtigen Leibern, die ihnen Dach und Festung boten.
Die Herde hatte nun auch das Jagdgebiet von Ker und Downey durchquert, und nur ein alter Bulle, der sich ohnehin schon seit einiger Zeit von der Herde abgesondert oder aber sie mit Zornesanfällen traktiert hatte, war einem Jäger zum Opfer gefallen.
Als sie das Reservat Moremi erreichten, ließen sie ihrer Freude freien Lauf. Sie trompeteten und stampften den Boden und wiegten die Rüssel, denn die Erfahrung

sagte ihnen, daß es hier auch mitten im Busch frische Wasserlöcher gab und viel saftiges Mopanigrün und die Früchte des Marulabaums. Und keine Jäger.
Die Elefantenkühe streichelten die Rücken ihrer Jungen mit der Rüsselspitze und gaben ihnen sanfte Stöße, damit sie sich vorwärts bewegten, dorthin, wo die Marulabäume standen und nur darauf warteten, daß ihre Früchte geerntet wurden.
Die kleinen Elefanten erprobten mit ihren Rüsseln die Luft, die immer wieder anders schmeckte auf dieser langen Wanderung, mal feucht und kühl, wenn sie in Flußnähe waren, dann wieder heiß und trocken, wenn sie Sandpfannen durchwateten und die Mütter den Staub über sie bliesen, der sie gegen Madenwürmer und Zekken und anderes blutsaugendes Getier schützen sollte.
Als die Elefanten sich jenem Wasserloch mitten im Mopaniwald näherten, an dem Jessicas Marulabaum stand, hob sich die Sonne aus den Marschen des Okavango, warf goldene Netze über die Ebene und über den Wald, als wolle sie die vielen Tiere und die wenigen Menschen, die sich darin befanden, einfangen.
Die Rüssel der Elefanten hoben sich, als wollten sie das Goldgespinst zerreißen.
Die Jungen schrien laut, als sie das Wasser rochen, sie fielen in einen kurzen, tänzerischen Trab, und silberne Fontänen wirbelten um sie auf.
Die anderen Tiere, Antilopen, Warzenschweine und Buschböcke, flüchteten oder zogen sich langsam ins Unterholz zurück, mit großen blauschimmernden Lichtern die Elefanten beäugend.
Jessica hatte nur ein einziges Mal eine so große Herde gesehen. Sie zählte vierundachtzig Tiere.
Jessica liebte Elefanten, aber sie wußte auch, wie rück-

sichtslos gegen andere Tiere sie sein konnten. In Minutenschnelle verwandelte die Herde das zuvor spiegelklare Wasser des Teichs in ein Schlammloch.
Jessica wußte, wenn sie getrunken hatten, würden die Elefanten sich dem Marulabaum zuwenden.
Noch während sie höher ins Geäst kletterte, warf die Leitkuh ihren klobigbreiten Schädel in die Höhe, und die großen halbrunden Augen, von ihren Wimpern wie von einem Gitter umgeben, sahen Jessica direkt an.
Sie hob ihren Rüssel, schrie eine Warnung an die Herde, und alle Elefanten, die großen und die kleinen, scharten sich um sie.
Die Leitkuh schob sich nach vorne, sie durchwatete das Wasser und teilte mit ihren kräftigen Vorderbeinen den Busch.
Vorsichtig zog Jessica die Lianen und das wilde Efeu enger um sich, und dann saß sie wieder reglos.
Die Rüsselspitze der Leitkuh war jetzt so nahe, daß Jessica sie hätte berühren können.
Rosig war sie im Inneren, und sie schien sehr weich.
Und so behutsam, als fasse er mit zwei Fingern zu, pflückte der Rüssel zwei Marulafrüchte von einem Ast, bog sich nach innen wie ein runzeliger, knochenloser und darum um so gelenkigerer Arm und schob die Früchte zwischen die gespitzten weichen Lippen.
Schmatzend und mit einem Schnauben des Behagens wurden die Früchte verspeist.
Und wieder langte der Rüssel zu, zupfte hier und da, riß dort einen ganzen Ast ab, samt den Blättern und kleinen Zweigen.
Die breiten Ohren zuckten, einmal flappten sie weit auf, aber nichts Drohendes war in dieser Bewegung.
Jessicas Furcht verflog.

Die Elefantenkuh zupfte noch hier und da ein paar Früchte ab, drehte sich mit überraschender Leichtigkeit im dichten Unterholz um und schlenderte, befriedigt ihren Rüssel wiegend, zum Teich zurück.
Wieder schloß sich die Herde um die Leitkuh, dann verzog sie sich, ausschwärmend in den lichteren Wald, der weiter nach Westen zur Grasebene wurde.
Als die letzten der Elefanten verschwunden waren, spürte Jessica zum erstenmal in ihrem Haus im Marulabaum Einsamkeit. Der Tag hatte erst begonnen, sie hatte schon so vielen Tieren zugeschaut, sie hatte geträumt und sich Alexander herbeigesehnt, und er war gekommen und wieder gegangen, sie hatte an Sophie gedacht und vor sich hingeflüstert, ich liebe sie, ich liebe sie doch auch, aber nun wußte sie, daß sie einsam war. Ein Spiel war es gewesen, die Flucht. Ein ernstes Spiel, aber doch ein Spiel. Und jetzt war das Neue vorbei, der Sinn ihrer Flucht verlor sich langsam, Enttäuschung überkam sie.
Ich bin allein.
»Ich bin allein«, sagte sie zu dem Baum.
Und ich bin anders. Wer täte so was schon? Bin ich verrückt? Wegzulaufen, ihnen solche Angst zu bereiten. Bei Tageslicht besehen . . .
So sagte man doch. Und nun war Tageslicht da, und Alexander war dagewesen, und sie hatte in seiner Hand, als er ins Wasser tauchte, flüchtig nur, im Widerschein des Lichts vom Landrover, die Marulafrüchte gesehen und instinktiv gewußt, die brachte Alexander Sophie mit.
Hatten sie sich doch versöhnt?
Warum blieb sie dann in ihrem Baum? Warum blieb sie dann einsam? Warum anders?

»Ich bin anders als alle anderen. Ich bin ein komisches Kind«, sagte sie zu dem Baum.
In der Krone schnatterten Vervet-Affen, als wollten sie ihre Feststellung bestätigen.

Das Gefühl, anders zu sein, hatte Jessica zum erstenmal erfahren, als sie in die Schule in Bonn kam.
Schule, das war ein Wort, das Dableiben bedeutete, an einem Ort wohnen, in einem Haus, jahrelang.
Schule war gleichbedeutend mit Heimat.
Der endlich gefundenen Heimat, von der Alexander und Sophie sprachen.
Und weil es sie froh machte, machte es auch Jessica froh. Sie war glücklich an jenem Tag, als sie zum erstenmal in Bonn ihren Ranzen trug.
Sie war auch stolz, daß sie direkt in die zweite Klasse eingeschult wurde. Jessica konnte seit ihrem fünften Lebensjahr lesen und schreiben. Sie konnte addieren und subtrahieren, und sie führte seit einem halben Jahr eine Art Tagebuch, in dem sie wichtige Ereignisse vor allem in Zeichnungen festhielt, wenn Alexander diese auch Krakeleien nannte.
Wichtige Ereignisse waren ihr erster Besuch bei Großvater John, auf der Farm Sunrise und in Stellenbosch, in den Weinkellereien der Familie Duplessis und nicht zuletzt in dem privaten Tierreservat, das ihm auch gehörte. Wichtige Ereignisse waren die Katzen, die im Gartenhaus geboren wurden, und der Kauf von Ringo.
Besonders wichtig waren aber Alexanders Ausstellungen, und Jessica zeichnete die Gesichter der Leute, die dorthin kamen, und manche von ihnen waren sehr berühmt.

An ihrem ersten Schultag trug Jessica ihr Tagebuch im Ranzen. Sie hoffte, wie Sophie es versprochen hatte, daß sie endlich eine Freundin finden würde.
Eine Freundin war etwas ganz Besonderes. Eine Freundin war etwas, was jedes kleine Mädchen haben sollte.
Das Mädchen, neben dem Jessica in der Schule zu sitzen kam, hatte weiche, blonde Haare und große, blaue Augen. Staunende Augen, dachte Jessica. Und sie war stolz, daß sie Margret etwas zeigen konnte, worüber man wirklich staunen konnte.
Margret betrachtete die ersten Seiten des Tagebuchs noch sehr genau, aber dann blätterte sie immer schneller, und schließlich schob sie es beiseite, daß es auf den Boden fiel und der helle Umschlag aus dünnem Antilopenleder einen häßlichen dunklen Fleck bekam.
»Du gibst ja bloß an«, sagte sie, »du kennst doch gar nicht solche Leute.« Und da sahen die Augen nicht mehr staunend aus, sondern dumm.
Die Lehrerin fragte Jessica, was ihr Vater von Beruf sei, und sie sagte Anstreicher, denn in ihrem Wörterbuch stand hinter Painter – ›Anstreicher‹.
Ein paar der Mädchen kicherten, andere lachten ganz offen, und sie begriff gar nicht, warum.
Jessica sagte: »Mein Vater hat seine Bilder schon in Paris und New York ausgestellt, und er war auch schon im Weißen Haus eingeladen.«
Die Lehrerin sagte: »Ach, du meinst, dein Vater ist Maler? Wie heißt er denn?«
»Weg, wie ich.«
»Weg – und mit Vornamen?«
»Alexander«, sagte Jessica. Sie war so zornig, daß sie kaum atmen konnte und natürlich einen Schluckauf kriegte.

Schon an dem Tag wurde ihr klar, daß sie gar nicht lange in Bonn bleiben würden. Denn einer von Alexanders Grundsätzen war: Mit dummen Menschen soll man seine Zeit nicht vergeuden.
Sie fand keine Freundin in Bonn und auch nie mehr danach. Wenn sie etwas Ungewöhnliches erlebte, so erzählte sie es nur Alexander. Er hörte ihr zu.
Und manchmal erzählte er. Er sprach davon, wie es war, als Gustave starb, und wie es war, als John F. Kennedy starb, und wie die Welt sich verändert hatte, wie oben unten sein konnte und unten oben.
Und sie sprach nun mit ihm, obwohl er doch jetzt nicht da war, sondern zu Sophie in das Lager zurückgekehrt mit den Früchten des Marulabaums.
Sie sagte: »Siehst du, selbst die Elefanten tun mir nichts. Der Baum beschützt mich. Mein Marulabaum.«
Sie lehnte ihren Rücken gegen den breiten Stamm und sah in das Blättergewirr über sich, in dem auch die reifen Früchte hingen.
Sie dachte, daß es etwas sehr Seltenes war, was sie erlebte, und daß es gut für sie war. Sie hoffte, es würde auch gut für Alexander und Sophie sein. Denn sonst war ihre ganze Einsamkeit umsonst.

Die drei Landrover von der Khwai River Lodge kurvten ins Camp der Wegs und stoppten. In Khaki gekleidete junge Männer, schwarze und weiße, sprangen ab, und wenn sie Waffen getragen hätten, so hätte man sie für Soldaten halten können.
Einer von ihnen, der älteste wohl, ein Mann mit einem von der Sonne dunkel gegerbten Gesicht, trat zu Sophie.

»Mrs. Weg? Ich bin Brian Olavse.« Er schüttelte ihre Hand. »Ich verspreche Ihnen, wir werden Ihre Tochter finden.«

Auf dem Tisch im Messzelt hatte Alexander die Karte des Reservats ausgebreitet, mit Rot- und Grünstift jene Quadrate eingezeichnet, die sie selbst schon nach Jessica abgesucht hatten.

Die Männer scharten sich um die Karte, während Amos und Noko ihnen Kaffee brachten.

Alle folgten stumm Alexanders Erklärungen, nahmen stumm die Zigaretten, die Chris ihnen anbot.

Sophie hielt sich im Hintergrund.

Auch sie lauschte Alexanders Stimme. Sie klang ruhig und bestimmt, kein Wort war zuviel, keines überflüssig.

»Okay, jetzt wissen wir, woran wir sind«, sagte Brian Olavse schließlich. »Ich glaube, wir können mit unserer Suche beginnen. Er unterwies die fünf anderen, die mit ihm aus dem Jagdcamp von Ker und Downey gekommen waren.

»Möchtest du mit Olavse fahren?« fragte Alexander und kam zu Sophie.

»Ja«, sagte sie.

»Fühlst du dich wohl?«

»Ja, danke.«

Er nahm ihre Hand und preßte sie. »Ich fahre mit Chris.«

Sie hörten das Geräusch eines Flugzeugs über sich und sahen alle zum Himmel auf.

»Das ist Tim«, sagte Chris. »Wenn er etwas findet, wird er eine Rauchbombe abwerfen.«

Alexander küßte Sophie. Es war ein Kuß, wie ihn nur eine neue oder eine neu erwachte Liebe findet.

»Madam?«
»Ja, Amos?« Sie blieb neben Olavses Landrover stehen.
»Bitte, nehmen Sie das mit, Madam.« Er gab ihr einen gebogenen Zweig, zwischen den ein Grashalm gespannt war.
»Für das Kind«, sagte er. »Ich habe es für das Kind gemacht.«
Klare gläserne Töne ließen sich diesem Bogen entlokken, aber man konnte auch Pfeile damit abschießen.
»Danke, Amos«, sagte Sophie. »Ich danke dir sehr.«
Und dann fuhren sie alle aus, auf der Suche nach Jessica.

Wie oft war er auf der Suche nach dem Glück ausgefahren? Nein, nicht nach dem Glück. Nach der Verheißung und der Selbstverwirklichung, dem Selbsterkennen.
Wie oft war er mit dem Bewußtsein aufgebrochen, diesmal wirst du es schaffen. Dieses Mal wirst du zurückkehren und sagen können: Ich habe alles gesehen. Und zu Hause bleiben, dann zu Hause bleiben, und die Früchte, die Ernte einbringen.
Das Atelier genießen, das Sophie dir in Bonn eingerichtet hat, deine Füße abends vor dem Kamin ausstrecken und sagen können, ich habe mein Tagwerk vollbracht. Oder morgens, wenn die Sonne aufgeht und der Tafelberg über Kapstadt sich noch schlaftrunken in Wolken hüllt, draußen sein, in dem Garten, den uralte Eichen beschirmen, nur du und die Staffelei, nur du und die Träume in deinem Hirn und deinem Herzen und in deinem Bauch.
Und dann die Hunde hören, wie sie jeppen und jaulen, wenn Jessica erwacht, und ihr Haar sehen, das auffliegt,

sich ausbreitet wie Flügel, wenn sie auf dich zuläuft, und das Leuchten in ihren Augen und ihre atemlose Stimme, wenn sie dir »guten Morgen« wünscht.
Frühstück auf der Terrasse, Sophie in einem Kleid, dessen Farbe man nicht beschreiben, nur malen kann, und auch sie das Leuchten in den Augen, das aber noch einen anderen Ursprung hat.
Sanfte Stimmen.
Sanfte Klänge.
Einfach Musik anhören.
Und mit dem nötigen Abstand am Nachmittag an die Staffelei zurückkehren, sehen und korrigieren, was du am Morgen geschaffen hast.
Vielleicht Freunde am Abend und vielleicht ein gutes Glas, ein, zwei Glas alten Whiskys und ein, zwei Glas alten Kapburgunders zum Abendessen und schon die Erwartung auf die Nacht; die leisen Geräusche, wenn Sophie noch im Bad ist, das Tappen ihrer nackten Füße, das immer noch so kindlich klingt. Und der Geruch ihres Körpers, der sich seit jenem Nachmittag in Rambouillet nicht verändert hat.
Ja, all das hatte er besessen und doch nicht mehr wahrgenommen, weil er mit sich selbst kämpfte und gegen sich und gegen die anderen Menschen in seinem Leben.
Aber jetzt war der Kampf vorbei. Er wußte, alles würde gut, wenn sie Jessica fanden. Er wußte, er hatte das Geheimnis ihrer Qual über all die Jahre entschleiert, er hatte die Wahrheit in Sophie gesucht, alle Welt dafür verantwortlich gemacht, daß er sie nicht fand, und jetzt hatte er sie endlich gefunden.
Und die Wahrheit war die Größe ihrer Liebe zu ihm, ihres Glaubens an ihn und seine Fähigkeit, ihrer Hoffnung auf sein Verständnis, daß sie geopfert hatte, was

kein junges Mädchen, das liebt, opfern will – ihr erstes Kind.

Scham erfüllte ihn, daß er dies nicht eher erkannt hatte. Und Glück erfüllte ihn, daß Sophie ihm diese Scham hatte ersparen wollen. Konnte seine Liebe je so groß sein wie die ihre?

Sie mußte es sein, wenn ihr Opfer einen Sinn haben sollte.

Zu Chris sagte er: »Weißt du, daß jetzt alles gut wird?«

»Sure«, sagte Chris, ohne zu wissen, wovon Alexander sprach, »alles wird gut, Sir.«

Sie fuhren durch den Busch, die Hitze des Mittags nahm ihnen den Atem und machte sie müde.

Die Landrover fanden sich unter einer Schirmakazie zusammen, die am Rande der Piste stand und die sie als Treffpunkt ausgemacht hatten. Sie hatten nichts gefunden.

Sie tranken Tee, weil sie durstig waren, aber sie ließen die belegten Brote liegen, die Amos und Noko vorbereitet hatten. Sie zündeten sich Zigaretten an und schauten in die weiße Hitzebläue des Himmels hinauf, in der das kleine Flugzeug von Tim seine Kreise zog.

Sie warteten auf die Rauchbombe.

Sie warteten auf irgendein Zeichen.

Eine halbe Stunde blieben sie im Schatten der Schirmakazie. Chris wechselte einen Hinterreifen seines Landrovers. Olavse brütete über der Karte von Moremi.

Sophie und Alexander entfernten sich ein wenig von den anderen.

»Du siehst sehr müde aus«, sagte er, »willst du nicht mit Chris zum Lager zurückkehren?«

»Du siehst auch sehr müde aus.«
Er nahm ihre Hand. »Wir sind müde, weil wir einen langen Weg gegangen sind, Sophie.«
»Es war ein langer Weg«, stimmte sie zu, »es war oft ein steiniger Weg. Aber es war schön.«
»Du beschämst mich, wenn du dies sagst.«
»Noch eine kleine Strecke des Wegs, und dann haben wir den Berg hinter uns. Wenn wir Jessica finden . . .«
»Wir werden sie finden«, sagte er fest. »Jess hat doch Bücher mitgenommen. ›Don't Die in the Bundu‹. Und Vorräte, ganz systematisch. Ich glaube, ihr kann nur wenig passieren.«
»Du meinst, sie hält sich wirklich irgendwo im Busch verborgen, immer noch?«
»Ja, ich glaube es. Und ich glaube, daß ihr noch nichts geschehen ist.«
»Sagst du das nicht nur, um mich zu beruhigen?«
»Nein, Sophie, ich sage, was ich denke. Und Jess hat es unsertwegen getan. Um uns zur Besinnung zu bringen.«
»Das hat sie erreicht.« Zum erstenmal konnte Sophie wieder lachen.
Und Alexander dachte schweren Herzens: Gebe Gott, daß ich recht habe.

24

Als Jessica das Flugzeug zum erstenmal hörte, war sie höher in den Baum geklettert, um es zu sehen. Aber das Laub der Krone verwehrte ihr jeden Ausblick.

Später hörte sie die Landrover. Jessica zählte insgesamt vier verschiedene Wagen, denn, das wußte sie nun, wenn man im Busch war und mit ihm lebte, lernte man sehr schnell, Geräusche zu unterscheiden, selbst wenn sie von gleichen Objekten kamen. Das Motorengeräusch kam und ging. Niemand fuhr zum Teich. Dies enttäuschte Jessica ein wenig, denn zum Gefühl der Einsamkeit kam nun langsam das Gefühl der Angst. In der Nacht hatte sie ganz in der Nähe das heisere Fauchen eines Leoparden gehört; es klang, wie wenn Kirmes seine alljährliche Erkältung im Juni hatte.

Sie spann sich wieder in ihre Träume ein.

Der Juni bescherte dem Kap Nebel und manchmal Rauhreif auf den Bäumen im Park, denn es war dann ja Winter in Südafrika. Sophie wollte nicht, daß Kirmes nachts im Garten Wache hielt, aber Kirmes konnte nicht von seiner Angewohnheit lassen.

Und so kam regelmäßig der Tag, an dem er keuchend und mit rotunterlaufenen Augen zu Luela in die Küche trat, und sie schalt mit ihm. Sie sagte: »Du bist ein dummer alter Mann! Was läufst du auch nachts im Gar-

ten rum? Gibts hier wilde Tiere? Nein! Gibts hier wilde Menschen? Nein!«
Das war eine Angewohnheit von Luela, daß sie sich selbst auf ihre Fragen die Antwort gab.
Und das betraf alles, was man sich nur denken konnte. Müssen wir die Wäsche zum Bügeln geben? Nein, Miss Luela, so nannte sie sich selbst, die bleibt im Haus.
Hast du dein Porridge gegessen? Nein, ich sehe es ja, da steht es noch!
Stimmt die Haushaltskasse nicht? Luela, dummes Mädchen, hast schon wieder nicht rechnen können.
Dann saßen sie über dem Haushaltsbuch und suchten nach dem halben Rand, der irgendwo bei den Einkäufen auf dem Markt verlorengegangen war.
Niemand verlangte von Luela, daß sie dieses Haushaltsbuch führte, aber sie war so stolz darauf, sie sagte, Miss Jessica, wenn ich mein Haushaltsbuch nicht führe, ja, wem soll ich denn schreiben? Niemand kann doch lesen. Und sie meinte ihre Familie im Valley of a Thousand Hills.
Wozu brauchen die denn zu lesen? Sie zählen ihre Rinder und wissen, woran sie sind.

Ein Luftzug streifte Jessicas Füße, und dann sah sie die Hand auf der Rinde des Baumes unter sich. Sie war schwarz, und die Gelenke der Finger waren verknotet wie manche Äste der Dornakazien.
Jessica richtete sich auf. Ihre Beine baumelten vom untersten Ast. Sie zog sie schnell hoch.
»Wer ist da?« fragte sie.
Es blieb still. Die Hand glitt weg.
»Wer ist da?« fragte sie noch einmal.

Sie hörte den Menschen atmen, der da unten stand.
Sie beugte sich vor.
Ein Mann hockte dort unten, auf den Fersen, die Knie stachen spitz hoch. Er trug Fetzen, die sich in der Farbe nicht von seiner dunklen Haut unterschieden. Das einzig Helle in seinem Gesicht waren die Augen.
»Wer bist du?« fragte Jessica.
Er hob den Kopf. Sein Haar war grau.
»Du bist ein alter Mann.« Sie sprach Zulu mit ihm und wußte gleichzeitig, er verstand sie nicht.
Er hob seine linke Hand, strich sich über das graue Haar. Er lachte.
»Du bist ein alter Mann«, wiederholte Jessica.
Seine Zähne waren kurze braune Stümpfe in der blaßrosa Klammer seiner Kiefer.
Sie hangelte sich an ihrem Seil aus dem Baum, nahm unwillkürlich seine Hockstellung ein.
Er neigte den Kopf, fuhr sich mit den Fingerspitzen über die Lippen.
Das Wasser im Teich, das die Elefanten verunreinigt hatten, war immer noch ungenießbar. Jessica reichte dem Alten ihre Wasserflasche.
Er trank.
Aber sie sah, er nahm nur vier tiefe Schlucke, er trank die Flasche nicht leer.
»Woher kommst du?«
Die hellen Augen sahen sie an. Es waren Augen, hell geworden durch Alter.
Er berührte wieder seine Lippen, und sie wußte, er hatte Hunger. Sie zog ein Stück Zucker aus ihrer Hosentasche und hielt es ihm hin.
Er betrachtete es lange, bevor er es zögernd nahm. Mit den Fingern, die knorrigen Zweigen glichen.

»Wohin gehst du?«
Die hellen Augen sahen sie an.
Jessica bewegte den Kopf, reckte sich vor.
Er verstand, denn seine Hand, die rechte diesmal, hob sich und beschrieb einen Bogen.
Er wanderte, das war es, was er sagen wollte.
Er trug eine Kette von kleinen weißen Perlen um seinen Hals, der ebenso knorrig aussah wie seine Finger. Er faßte sie mit den Fingerspitzen beider Hände, hob sie langsam über den Kopf, legte sie vor sich auf den Boden.
Kleine Speicheltropfen erschienen in seinen Mundwinkeln, während er den Zucker lutschte, und als er schluckte, schob er gleichzeitig die dünne Kette Jessica zu.
Sie nahm sie auf und legte sie sich um den Hals.
Der flachzahnige Mund öffnete sich zu einem Lachen, das übertönt wurde vom Motorengeräusch des Flugzeuges, das plötzlich wieder niedrig über die Bäume hinwegbrauste.
Der alte Mann schnellte aus seiner Hockstellung auf, und nicht einmal eine Sekunde später war er im fahlen Grün des Busches verschwunden.
Jessica kletterte schnell in ihren Baum zurück. Und doch wünschte sie, daß man sie endlich finden würde.

25

»Mrs. Weg!«
»Ja!«
Der Spurensucher sprang vom Landrover, Olavse folgte ihm. Er kam mit einem groben Faden zurück, den er triumphierend zwischen den Fingerspitzen hielt. Es war ein Faden von einem khakifarbenen Schlafmantel, wie ihn Jessica in der Nacht ihres Fortgehens getragen hatte.
»Ist er nicht Klasse«, sagte Olavse, »ist mein Tracker nicht wirklich Klasse? Augen wie ein Falke, what?«
Sophie zwirbelte den Wollfaden um ihren Ringfinger. »Und was jetzt?« fragte sie.
»Ich sage Ihnen, er hat eine Nase wie ein Spürhund. Warten Sie's nur ab.«
Ein paar Minuten später fanden sie einen winzigen Fußabdruck.
»Ja«, sagte Sophie, und ihr Herz schlug laut, »das ist Jessica.«

Nelson sagte: »Jessica, was tust du denn hier?«
Er war aufgetaucht, wie die Tiere, die zur Tränke kamen, aus dem Dunkel der Nacht, mit den ersten tastenden Strahlen der Sonne.

Plötzlich stand er da, ganz einfach so. Stand unter dem Marulabaum und sah zu ihr auf.
»Komm runter«, sagte er.
Sie gehorchte sofort.
»Was tust du hier?«
»Das geht dich nichts an.«
»Doch«, sagte er. »Du bist nur ein Kind.«
Sie senkte den Kopf, sie konnte seine Augen nicht ertragen.
»Pierre ist tot«, sagte er. »Pierre, der wußte, wie du heißen solltest, bevor du überhaupt geboren warst. Glaubst du wirklich, daß deine Eltern dich nicht lieben?«
»Darum geht es nicht«, sagte Jessica. »Es geht darum, daß sie –«
»Ja, was denn?« fragte Nelson.
»Sie sollen sich verstehen.«
»Verstehst du mich?« – »Ja.«
»Obwohl ich Kisuaheli spreche.«
»Sophie hat es mich gelehrt. Sie kennt viele afrikanische Sprachen.«
»Du hast gute Eltern. Einen guten Vater und eine gute Mutter. Warum machst du ihnen Sorgen?«
»Alexander weiß, daß mir nichts passiert. Und Sophie auch.«
»Ich habe keine Kinder«, sagte Nelson, »deswegen weiß ich nicht, wie ich mit dir umgehen soll. Aber ich meine, du verdienst eine Tracht Prügel.«
»Warum verprügelst du mich dann nicht?«
»Wann willst du zurückgehen?« fragte er.
»Heute abend, vielleicht . . .«
»Na gut«, sagte er, »du scheinst zu wissen, was du willst.« Er drehte sich um.

»Gehst du weg?«
Seine Augen sahen sie über die Schulter hinweg listig an. »Du weißt ja so genau, wie du zurechtkommst.«
»Ja, das weiß ich!« rief sie. »Nelson?«
»Ja?«
»Wie ist Pierre gestorben?«
»Wie Pierre!« sagte er würdig.
Und dann war Jessica wieder allein.

26

Sie sahen die Staubwolke mitten über dem Mopani- und Akazienwald, und sie strebten ihr zu.

Vier Landrover und ein Flugzeug.

Das Flugzeug ging so tief herunter, wie es der Pilot wagen konnte, ohne die Schirme der Akazien zu berühren. Er sah aus dem Cockpit eine Elefantenherde von gigantischem Ausmaß, noch niemals hatte er so viele ledergraue Leiber mit erregt erhobenen Rüsseln auf einem so winzigen Platz versammelt gesehen, um ein Wasserloch.

Die vier Landrover brausten heran.

Der Teich maß sechzig Schritt im Durchmesser, und man konnte ihn durchwaten.

Aber die Elefanten behandelten das Wasserloch, als sei es ein tiefer See, voll unbekannter Gefahren.

Sie umwanderten es, rüsselschlenkernd, sie setzten ihre Füße vorsichtig in den schmatzenden Uferschlamm. Sie ließen Geschrei hören, das zugleich zornig und ohnmächtig klang.

»Da drüben steht ein Marulabaum«, sagte Chris.

»Das ist der Marulabaum«, sagte Alexander. Der Baum hing voll mit reifen Früchten.

»Warum gehen die Jumbos nicht an den Baum ran?« sagte Olavse. »Das hab ich noch nie erlebt!«

Sie sahen den Baum und die Blätter an seinen Ästen und die Früchte zwischen seinem dunkelgrünen Laub.
»Der Baum ist verhext«, sagte Olavse.
»Bestimmt«, sagte Chris.
»Verrückt, wirklich verrückt!«
Und dann stieg Sophie aus, watete ins Wasser.
Die Elefanten trompeteten schrill und trampelten den Busch um den Marulabaum nieder.
Sophie blieb mitten im Teich stehen.
»Komm zurück!« rief Alexander, und jetzt konnte er sich bewegen, sprang aus dem Landrover, lief ins Wasser. Er glitt aus, schlug in den Schlamm.
»Sophie!«
Sie erreichte das jenseitige Ufer, das eine Wand von grauen Leibern und grauem Staub war. Hier leuchteten noch die grünen Flecken der Bäume durch.
Das Kind glitt aus dem Baum.
Doch grau stand die Wand der Elefanten zwischen der Frau und dem Kind. Staub, der Sicht und Atem nahm, blähte sich auf, das Gekreische und Trompeten betäubte die Ohren.
Die Frau ging weiter, und das Kind lief auf sie zu, und die Wand der Elefanten teilte sich.
Alexander erhob sich aus dem Schlamm. Unter dem Marulabaum standen Jessica und Sophie, eng umschlungen. Die letzten Elefanten verschwanden im Busch.
Alexander erreichte das andere Ufer des Teichs, zu dritt standen sie dann und hielten sich fest. als wollten sie sich nie wieder loslassen.
Nach einer Weile wateten sie zurück, dorthin, wo die Wagen auf sie warteten.

Chris schob Holz in das Feuer nach. Die Sterne flackerten über dem Camp wie noch nie, seit sie im Busch waren. Jessica saß zwischen ihren Eltern und hielt ihre Hände.

»Noch ein Glas Wein, Sophie?« fragte Chris.

»Gerne, Chris.«

»Noch einen Bourbon, Alexander?«

»Mit Vergnügen.«

»Jessica?«

Ihre Augen umfaßten den Busch, das Lager, das Feuer, Chris, ihre Eltern.

»Ein Glas mit Glück, Chris.«

»Das kann dir nur Nkosi schenken, der dort oben«, sagte Chris ernst.

Alexander hob sein Glas. »Auf den Marulabaum!«

»Auf den Marulabaum«, sagte Sophie, und sie sah das Kind, das ungeborene, in seinen Zweigen, und sie sah es zum erstenmal ohne Furcht und ohne Trauer.

»Auf dich«, wiederholte sie, »auf die Liebe, die man nicht verlieren kann, wenn man nur ganz fest daran glaubt.«

Alexander stand auf, ging in ihr Zelt. Nach einer Weile kam er zurück.

»Ich habe es gleich nach unserer Rückkehr gemalt«, sagte er.

Es war ein Bild von Pierre.

Das Bild vom glücklichen Pierre in den glücklichen Tagen. Ein Bild, voll des Lebens und voll des Lachens, wie Alexander es noch nie gemalt hatte.

Und Sophie weinte, wie sie noch nie geweint hatte.

Sie weinte vor Glück, denn sie wußte, jetzt hatten sie alle ihren Weg gefunden, Alexander, sie selbst und Jessica.

Am nächsten Tag fuhr der Landrover mit Chris, Alexander, Sophie und Jessica auf eine Mine, die Terroristen auf einem der Wege des Moremi-Reservats eingegraben hatten. Sie waren auf der Stelle tot.